JN306333

庫

妖草師
魔《ま》性《しょう》納《な》言《ごん》

武内　涼

徳間書店

目次

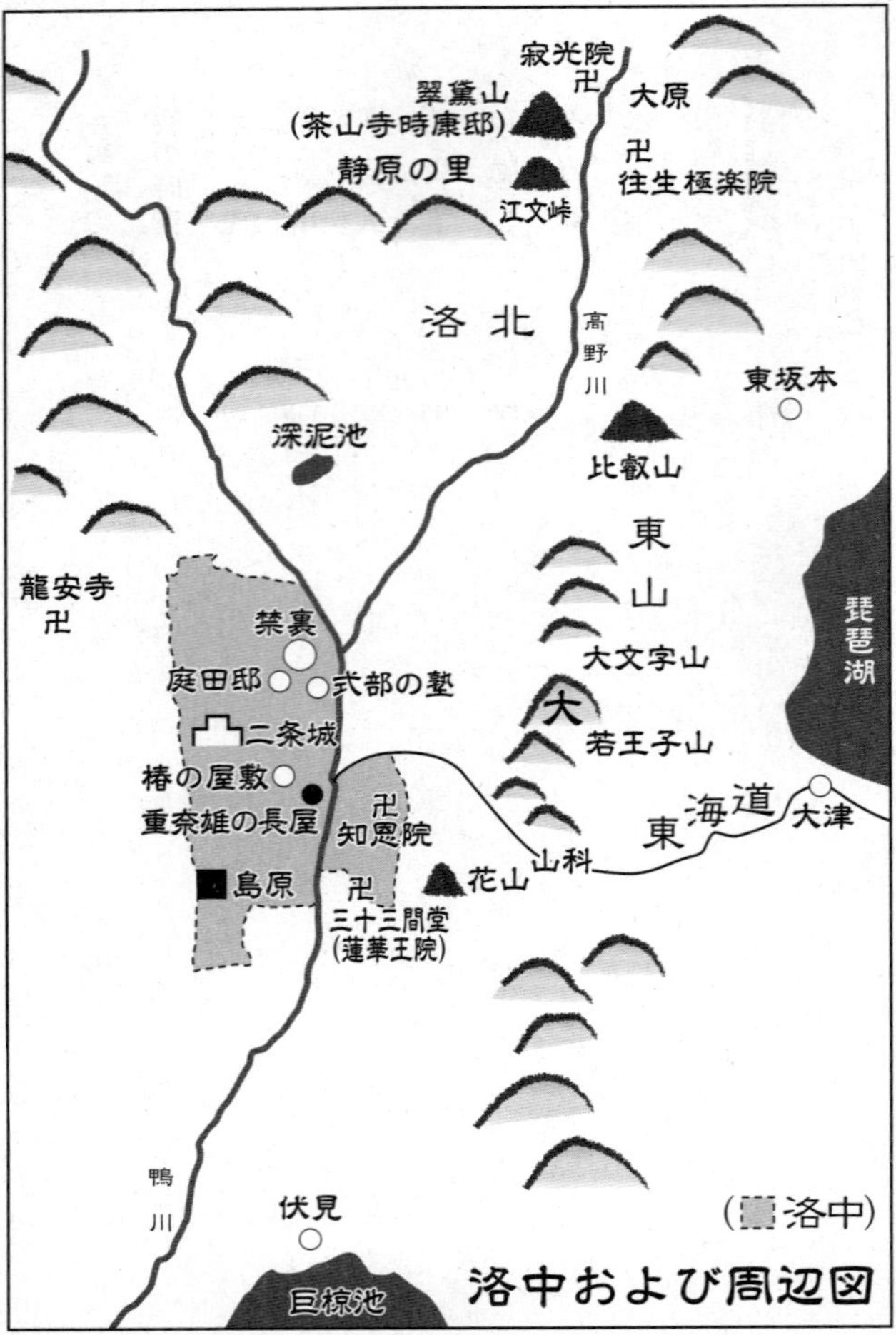
寂光院
卍
翠黛山
(茶山寺時康邸)
大原
静原の里
卍
往生極楽院
江文峠
洛北
高野川
東坂本
深泥池
比叡山
東
山
琵琶湖
龍安寺
卍
禁裏
庭田邸
式部の塾
大文字山
大
二条城
若王子山
椿の屋敷
重奈雄の長屋
卍
知恩院
東海道
大津
山科
島原
花山
卍
三十三間堂
(蓮華王院)
鴨川
伏見
(洛中)
巨椋池

洛中および周辺図

弁当始め

京の春は、知恩院《ちおんいん》の御忌詣《ぎょきもうで》からはじまる。

着倒れの　京を見に出よ　御忌詣。

と、云《い》う。

大坂が食い倒れの町なら京は着倒れの町だ。

都の人々は、選抜《すぐ》りに選抜った着物で、知恩院に詣で、一年の行楽の始めとするのだ。腕によりをかけた弁当をもって行く者が多いから、この日を弁当始めとも言った。

「やっぱりえらい人出どすなぁ」

滝坊《たきのぼう》　椿《つばき》は少しふっくらした頰を上気させ、門前を見まわす。春山ののどかな朝を思わせる、桃色の小袖。青い松の模様がみずみずしい。赤い太帯をしめていた。

庭《にわ》田《た》重《しげ》奈雄《なお》は寛永通宝《かんえいつうほう》を取り出すと、下乗石《げじょうせき》の隣に座った菰《こも》をかぶった男にほどこしをしている。

下乗石の後ろでは背が高い松が四本、ひそひそと囁《ささや》く姿で幹をまげ、群衆を見下ろしていた。

松の左隣に、石段があり、石段を上ると、三門がある。

知恩院の三門を黒地に黄、緑、青の模様が入ったあでやかな被衣《かつぎ》をかぶった女たちが、くぐってゆく。これから御忌詣に行く娘にしきりに声をかけている侍がいる。かと思うと、参拝を終えた出家の一団や母親に手を引かれた子供が、石段を降りてきた。

宝暦《ほうれき》八年（一七五八）一月十九日（今の暦で、二月下旬）。

椿、重奈雄、そして重奈雄の隣人で絵師の曾我蕭白《そがしょうはく》は、知恩院門前で池大雅《いけのたいが》夫妻と待ち合わせしていた。

初春とはいえ京都盆地はまだ寒い。

ぼろぼろの衣を着た蕭白が、大袈裟《おおげさ》に体をふるわす。

「全くあいつは……。俺も、人との約束におくれる。その俺よりもおくれるのが大雅なのじゃ」

大いに不満げに蕭白がぼさぼさ髪を掻《か》きむしる。枯葉色の綿入れを着た重奈雄が、蕭白を、なだめる。

「弁当始めから、そうかりかりするなよ蕭白。ん……与作《よさく》、重そうだな。かわろうか」

滝坊家の老いた下男、与作は風呂敷に包んだ重箱をもっている。弁当が入っていた。

「疲れてまへん。旦那《だんな》様の、重たい花瓶なんぞにくらべれば、軽い、思いますわ」

与作が、白息を、吐く。

椿の父、滝坊舜海《しゅんかい》は、花道の家元で、江戸幕府御華司《おはなつかさ》をつとめる。乃《すなわ》ち定期的に関東に下り、将軍に花の立て方、生け方を指南していた。十九歳になった椿は少しいじけた様子で、

「重奈雄はんが、もってくれる言《ゆ》うんやから……もってもらえばええのや。遠慮する必要はありまへんえ、与作」

椿は爪紅《つまべに》を塗った指に視線を動かした。薄くといた紅花の汁が、指先が本来もつ桜色を際立たせていた。

「重奈雄はんは、草木のお医者様どす」

堺町《さかいまち》四条上《しじょうあが》ルの長屋に住まう庭田重奈雄は、椿の数歳上で幼馴染《おさななじみ》。表向きは草木の医者として洛中《らくちゅう》の寺院の植木などの面倒を見ている。

重奈雄にはもう一つの顔――「妖草師《ようそうし》」としての一面があった。

妖草とは、常世《とこよ》と呼ばれる異界の草で、人間の心を苗床にこちら側に芽吹き、様々な怪

奇を引き起す妖しの草である。

妖草師とは——妖草の駆逐法、対処法を知り、古《いにしえ》よりこれと対峙《たいじ》してきた者たちである。

知恩院門前に立つ椿は、可憐《かれん》な瞳を曇らせる。

(そんな重奈雄はんは……草木のことにはやたらと詳しくて、ちょっとした葉ぶりの変化とかには、よく気がつく。そやけど……うちの帯が変ったとか、そないなことには、てんで気がつきまへん。関心がないんどす、きっと)

あるいは、関心があっても、あえて口にしないのかもしれない。

爪紅は、高貴な女、富裕な女、玄人《くろうと》筋の化粧で、一般の町娘はほどこしたりしない。椿もしたことがなかった。だが、滝坊家に生花《しょうか》を習いにきている豪商の妻から、こう工夫すれば……あざとくは見えない、など、いろいろ手ほどきを受けた椿は、この宝暦八年の御忌詣から爪紅をためしてみようと考えた。これは椿にとって決意が要ることであった。

(堺町四条から、ここまで……十数町〔一町は約百九メートル〕は……ありまっしゃろか。そやけど重奈雄はん、うちの爪紅について一言も言いまへん)

不満が、意地悪に変形《へんぎょう》し、白い息にまじって、もれた。

「土、悪いさかい、この松、あっちに植え直すみたいなこと、ありまっしゃろ？　そやさかい……重たいものを運ぶのが苦手なんて、言ってられまへん。小さな機会かもしれへんけど、こないな機会を大切にされた方がええと、うちは思います」

「何か引っかかる言い方だな」

細面《ほそおもて》の重奈雄が、切れ長の目をさらに細めている。色白の重奈雄は、力仕事よりは、繊細な作業にむいていそうな腕を、与作がもつ藍染《あいぞめ》の風呂敷にのばし、

「どれ……そういうことだから、俺がもとう」

などと、やっていた。

と、蕭白が、何かに気づいた。

「あっ、あんな所におったぞ。大雅と町《まち》め！」

蕭白が指差したのは三門の南側。

門の南側に、茶色い棒縞《ぼうじま》の衣を着た男が屋台を出していた。声高《こわだか》に、数珠や札を商っていた。

屋台の前にかたまっている人々がおり、その中に白い扇を手に興味深げな面持ちで数珠をいじくる池大雅と、妻、町が立っていた。

蕭白は、矢の如《ごと》く、走りはじめている。

大雅をこちらに引っ張ってくるつもりなのだ。

「蕭白め。口では、待賈堂《たいかどう》さんの、悪口ばかり言うが。好きで好きで仕方ないようだな」

重奈雄が、ほろ苦く笑う。大雅は知恩院袋町《ふくろちょう》、乃ちこの近くで待賈堂なる扇屋をいとなみつつ、中国風の文人画を描いている。町も、絵を描く。

荒ぶるぼさぼさ髪が群衆を掻きわけ大雅に近づいてゆく――。

着飾った人々をぬうように行く、ボロをまとった蕭白のゆっていない髪が揺らめく様は、新年早々、海藻《かいそう》のお化けが都に現れ出たような感じだ。

左様《さよう》な蕭白の姿を眺めていた椿は先刻から感じていた不満がやや薄らいでゆく気がした。大鵬《たいほう》が羽ばたいたような堂々たる二重門をあおぎ、

「重奈雄はん。知恩院さんは、法然《ほうねん》上人が開いたお寺どっしゃろ?」

「そうだな」

風呂敷をかかえた重奈雄が、涼やかな目で門をあおぐ。

「法然上人は叡山《えいざん》で、修行しとった。そやけど……山、降りて、叡山とは違う教え開きはった。そうどっしゃろ?」

父、舜海は花道家元であると同時に、五台院《ごだいいん》という寺の執行《しぎょう》をつとめる。五台院は叡山と同じ天台宗《てんだいしゅう》だった。知恩院は、浄土宗《じょうどしゅう》である。

「うむ。仏法の世界では、誰かが新しいことに気づき、新しい教えが生れる、斯様《かよう》なこと

はよくあるのだ」

と、重奈雄が説いた処で、椿の視線は門にむかってやってくる蕭白たちの方に流れた。人ごみの中を、蕭白に引かれてくる大雅が、面《おもて》の上でかざす扇に、春の日差しがぶつかり、扇骨が、小さく瞬《またた》いていた。

大雅は強引な蕭白に何か抗議している。もっと、数珠を見ていたかったのかもしれない。

この二人がくみ合わさると必ずドタバタが起る。

それがわかっている、重奈雄、椿は、目を見合わせて笑った。大雅の後ろからやってくる町と目が合う。町のドングリ眼《まなこ》も、嬉々として瞬いていた。

と、強く頭《かぶり》を振った蕭白が、大雅を小突いた。そして、引っ張ろうとする。小さく怒った大雅が反抗して身を引いたため、体の平衡をうしなった蕭白は、総髪の武士にぶつかった。蕭白に押された武士は、主人らしい覆面をした男に衝突した――。

「無礼者!」

鋭利な一喝が、貧乏絵師、曾我蕭白に打ちつけられる。

冷たい緊張が波紋となって、門前の喧騒《けんそう》にあびせられた。

「このお方をどなたと心得る!」

総髪の侍は、凶犬に似た面相で叫んでいる。

「氷部《ひべ》。わしなら、大丈夫じゃ。めでたい御忌詣の日に何をぴりぴりしておるか」

覆面で顔を隠しているのは若い男であるらしかった。蕭白はふふんと鼻を撫《な》で、氷部というらしい総髪の侍と、その主人らしき覆面の男を冷たく一瞥《いちべつ》した。

群衆は足を止め、声を落としている。

「与作、たのむ」

風呂敷を老いた下男、与作に託した重奈雄が歩きはじめる。石段を降りはじめる。椿も、つづいた。

重奈雄の面貌《めんぼう》は青ざめていた。椿は、重奈雄が何を考えているかわかった。

(蕭白はんが余計なこと言わんか心配しとるのや)

重奈雄、椿の不安は、人ごみを掻き分けている途中で当った。

まさに蕭白は——余計なことを口走ったのだ。

曾我蕭白とは、この世の身分秩序、この世界の道理というものからはずれた所に、暮す人である。

こんな話が、ある。

蕭白は絵が全く売れず困窮していた。本願寺《ほんがんじ》の門跡が、蕭白に絵を描いてほしいと思い使いを出した。本願寺の坊官は蕭白のボロ屋の前に立ち、

「わしは、門主様の使いじゃ。蕭白、いるか！」

と、叫んだ。

蕭白は、

「お前は何処《どこ》の坊主かっ。生意気すぎる！　此処《ここ》に蕭白と呼び捨てにされるような男はおらん。帰れ！」

と大喝し……せっかくきた大仕事を一蹴《いっしゅう》してしまった。

そんな、蕭白が、不敵で、傲岸《ごうがん》で、無遠慮な目で——十人程の屈強の侍に守られた若者を睨《にら》んでいる。若者がかぶる深緑の覆面には血色の蔓草《つるくさ》が刺繡《ししゅう》されていた。絹布をつかった、高価そうな覆面であった。

「蕭白！」

人間がつくる林を手でこぎながら重奈雄が叫ぶ。

重奈雄の思いは、蕭白の内側で充満し、ただ一個の出口、悪口《あっこう》をもとめて伏流する毒の瘴気《しょうき》にとどかなかった。

蕭白は、言った。

「何処のやんごとなき方か知らぬが……そんな覆面で仰々しく顔を隠している処を見ると、ここにいちゃあまずいお人なんじゃないのか」

ぶつかったくらいで、二度怒鳴られたのが余程悔しいらしく、

「あんた……堂上方《どうじょうがた》か。堂上方は、人ごみの中に出ると、所司代から熱い灸《きゅう》を据えられるらしいなぁ」

「下郎！　数々の放言許せぬ。こいっ」

骸骨《がいこつ》に似た、総髪の侍、氷部が殺気を血走らせ、蕭白の腕をつかむ。何か——特別な技をかけたらしい。余程痛いのか、蕭白は身をよじらせ、うめいている。大雅は口をぱくぱくさせ、町もドングリ眼を大きく見開いて突っ立っていた。このままでは蕭白がつれさられかねないという瞬間、

「——いかがされた」

茶色い十字絣《じゅうじがすり》を着た男をどけ、庭田重奈雄がわって入った。

重奈雄は素早くある妖草を取り出し——蕭白をつれ去らんとしている氷部、さらに氷部の近くにいた仲間の侍たちの足元にまき散らした。

巾着袋《きんちゃく》に入っていたそれらは人の世の笑茸《わらいだけ》に良く似たキノコであった。笑茸より、若干、大きい。その褐色のキノコどもが蕭白をつれ去らんとしていた侍たちの足指に命中する！

するど……どうだろう。

今まで、憤怒を発し、蕭白をつかまえていた氷部と、その仲間たちが、俄《にわ》かに、きょとんとしたような、困惑した面持ちになり、そして、

「……ぶっ、うわっはっははは！　うわはっはっは！」

肩を揺らし、腹をよじらせ、おかしくてしょうがないという涙目で、大笑いしはじめたではないか——。

氷部は蕭白への怒りも忘れ、げっそり痩《や》せた顔を痙攣《けいれん》させて哄笑《こうしょう》している。キノコは、蕭白にも、当った。

蕭白もまた、刹那《せつな》的な戸惑いを見せるも、やがて堰《せき》を切ったように笑いだした。草履《ぞうり》で地を踏み鳴らし、あろうことか、氷部と抱き合って、唾《つば》を飛ばして笑っている。

蕭白の唾が、氷部の顔面に当る。

それでも氷部はおかしくて仕方がないというふうに総髪を振って歓喜に打ちふるえるのだった。

と思った重奈雄は、冷水の如き視線を頬に感じた。

（一件落着かな）

——見る。

若者だ。

覆面の、若者。

深緑の絹布に、血色の蔓草模様が這《は》った覆面で顔を隠した若者が、一人、冷やかに落ち着いた眼《まなこ》で重奈雄を眺めていた。若者と言ったが重奈雄よりやや年長、三十歳前後かもしれない。

重奈雄は切れ長の一重の眼であったが——若者は、甘い魅惑を孕《はら》んだ、二重の大きな目をしていた。やや垂れた目だ。だが、優しさというよりは、何を考えているかわからない妖しい凄味《すごみ》をやどした目であった。鼻は高い。覆面を取れば重奈雄とはまた違う類《たぐい》の美形の相貌が現れ出るのではないか。

重奈雄は華奢《きゃしゃ》、若者は——細身だが、強い精気をたたえた体をしている。相当に、武芸で鍛え込んでいる、気配があった。

少しおくれた椿が、隣にくる。重奈雄は深く頭を下げた。

「当方のつれが、とんだ無礼をはたらいたようです。お許し下さい」

蕭白と若者の用心棒はまだ笑い転げていた。

「いや。当家の者たちにも、粗忽《そこつ》な振る舞いがあった」

若者が、墨で蔓草が描かれた扇を取り出し、ゆっくりとあおぐ。

「一体、何がおかしいのか。双方このように笑い合っておるゆえ、よしとしよう。……不思議なものよ。法然上人のお導きであろうか」

「そうかもしれませんな。では、これにて。行くぞ、蕭白、椿」

知恩院に詣でるのは危険と判断している。正気にもどった氷部たちが、何か因縁をつけてくるかもしれない。蕭白を引っ張り、みんなに声をかけた重奈雄は、大雅の店の方に歩み去ろうとする。

「――まて」

後ろから、声が、かかった。

再びざわめきはじめた群衆が知恩院にむかって歩きはじめた。美服の洪水を逆行しようとしていた重奈雄が――おもむろに振り向く。

狂笑する十人の用心棒にかこまれて、若者がこちらを見ていた。覆面の中の双眸《そうぼう》は瞬《まばた》き一つせず重奈雄を見据えていた。重奈雄の隣でも、蕭白の笑声がする。

「その方《ほう》、名を何と申す？」

「庭田重奈雄。堺町四条で、草木の医者をいとなんでおります」

「……覚えておこう。当家の庭木が病にかかったら、そなたに使いを出すやもしれぬ」

「ありがとうございます」

「行くぞ氷部。いつまで笑っておるか」

蔓草が描かれた扇で叩かれた氷部は、はっとして、正気にもどっている。

再び一揖《いちゆう》した重奈雄が顔を上げた時、若者は既に雑踏に溶け込んでいた。

知恩院袋町、扇屋、待賈堂——

六畳間に据え置かれた古びた帳場机は客に金を盗《と》られぬよう結界と呼ばれる格子でかこまれていた。その結界には、かすり傷のような白い線が幾本も横に走っていた。

棚には池大雅が山水や小舟を墨で描いた扇や、画号「玉瀾《ぎょくらん》」と称する町がほのぼのとした筆致で、地蔵や案山子《かかし》を描いた扇が、綺麗《きれい》にならべられていた。

椿は白い息を吐きながら、商品棚を興味深そうに眺めている。

火鉢はあった。しかし、座布団に座った重奈雄は目に見えない薄氷が己の肌に張りついている気がした。

「蕭白はんと、うちの人が、喧嘩《けんか》しよるさかい……御忌詣行けへんようになってしもて。

えらいすいまへんなあ」

町が、熱い茶を重奈雄の前に置く。

池大雅は三十代半ばの温和な顔立ちをした男で、町は大雅より少し年下だ。

「いただきます」

苦い熱さが胃の中に入り、体がほっとした。

一口すった椿が、

「……かなんわ。…………まだ笑っとる。狐《けんけん》さんに憑《つ》かれた人みたいや」

たしかに蕭白は──往来に面した格子戸に指をかけ、ケタケタ笑っていた。表に人が通る度に、余人には察せぬ何かが蕭白の笑壺《えつぼ》を刺激するようで、無精髭《ぶしょうひげ》におおわれた顔を歪《ゆが》め、笑うのだ。

茶碗《ちゃわん》を置いた椿は、真剣な面持ちで重奈雄を見つめている。

「あのキノコなあ、巾着に入ってた時は、うち何も感じまへんどした。そやけど、巾着から出して、侍の足元に放《ほ》る、その時に……何やろ、目に見えへん虫のようなものが、うちの体をつつつつつ、と走ってゆく気がしたのや」

「──妖気ということか？」

「そうどす」

「気分が、悪くなったか?」

「大事おへん(大丈夫です)。……妖草どすな?」

「うむ。西山を散策している時に見つけた。大笑茸《おおわらいだけ》という妖草だ」

妖草・大笑茸——人の世の笑茸より、若干大きな、常世のキノコである。人の世の笑茸は口に入れると、錯乱状態に陥り、唐突に笑いはじめたりする。大笑茸はより強烈だ。肌にふれただけで抑え様がない大笑いに襲われなかなか止らぬのだ。

さて、椿には——天眼通《てんがんつう》と呼ばれる特異な能力《ちから》があった。

天眼通とは人の世に現れる常世の植物を感知する力で、古の妖草師はもっていたが今の妖草師はうしなってしまった。つまり、重奈雄は、むずかしい漢文で書かれた「妖草経」数巻と、「妖木伝《ようぼくでん》」——妖草より強靭《きょうじん》な力をもつ妖木についてしるされた書である——を読み、無数の妖草妖木の駆逐法、効能を知るも、普通の植物に溶け込んだ妖草妖木を感知する力はない。椿には……それがあるのだ。

大笑茸について皆に説明する。

大雅が心配で曇った面差しになり、蕭白に歩みよった。

「蕭白……茶ぁ、飲み。茶ぁそーろと飲んで……」

人のよい絵師の声には、蕭白が永遠にこのままではないのかという心配がふくまれていた。

「熱《あっ》っ！」

大雅が差し出した茶碗を蕭白が振り払い、緑色の液体が衣にかかった。蕭白は大雅の反応がおかしかったらしく手を叩いて喜ぶ赤子のような仕草でさかんに笑う。

大雅は、茫然《ぼうぜん》と、呟《つぶや》いている。

「蕭白……お前、いつも絵が売れへん言《ゆ》うて悲しそうにしとって……。わし、こないに幸せそうなおまはんを見るの、生れてはじめてや。もしかしてお前、このままの方がええゆうことか？　そういうのんか？　あかん。なんぼ何でも……そらあかん！　あかんで蕭白っ。わし、わしな……もとのお前が好きなんや。めっちゃ好きなんや。たいがいにせいや！」

深刻な大雅がおかしかったらしく、町が吹きだす。笑ってはいけないと思いつつ相好《そうごう》を崩した重奈雄が、

「待賈堂さん。大丈夫ですよ。どんなに長引いても一、二刻《とき》（一刻は約二時間）すれば笑い止《や》むと妖草経に書かれている」

「ほんまですか！　庭田はん」

大雅が、つめよってくる。

刹那、

「わしは………何がおかしくて笑っておったのじゃ」

薫白が――快復した。

「祝い酒や、町！　わし飲めへんけど、今日は飲むでっ」

下戸の大雅が腹の底から吠《ほ》える。皆、大喜びする中、重奈雄はいち早く冷静な相貌を取りもどした。茶を、飲み下す。

――あの男のことを思い出していた。

覆面をした、若者。

（薫白が言うように堂上方であろうか？）

当時、公家衆《くげ》は――京都所司代から厳しい行動制限を受けていた。まず、特別な許しを得なければ、京から出てはいけなかった。たとえば、伏見《ふしみ》、大津《おおつ》――いずれも京の外である――の遊女町にお忍びで出かける公家が後を絶たなかったらしく、所司代から厳しい叱責《しっせき》を受けていた。また都の中でも群衆が夥《おびただ》しくあつまる所に行くのを禁じられていた。

幕府は――西国大名やその手の者たちと、堂上方が、強い結びつきをもつことを、鋭く警戒したのである。

御忌詣は、大変な人出になる。

（あの男が堂上方の場合……御忌詣に行くには、顔を隠す必要がある）

権大納言《ごんだいなごん》・庭田重熙《しげひろ》の弟、重奈雄は十六の時、勘当された。故《ゆえ》に堂上方の知己は多くはなかったが庭田家に訪れたことのある公卿《くぎょう》は大方覚えている。その中に、先刻の若者はいなかった。

じっと自分を直視していた覆面の若者の姿が、いかなる訳か重奈雄の胸中からなかなかはなれなかった……。

＊

床が黒光りする廊下に、右手の障子から白い陽光が斜めに差していた。長い廊下で右手には閉ざされた障子がつづいていた。

若き関白・近衛内前《このえうちさき》は小柄で小太りな体を、重い気分で前へすすめていた。青ざめた面《おもて》に冷や汗をかいた内前は、伏し目がちに歩んでいる。廊下の木目の一つ一つがこの場所でたくらまれた様々な謀《はかりごと》を眼裏《まなうら》に焼きつけた怪しい目玉である気がしてきた。

一月二十七日。

禁裏。

この日、今年初めての和歌御会《ごかい》があった。歌の会が終った処で、内前は一人、帝《みかど》に呼ばれた。そこで内前の考えとは逆方向の、帝の意志を聞かされている。重たい困惑が小太りな体に喰いついた内前は、沈んだ気分で一人退出する処であった。

（どうしたものか……。此度《こたび》ばかりは、臣下として御希望に添うた方がよいのか……）

当時、天皇には——公家以上に強い行動の制限が、幕府からかかっていた。

公家は、京から出てはいけない。

帝は、御所から出てはいけなかった。

（幕初の後水尾《ごみずのお》天皇、後光明《ごこうみょう》天皇以来、行幸はおこなわれていない。つまり寛永以降……全《すべ》ての帝が、産声《うぶごえ》を上げた日から、崩御された日まで、一切御所から出られずすごしてきた。一日の例外もなく……）

当代の帝、桃園《ももぞの》天皇は十八歳である。

（激しい気性であられる。おさない時分は……わしをふくめ多くの臣下の、直衣《のうし》などを噛《か》み破ったり引き千切ったりされて……）

ほとんどの公卿が細々とした扶持《ふち》米を幕府からもらって暮している。装束を新調するのも並大抵のことではない。

（あの時……朝廷は、所司代に白銀四百枚の援助を願ったほどじゃ）

そのような激しい気性の帝が、十八歳になった。

（たとえば帝は、金閣《きんかく》も銀閣《ぎんかく》も、知恩院も東寺《とうじ》も、我ら臣下のお話に聞かれるだけで……一度もご覧になったことがない。同じ町にある寺なのに）

それがどれだけ辛《つら》いことか内前にはわかる。なるべく希望に添う形にしたいというのが、内前の本音であった。

今、帝は――ある書物を読みたいと語っていた。内前、そして、前関白《さきの》・一条道香《いちじょうみちか》は、その書物の講義を帝はまだ受けない方がよいと、考えていた。

さっき、内前は御簾《みす》の向うで感情が堰を切りそうになっていたのを感じている。

板挟みになった内前は、

（もうこれ以上、わしは押さえ切る自信がない。前年からこの問題でずっと押し問答をつづけてきたのじゃ）

はたと、立ち止る。

前方に二人の男が立っていた。

一人は、近習《きんじゅう》筆頭・徳大寺公城《とくだいじきんむら》。もう一人は、中納言・茶山寺時康《さざんじときやす》。

内前はこの二人を無視して通りすぎたかった。

この二人かその朋輩《ほうばい》が帝に何事かを吹きこみ……今日の強硬な態度につながった気がしたからだ。

歩速を、強める。殊勝な面持ちで頭を下げる二人の公達《きんだち》の眼前を一瞥もくれずに立ち去ろうとした瞬間、茶山寺時康が言った。

「関白殿下」

「……」

「主上は何事を仰せになられたのでしょう?」

内前の足は、二人の真ん前で静止していた。

「そなたらは……よく存じておるのではないか」

二人を睨んだ内前の相貌から、青みが消え、赤みがかった。関白の語調に怒気をみとめた徳大寺公城が、何か言おうとする。

近習筆頭・徳大寺公城は一昨年、さる問題を引き起している。

御所の庭で仲間の近習たちと——武芸の立会稽古《げいこ》をおこなったのだ。

これは、公家は学問に専念せねばならないという、徳川家康《とくがわいえやす》がさだめた、「禁中並公家諸法度《きんちゅうならびにくげしょはっと》」に抵触しかねない振る舞いであった。大いに驚いた一条前関白は徳大寺公城を召喚、厳しく叱ると共に、二度と同じ問題が起らぬよう徹底させた。近習とは帝の傍でつかえる者であり、近習の振る舞いは、帝の命令でそうしているのだと、京都所司代に受け取られかねない、斯様に危惧《きぐ》されたからだ。

以後、御所で近習衆が武芸の稽古をすることはなくなった。だが……公城が屋敷内で禁中並公家諸法度にしたがっているか、怪しいものがある。

身の丈六尺（一尺は約三十センチ）近い公城は、江戸から使いにくる、高家《こうけ》のなまっちろい男たち、泰平の世のひょろひょろ侍など、一瞬でひねり潰《つぶ》せそうな逞《たくま》しい体軀《たいく》をしている。

（こ奴《やつ》……武芸の稽古に、余念がないのではないか）

戦国武士が如き体つきをした公城を、小柄で小太りな体型の内前がじろじろと見る。一人は禁中並公家諸法度にずっと忠実に生きてきた公家で、もう一人は少年時代からこの法度にずっと反発してきた公家だった。

多血質の公城は四角く大きな顔で唇の上に真一文字に口髭をたくわえていた。その髭をきっとさせ、何か意見しようとした。

すっと制するような動きを見せたのは――茶山寺時康である。

「殿下、我ら二人、堂上家に生れながら……和歌が苦手でございます。今日の歌会で恥をかかぬにはどうすればよいかと、それればかりにとらわれて気もそぞろでございましてな。

主上が殿下に何を仰せになったかを推察する心の余裕を、今日の我らはもっておりませぬ」

妙にとぼけた回答であった。

茶山寺時康は、冗談なのか、本気なのか、はかりかねる表情で、公城の隣に立っている。若い。

細身だが、決して貧弱な感じはしない。

二重の大きな瞳は、やや下に垂れている。鼻は高い。唇に遊びに馴《な》れたような艶《つや》があった。

男の内前が見ても、思わず唇が開いてしまうような……怪しい程に、美しい男であった。

こみ上げそうな憤懣《ふんまん》を唾と一緒に飲み下す。

「ならば……知らぬということでいい。わしは、此度の一件について青綺門院《せいきもんいん》様に、相談せねばならぬ」

「……」

「青綺門院様がお止めになった講義を……主上は再開せよと仰せになるのだ。青綺門院様の許しを得ぬわけにはゆかぬ」

青綺門院は先帝の后《きさき》で、帝の義理の母である。

去りかけた内前は、

「茶山寺、徳大寺。その方たち、天子のお傍近くにお仕えする身でありながら、学問に身が入らず、和歌もつたないという。……由々しきことぞ。心を入れ替え、精進されい。ゆめゆめ――弓馬の道などに惑うてはならぬ」

「はっ」「はっ」

内前が見えなくなると茶山寺時康が口元をほころばせた。

「そなた、さっきの男に、異を唱えようとしたのであろう？」

公城に、問う。

「ああ」

「いかんなあ。わしはそなたという男を高くかっておるが、激情にまかせて、思ったことを口走る悪い癖があるぞ」

冷静な時康の声調を前に、公城が血の沸騰を辛うじておさえた。

「――時は近い。細やかな処にも気をくばることだな」

時康は……墨で蔓草が描かれた扇を取り出すと、益々《ますます》ほころんだ妖しい唇を隠した。

夜の時康《ときやす》

島原《しまばら》遊郭にある妓楼《ぎろう》、藤屋《ふじや》には二階屋ほどの高さの露台がある。

広い庭の一角に瓦《かわら》と土を盛り、大きな人工の山がつくられている。その人造山の上は平らになっていて数十畳程の座敷になっていた。

屋根は、ない。

故に雨夜にはつかえぬが、もし晴れ渡った夜ならば……広漠たる星空にかこまれて、宴を開くことができる。

ビアガーデンに近い場所だ。

春には、庭の夜桜を見下ろしながら、秋には、冴《さ》えわたる名月をあおぎながら、客と遊女たちで酒宴を開く。

本館から渡り廊下で移動でき、四角形の宴席は庭に落ちないように、高欄でかこまれていた。

御所で和歌御会があって六日後の夜――

島原は藤屋の露台に時康、公城、さらに十人くらいの男と、遊女たちの姿があった。

「やはり、桜や月の頃は、随分前に話を通さぬと席が取れぬか？」

竹内式部《たけのうちしきぶ》が、言った。

「そうどす。皆さん藤屋の露台で飲みたい言わはります。半年前に言《ゆ》うてくれへんと、席お取りできまへんえ」

横兵庫《よこひょうご》に結った黒髪に金色の櫛《くし》を挿した遊女が、酒をそそぐ。ぐびっと一気にあおった式部は長い髪を後ろで一つにたばねた壮年の男だ。黒い胴服を羽織っていて、いかにも学者然としていた。顎《あご》が細く怜悧《れいり》な顔立ちをしているが、厳しい芯《しん》の如きものが内側に孕まれている。

遊女が、

「そやけど今は、桜もまだどっしゃろ？」

梅の季節である。

「まだ夜も冷えますさかい……外で飲みたいゆうお客様、他におりまへん。そやから、お取りできましたんえ。……ふう、寒《さぶ》おすなあ」

赤い綾《あや》に似た色の唇が開くと、阿古屋珠《あこやだま》のような歯が見えて、白い息が発せられた。

「茶山寺はん、徳大寺はんは、ようお見えになりますけど……やっぱり皆さん、先生の……」

「そう。皆、我が門下の者じゃ」

式部が、答える。

「先生は徳大寺はんのご家来……」

一杯あおっただけで顔が赤くなった徳大寺公城が、

「我が屋敷で、先生とお会いする時は、『式部』このように呼ぶ。麩屋町《ふやちょう》丸太町下《まるたまちさが》ルにある先生の塾でお会いする時には、『先生』とお呼びする」

「藤屋ではどっちどす？」

遊女が、公達というよりは関東武士といった方がしっくりくる公城に、さらに一献《いっこん》そそいだ。

「……そうじゃな。ある時は、先生、ある時は、式部、状況により変化する形で……」

「何どすの、そのじゅんさいな（はっきりしない）言い方」

何人もの厚化粧の女からたゆたうような笑い声がもれる。

竹内式部は越後《えちご》の医者の家に生れ、三十年ほど前に上洛。崎門《きもん》学派の松岡仲良《まつおかちゅうりょう》や玉木《たまき》葦斎《いさい》に師事した。

崎門学とは朱子《しゅし》学と神道が習合した教えである。崎門学者は、習合という語を嫌うが、当学派の説を考えると、そのように表現するのがふさわしい。

露台の上には遊女たちの見知らぬ顔がいくつかあった。女たちの好奇心を察した時康が……例の、黒い蔓草が描かれた扇を取り出す。

「初めての顔もおるゆえ、わしから紹介しよう。ここには……所司代や町奉行に、色町にいることが知られると甚だまずい者が何人かおる」

「承知しとります。なんぼ何でも、この藤屋ではたらく女は……大切なお客様、町方に売るような者は一人もおりまへんえ」

「安心した。では、今宵は無礼講ということで、わしより官位が高い者も呼び捨てにする」

「正中《しょうちゅう》の変の折の集いも……無礼講であったたな」

式部が、強い意味をこめて言った。

「はい」

式部と時康の間に流れた暗い戦慄《せんりつ》を気取《けと》った遊女はいない。

「正親町三条公積《おおぎまちさんじょうきんつむ》、烏丸光胤《からすまるみつたね》、西洞院時名《にしのとういんときな》、壺之井晴季《つぼのいはるすえ》、岩倉尚具《いわくらなおとも》」

いずれも、二十代三十代の、中下級貴族だった。この中で上級貴族と呼べるのは徳大寺公城だけだった。皆、大名や、旗本にくらべれば、細々とした扶持米をもらって暮している男たちである。たとえば西洞院家の扶持米は年二百六十石。この中から、家格に見合った装束を用意し、家来たちを喰わしている。相当、暮し向きはきつい。全員、金がない。

——今日は時康の奢《おご》りできていた。

茶山寺時康も事情は同じなのだが……洛北の山荘に住まう時康は、どういう訳か、莫大《ばくだい》な資産を有しているのであった。

時康の紹介が、同席している、三人の浪人風にうつる。

「こちらは——藤井右門《ふじいうもん》」

筋肉が巌《いわお》となり分厚い一山をなしてそこにいた——。

物凄い男であった。

獅子《しし》と虎を、合わせたような男。何匹もの蛸《たこ》が描かれた綿入れの下で野太い筋骨がはちきれそうであった。公城も武士の如く見えたが、それは後天的な鍛練に因《よ》る。藤井右門ははじめから——猛獣として生れついたみたいだった。

さっきから、右門とはなれた所にいる遊女まで、この男が放つ得体の知れぬ迫力に意識をからめとられ、ちらちらと、視線をそちらにおくっている。

「赤穂《あこう》浪人の息子でな。富山《とやま》で百姓をしていたが十六で出奔し、都にきた。今は先生の用心棒をつとめておる」

「ほんに、赤穂の浪士さんの……。へえ、こないな、たのもしいお方がお傍におったら、先生も安心どすなあ」

遊女が讃嘆の目をもって、右門の剛肉《ごうにく》を眺める。右門は雑草のように鬚《ひげ》が生えた丸顔をかすかにうつむかせ、唇をほころばせた。

「茶山寺様の紹介で、先生に弟子入りしました」

目は、笑っていなかった。

「こちらは、氷部主計《かずえ》」

――あの、氷部だ。

知恩院門前で蕭白と揉《も》め事を起した総髪の武士。あの日、氷部が守っていた覆面の若者こそ……時康だった。

「幾田直元《いくたなおもと》」

やはり、あの日、氷部と一緒にいた男で、赤茶けた髪をした凶暴そうな男である。猪《いのしし》に似ていた。

「二人は、当家の青侍じゃ」

青侍——公卿につかえる、侍だ。氷部、幾田は元浪人で、時康にやとわれた者だろう。

「藤井様が先生を守ってはって、氷部様幾田様が、茶山寺はんを守ってはる？」

「——そういうことだ」

さらに時康は裕福そうな二人の町人を紹介している。一人は泉州屋《せんしゅうや》惣右衛門《そうえもん》、洛中で刀と茶器を商っている男で、もう一人は、二条新町《にじょうしんまち》で具足商をいとなんでいるという。

「今日は何のお祝いなんどすか？」

遊女が、時康の盃《さかずき》に、酒をそそぐ。芳醇《ほうじゅん》なる美酒を口腔《こうこう》にしみわたらせながら、

「うむ。先生から言っていただいた方が」

箸《はし》を置いた式部が、居住いを正した。同時に目に見えない張りつめたものが門弟たちを、貫き、全員が盃を下ろした。

「我ら崎門学派は、開祖、山崎闇斎《やまざきあんさい》先生の頃より、日本紀、乃ち日本書紀の講義を大切にしておる」

山崎闇斎の崎を取り、崎門という。

「闇斎先生は七十年以上前、天和《てんな》二年（一六八二）に亡くなった。闇斎先生の宿願は……天子様に、日本紀の講義をすることであった」

門弟たちが、うなずく。

「我らはその目的を果たすべく、堂上方の門人をふやすなどしてまいった。だが、朝廷内にもよからぬ心をもった勢力があり……我らの講義をはばもうと、さかんに跳梁跋扈《ちょうりょうばっこ》しておった。たとえば、昨年六月、一度は帝への日本紀のご進講が実現した」

徳大寺公城らがおこなった。

「だが、よからぬ者どもの邪魔立てにより、ただ二月《ふたつき》で取り止めになった。それから苦節数ヶ月……。今日は無礼講ゆえ、呼び捨てにさせてもらうが、これなる正親町三条公積、烏丸光胤の只《ただ》ならぬ尽力によって……遂に講義を再開できる運びになったのじゃ」

それは乃ち——最後まで彼らの講義に難色をしめしていた青綺門院の許しが、出たことを意味する。

誇らしげな面持ちになった公積、光胤を一目見た式部は、

「本日は闇斎先生にそのことを報告。祝い酒を飲もうと、此処に参ったのじゃ」

闇斎に報告というのは、墓前にでも参ったのであろうか。全員、神妙に黙する男たちに、遊女たちは秘密結社めいた雰囲気を感じるも、表情には出さない。

「それはまあ……何ともおめでたいことどすなあ。まったりしておくれやす。……なあ、お酒足りてへん。もっと、沢山《たんと》もってきといて」

それからしばし歓談の後——時康は、女たちを露台から下がらせた。

星空の下に式部とその門弟たちだけになった。

夜明けの森のシダの葉にのった朝露のように、澄んだ星明りであった。

「誰もおりませぬ」

高欄から庭を見下ろした若い岩倉尚具が、もどってくる。岩倉が腰を下ろすと、時康は——打って変った山犬に似た眼光をたたえた。

「右門。富山藩、そして、加州《かしゅう》の方は？」

押し殺した声でささやいている。

豪傑、藤井右門が、

「はい。前田利寛《まえだとしひろ》公を通じて……富山の方とは話がついております」

右門は——おさない頃、熊を槍《やり》で突き殺したという腕をゆっくりさすった。

「我らが都で旗揚げした暁には、富山藩は味方となってくれます」

前田利寛——富山藩主の庶子であり、洛中で悠々自適の暮しをしていた。都で、同郷の右門と出会い、この男の猛気、豪胆に……心から惚《ほ》れ込み、猶子《ゆうし》とした。後見人となったのである。

一介の浪人にすぎぬ右門は、前田利寛を通じて——富山藩、さらにその本家で日本最大の外様《とざま》大名、加賀《かが》百万石前田家と深いつながりをもっていた。

「——加州は？」

時康が、問う。そこが時康のもっとも訊《き》きたい処であるらしかった。

「加州公の御存念、いまだ分明ならずといえども……利寛公のお口添えがあれば、加州藩を動かすことも十分可能かと存ずる」

時康の妖美な顔が、筋骨の山から、武骨なる公卿にむく。公城に言った。

「伊予大洲藩《いよおおず》」

公城が、

「伊予大洲藩主・加藤泰衜《かとうやすみち》はわしの従兄《いとこ》じゃ。外様の大洲藩は……将軍家に、ずっと冷や飯を喰らわされてきた」

さらに加藤泰衜の曽祖父は崎門学を学んでいた。

「間違いなく——挙兵してくれることと思います」

公城のたのもしい言は、式部の双眸を輝かせている。

時康が、

「岩倉」

「はい」

「そなたが昵懇《じっこん》にしておる中院通維《なかのいんみちこれ》の妹は、佐賀《さが》藩主に嫁いでおるのじゃな？」

「はっ」

中院通維も崎門派の公卿である。今、この席にはいない。

「佐賀の方は？」

「通維の妹を通じ……大きく心をかたむけられているようにございます。たとえば、加賀などが動けば――お味方に馳《は》せ参じてくれると思います」

岩倉尚具が、答えた。

時康の脳中で思案の閃火《せんか》がきらめく。

「わかった。中院を通じ……妹にはくれぐれも焦るなとつたえてくれ。一気にことをすすめると、怪しまれるやもしれぬ」

「承知しました」

「また、この壺之井晴季が……」

壺之井晴季もあどけなさがのこる公達だった。彫りが深い顔に、大きな目。文学青年に似た憂鬱《ゆううつ》を、相貌にたたえていた。

「様々なつてをたよって、柳川藩《やながわ》もお味方に引き込むことに成功しました。郡上藩《ぐじょう》にもあたりをつけております」

公城が冷めた蕪《かぶ》の煮物を豪快に呑み込むと、

「壺之井は……普段は物静かじゃが、文を書かせると、実にうまい。何というか……そちの手紙を読んだ者の心は、必ず動くのじゃ」

「それはわしも思っておった」

式部が、言う。厳しい師匠にみとめられた晴季は恐縮したのか肩を小さくすぼめた。

「……ありがとうございます」

「遂に――機は熟したか。後は天子様に日本紀の進講を通じ……武家を討つ聖念をかためていただくだけじゃ」

式部が、やおら言った。

寂《じゃく》たる声であったが、長きにわたる鬱屈がたまった恐ろしく重い声であった。

武家とは――武士一般を言ったのではない。

将軍・徳川家重《いえしげ》のことを言っている。

彼らは江戸幕府を討つ密謀のために、藤屋にあつまっている。ここにいる誰かの屋敷であつまれば——襖《ふすま》の向うでその家の小者に、聞き耳を立てられかねない。その者が所司代の許《もと》に走らぬとは限らない。夜の野山で参集しても、この人数だと、必ず里人に怪しまれる。

島原遊郭藤屋の露台なら、高欄から庭を見下ろせば——聞き耳を立てている者がいないか必ずたしかめられる。女たちを下げれば、この場所で彼らの密談を聞いているのは、漆《しっ》黒《こく》の空で瞬く星たちしかいない。

茶山寺時康がこの場所をえらんだのは、右の事情に因る。

江戸幕府は朝廷がある京都を治めるべく、幾種類かの役人を置いた。

京都所司代。

京都町奉行。

禁裏付《づき》武士——御所の警固を担当すると同時に、帝と公家を見張るよう言いつかっている。

また朝廷内にも幕府の代理人と呼ぶべき者が、存在していた。

一つが、武家伝奏《でんそう》。

定員二名の武家伝奏は、朝廷と幕府の折衝を担当する公家である。毎年正月、江戸に下り、将軍や老中に会う。また幕府から京へやってくる使者をもてなすのも武家伝奏の役目である。

もう一つが、五摂家《ごせっけ》。

近衛家など、摂政関白《せっしょう》を輩出する、五つの家である。最上級貴族たる五摂家は妻を、御三家から娶《めと》り、姫を、将軍家や御三家に嫁がせたりする。結婚を通じて、莫大な金銀米穀の援助を、将軍家、御三家からあてがわれ、経済的に豊かであった。したがって、朝臣でありながら、徳川家に同調する思考回路になりやすい。

幕府は、京都所司代を頂点とする多くの武士を京に置くと同時に、朝廷の中に自分に味方する者――武家伝奏と五摂家をつくり、他の公家たちをおさえこんでいたわけである。

江戸幕府がはじまって百五十年。

経済的に追い詰められた中、下級貴族の青年たちを中心に……江戸幕府への強い憤懣がふくらみはじめていた。

何故、中、下級貴族なのか。

それは幕府旗本などよりも少ない扶持米で暮し、米価が高騰する京都で、恐ろしい困窮を強《し》いられていたからである。

何故——若者なのか。

それははち切れそうな好奇心をいだく時期に、著しい行動制限（都の外への外出禁止）をかけられていたからだ。

彼らの怒りの矛先は、自分たちをこのような状況に追い込んでいる幕府、京都所司代、自分たちより遥《はる》かに広い行動の自由をもつ二人の武家伝奏（江戸まで旅ができる）と、豊かな暮しをしながら、ことあるごとに上から圧迫してくる五つの摂関家にむいていた。

荒ぶる青年たちの同情は、自分たちより厳しい行動制限をかけられた、ある一つの対象にむけられた。

その対象を上に戴《いただ》いて、幕府を討つという……壮大な計画が、同じく将軍家に強い不満をいだく、西国の外様大名と密《ひそ》かに連絡を取り合い、すすめられていた。

「時康」

公城だ。

「そなた、京と江戸を混乱に陥れる秘策があると申していたな?」

行灯《あんどん》の灯が掻き起す光の小さな影が、時康の盃になみなみとつがれた美酒の水面《みなも》で、躍っている。

「――言った」

「そなたの計画では、京で旗揚げすると同時に、江戸で騒ぎを起し……同心する諸大名の挙兵をうながす」

時康が目で合図する。総髪の氷部と、赤茶けた髪をした幾田が立ち、高欄に手をかけて、下方の庭をうかがう。――大丈夫であった。誰も聞き耳を立てていなかった。

「次に、富山藩兵、郡上藩兵に、大垣《おおがき》城を、加賀藩兵に、彦根《ひこね》城を落とさせ、関東からやってくる兵を遮断。伊予大洲藩には大坂を突かせ――大坂城代の首を獲《と》り、佐賀藩、柳川藩には長崎《ながさき》を襲わせ……」

「長崎奉行を討ち取って、異国船から武器を手に入れる」

時康が話を受け取った。山人がつかう斧《おの》に似た硬質な声で、公城が問う。

「……今日こそたしかめておきたい。その、初動の、京と江戸で混乱を引き起す秘策とは、何か？　そこが瓦解《がかい》すると、今申した策は全て瓦解するではないか」

「わしも是非聞いておきたい」

式部が、身をのり出した。

時康が、式部に、むく。

「先生。この茶山寺時康……今まで何かいい加減なことを先生の前で申したことがあったでしょうか?」

「……ない」

「ならば…………この時康を信じていただきたいのです。……その時……七月十六日がくれば、わかります」


多くの崎門の公達は幕府への不満や怒りから、この計画にくわわっていた。野良犬が如き二人——右門と幾田直元は、別個の感情、藩を潰された怨《うら》みから、同志となっていた。つまり将軍家に一矢報いたいという情念が、右門らをここにいさせた。

氷部は事情が違う。

自分で脱藩した氷部に、将軍家への怨みはない。

氷部はただ——戦乱を望んでいた。つまり、己の腕を存分にためしたいという、野心という名の凶獣が、氷部をして此処にいさしめた。

怒りや、野心をいだく者、式部の学説に感化された者が、藤屋の露台に座している。

否。

例外が一人いる。

もっと異質なものをかかえた者がこの中に一人だけいた。

を見ていた。

——茶山寺時康。

時康がかかえているのは、もっと禍々《まがまが》しい何かだ。

それは夜空の果てにあるという、羅睺《らご》という星に似ていた。

あらゆる光をさえぎってしまう暗黒の惑星だ。

公城をはじめ露台にいる公達は、時康が発する絶大な自信に打たれ、この男の計画通りにすすめていけば大丈夫だという表情になっていた。壺之井晴季だけが、硬い目で、時康

＊

明石《あかし》藩京屋敷は麩屋町通の東側にある。

屋敷の北側は、丸太町通。この通りの北側は公家町で、岩倉家などの屋敷がある。公家町のさらに北側には、禁裏があった。

四月十一日（今の暦で、五月半ば）。

明石藩邸。

庭田重奈雄は、森と見まがう庭園を歩いている。

ツツジは桃色の、小さく、可憐な、贈り物の如く、植え込みのそこかしこで、蕾《つぼみ》をふく

らませている。椿の老樹は茶色い塵紙《ちりがみ》をくしゃくしゃに丸めたような枯花《かればな》を物凄い数、梢《こずえ》につけていた。

コナラなどの落葉樹は一月程前なら、真《まこと》に控え目な若葉を萌《も》えさせていて、樹下に立っても透明な太陽光を沢山下に落としていた。

ところが、今は——幹のあらゆる部分から、乱暴な緑の生命力を放出させ、気圧《けお》される程の分量の葉を発達させていた。

そこを歩く、重奈雄。

緑一色の小袖を着ていた。重奈雄は、枯草が目立つ頃から初春まで茶の衣で後は緑の衣ですごす。

落葉樹の木立を、抜ける。

紫陽花《あじさい》が何株か茂っていた。

暗い森のような場所を歩いていると、不意に開けて紫陽花を堪能《たんのう》できるという趣向だ。

「この紫陽花かな?」

重奈雄が、出入りの植木屋と、明石藩士の方を、顧みる。

「へえ」

法被《はっぴ》を着た植木屋が白髪頭を縦に振っている。

重奈雄が、紫陽花に、近づく。

「成程《なるほど》……たしかに元気がないな」

紫陽花はこの季節、梅の実くらいの蕾をつける。緑色のぶつぶつした粒子が雲集した蕾は次第にふくらんでゆき——梅雨時にもなれば、水色や白、桃色や赤紫、色とりどりの花を咲き乱れさせる。

その蕾が……少なかった。

さらに生気が失《う》せた葉に、褐色の斑点《はんてん》がいくつも浮き出ていた。斑点が密集した処は黄ばんでいた。

重奈雄は植木屋の翁《おきな》を、近くに呼び、丁寧に対処法をおしえる。

「まず、病にかかった枝葉は全て切り落とし、すてるのだ。接《つ》ぎ木などにつかってはならん」

「へい」

「そして、根元によく乾いた綺麗な藁《わら》を置き、木を守ってやるのだ。さすれば……枯れることはない」

「ほんまどすか。この紫陽花、留守居役の須田《すだ》様がえらい気に入ってはって……枯らしたらわし、叱られます。もう明石藩様から……たのまれへんようになるかも……」

初夏の庭で、額に浮いた汗をぬぐった植政《うえまさ》という法被を着た老人に、重奈雄は、

「――大丈夫だ。まだ、こ奴らは病にへこたれていない。十分いたわってやれば必ず花を咲かせる」

しなびた栗《くり》の実に似た面《おもて》をほころばせた翁を、強く元気づけた。

当然これは――常世の植物に因る現象ではない。何処にでも見られる、紫陽花の病であった。

屋敷で茶菓をご馳走《ちそう》になった重奈雄は白い日に照らされた初夏の麩屋町通に出ている。

ふと、北を見ると、往来の反対側に、人だかりができていた。

小首をかしげた重奈雄が、接近する。

どうも、とある町屋の前に町人たち、諸藩の京屋敷ではたらく者たちがかたまっているようであった。

異常に大柄な男が、上がったばったり床几の前に立ち何か声高に語っていた。ばったり床几というのは町屋の前にある腰掛けで、上げ下げが出来、下げると、座ったり商品を並べたり出来る。バタンと上げると壁に密着する形で収納できる。

丸顔に鬚を生やした大男で蛸の模様が描かれた小袖を着ていた。

何か説明しているが、町人たちがしゃべり合っているため、聞き取れない。

「一体何事です？」

　重奈雄が疑問をぶつけたのは、白髪混じりの品がよさそうな男である。やはり白いものが混じった鬚を細い顎に垂らしていて、穏やかな目をしている。茶色い胴服をまとった学者然とした人物で、痩せていた。初老の学者は鶯色《うぐいすいろ》の扇を振りながら、答えた。

「どうもこの塾の門下の方が、帝に進講をはじめられたようです。今、新しく塾生をつのっているらしく……どんな者でも、志さえあれば、用意金などなくとも話が聞けるということで、こうやって人があつまっているようです」

　その隣に立っていた、重奈雄と同い年くらいの若い町人が、話に入ってくる。

「――わし思うんやけど、ただで話が聞けますゆう所は、善意でやっとる所か、悪意でやっとる所か、どっちかしかないやろ」

　大坂の人であるらしかった。

　小兵《こひょう》である。

　富裕な商家の若旦那といった風情《ふぜい》の男だ。

　なかなかいなせな、絹衣をまとっていた。

　だが――だらしがない。

　フケと丸まった小さい髪の毛がせっかくの美服の皺《しわ》深くなった襟元にたまっていた。背は低いが、大男を目だけで突き刺せる、ギラついた眼光を放っている。

若い大坂町人の毒気をふくんだ一言に、この塾に興味をもってあつまっていた何人かの人が少し嫌そうな顔をする。

初老の学者が、

「上田《うえだ》さん。貴方《あなた》は……思ったままを口に出しすぎる。悪い癖ですぞ」

二人は知己のようだ。

上田が、豪快にフケを落としはじめた。風呂が嫌いなのであろう。小気味よいくらい、次々に、己の頭皮から出た小さく、白い、塵を、散布しはじめた。

「心即理《しんそくり》。心のままに動けばええ。――芥川《あくたがわ》先生、前に言うとったやん？」

自分より年長の相手に対する上田に、敬意はない。

（蕭白と、気が合うかもな……）

と思ったが、数瞬後に、

（いや、すぐ喧嘩になるかもしれぬ……）

と感じた重奈雄だった。

上田が、

「わし、心のままに、口走っただけやん。心即理でっしゃろ？　何か、間違ったこと言《ゆ》うてまっか?」

芥川先生というらしい初老の学者は上田の暴言がぶつかっても、落ち着きを崩壊させない。

「…………心に思ったことが、道にそっていないと。この話は長くなるのでよしましょう」

家の前に立つ藤井右門が――声を張る。

「さあ、今日は、誰でも先生のありがたい話が聞けるぞっ」

「どうします?」

重奈雄が表にいる方の先生、芥川先生に訊《たず》ねる。

「……聞いてみようかな。元々、彼らがいかなる講義をおこなっているか知りたく思っていた」

「先生が行くなら、わしも行きまっせ」

上田が、己の片頰をぶっ叩く。

「――俺もそうするかな」

この二人といると面白そうなので、重奈雄もその塾、乃ち竹内式部の塾をのぞいてみることにした。

江戸時代 諸学問学統図

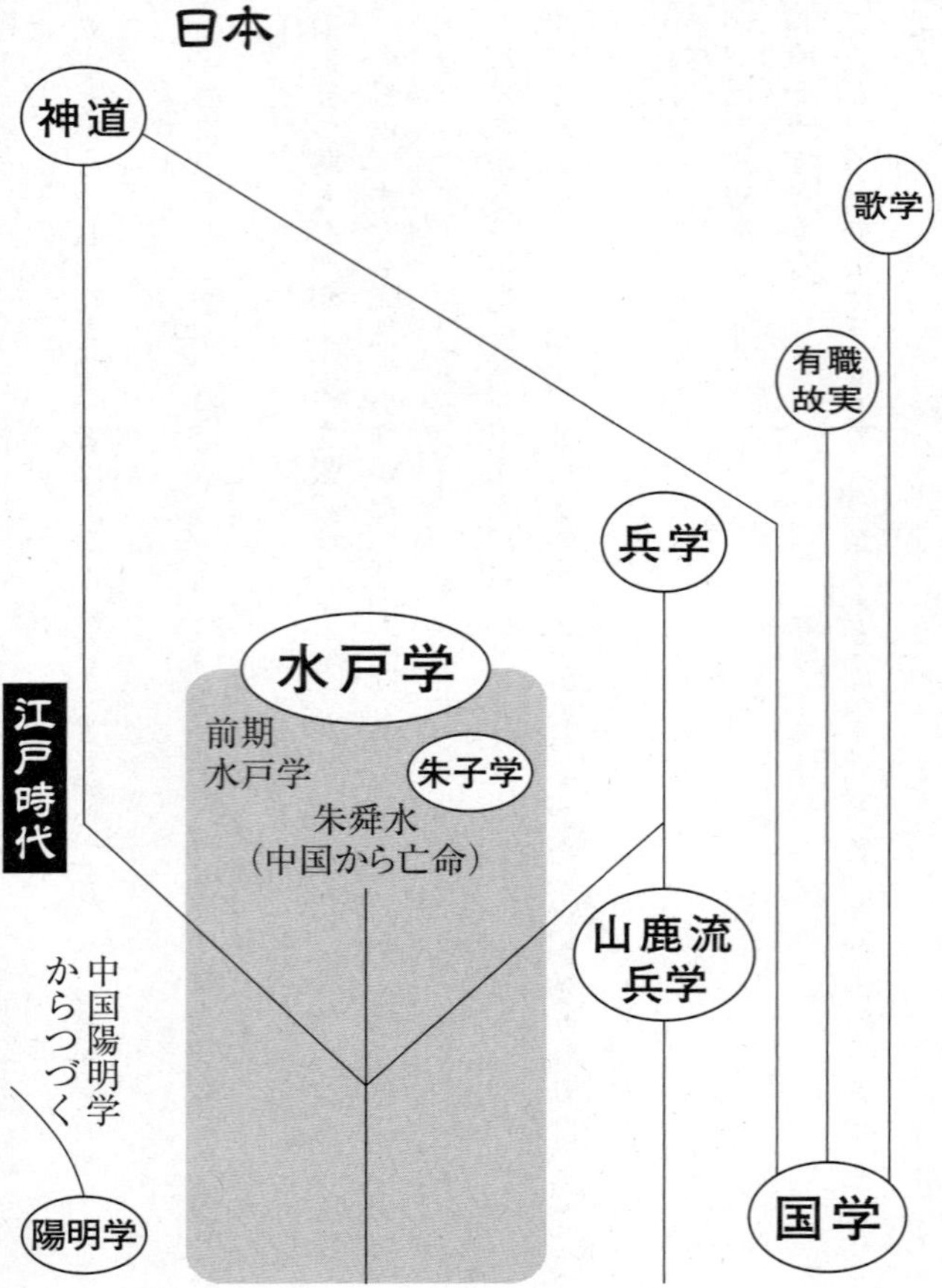
日本
神道
歌学
有職
故実
兵学
水戸学
前期
水戸学
朱子学
朱舜水
（中国から亡命）
江戸時代
山鹿流
兵学
中国陽明学
からつづく
陽明学
国学

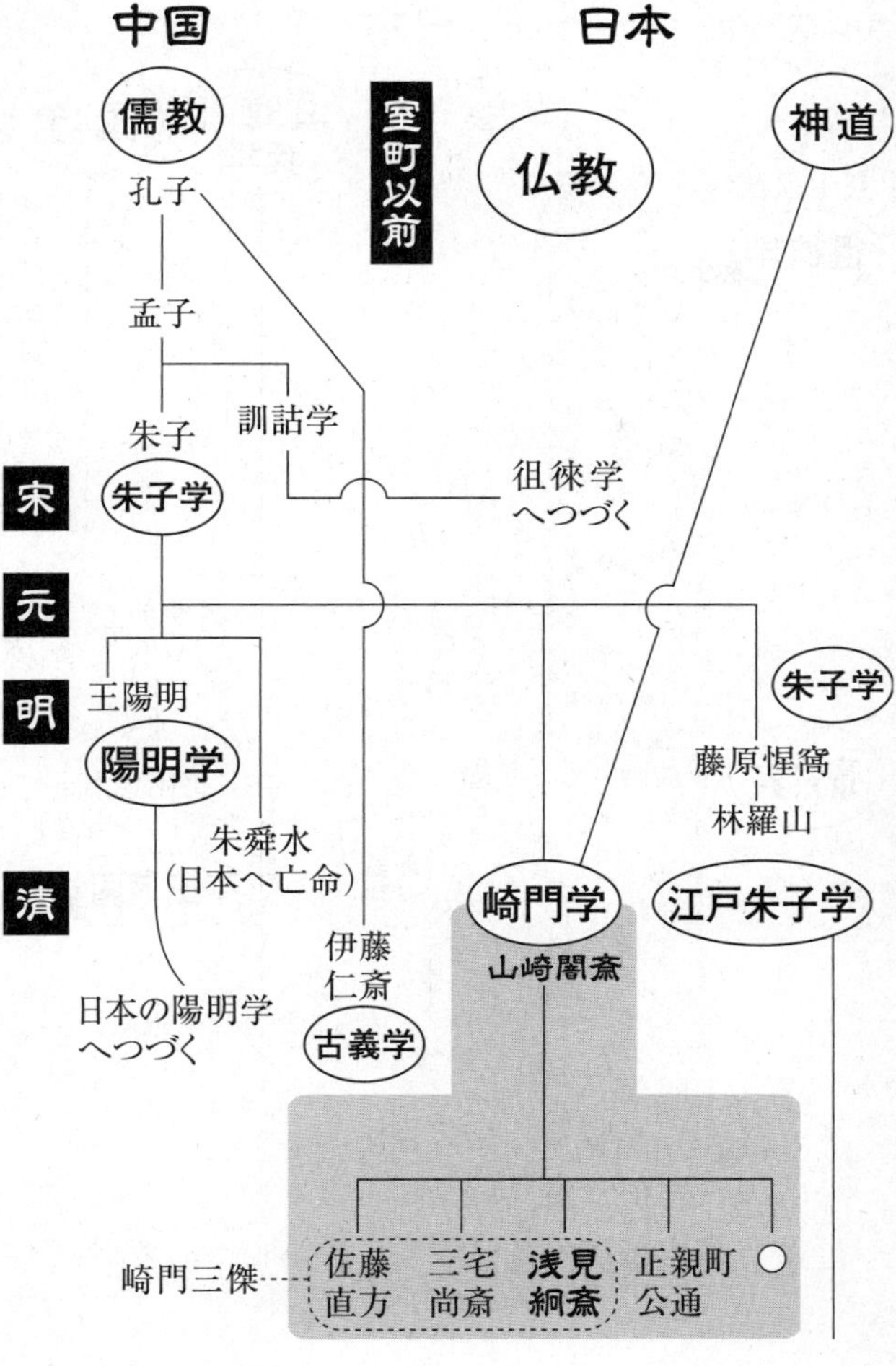
中国
日本
儒教
室町以前
仏教
神道
孔子
孟子
訓詁学
朱子
宋
朱子学
徂徠学
へつづく
元
明
王陽明
朱子学
陽明学
藤原惺窩
林羅山
朱舜水
(日本へ亡命)
清
崎門学
江戸朱子学
伊藤
仁斎
山崎闇斎
日本の陽明学
へつづく
古義学
崎門三傑
佐藤
直方
三宅
尚斎
浅見
絅斎
正親町
公通

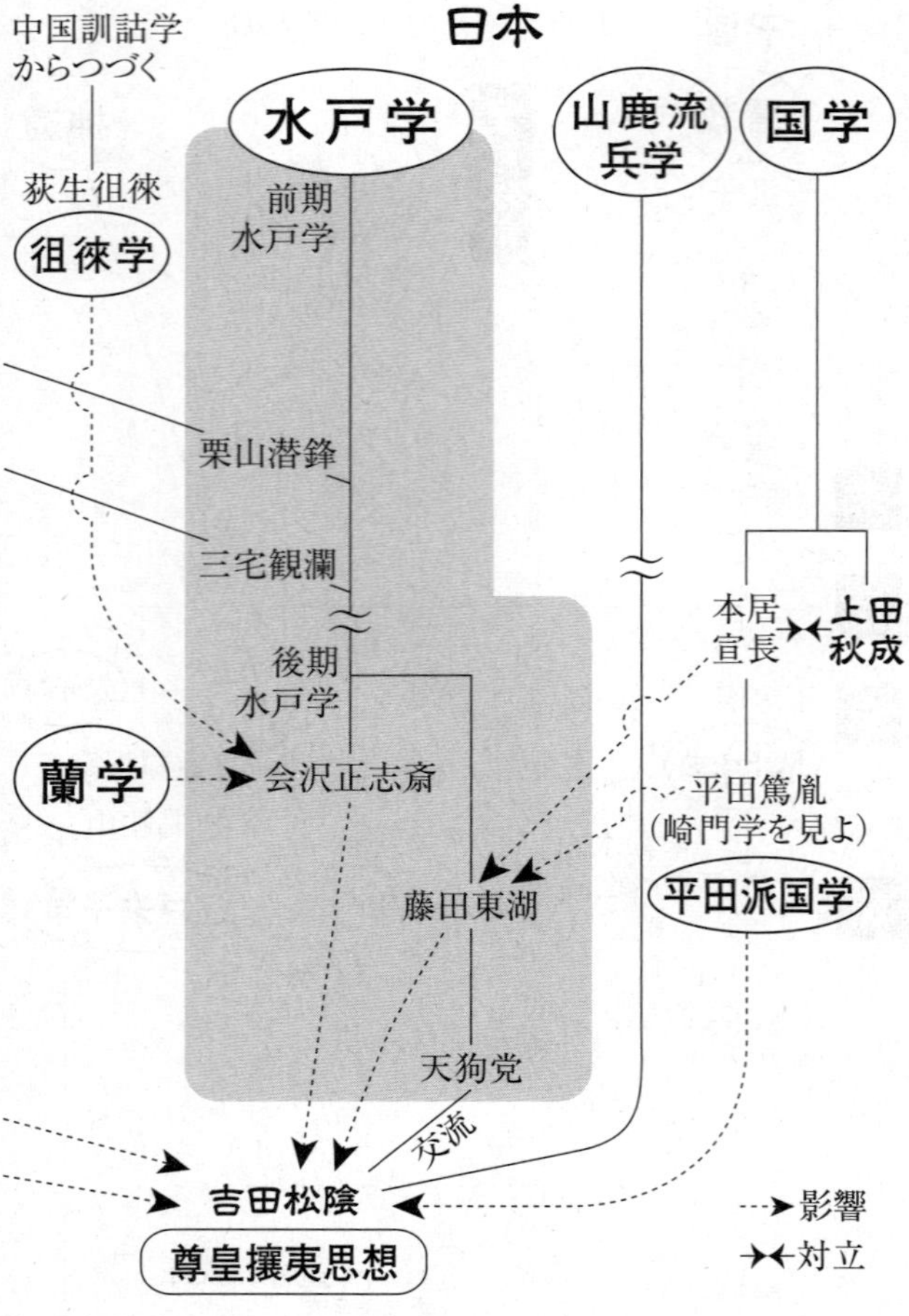

日本
中国訓詁学からつづく
荻生徂徠
徂徠学
水戸学
前期水戸学
栗山潜鋒
三宅観瀾
後期水戸学
蘭学
会沢正志斎
藤田東湖
天狗党
山鹿流兵学
国学
本居宣長
上田秋成
平田篤胤
(崎門学を見よ)
平田派国学
交流
吉田松陰
尊皇攘夷思想
影響
対立

日本

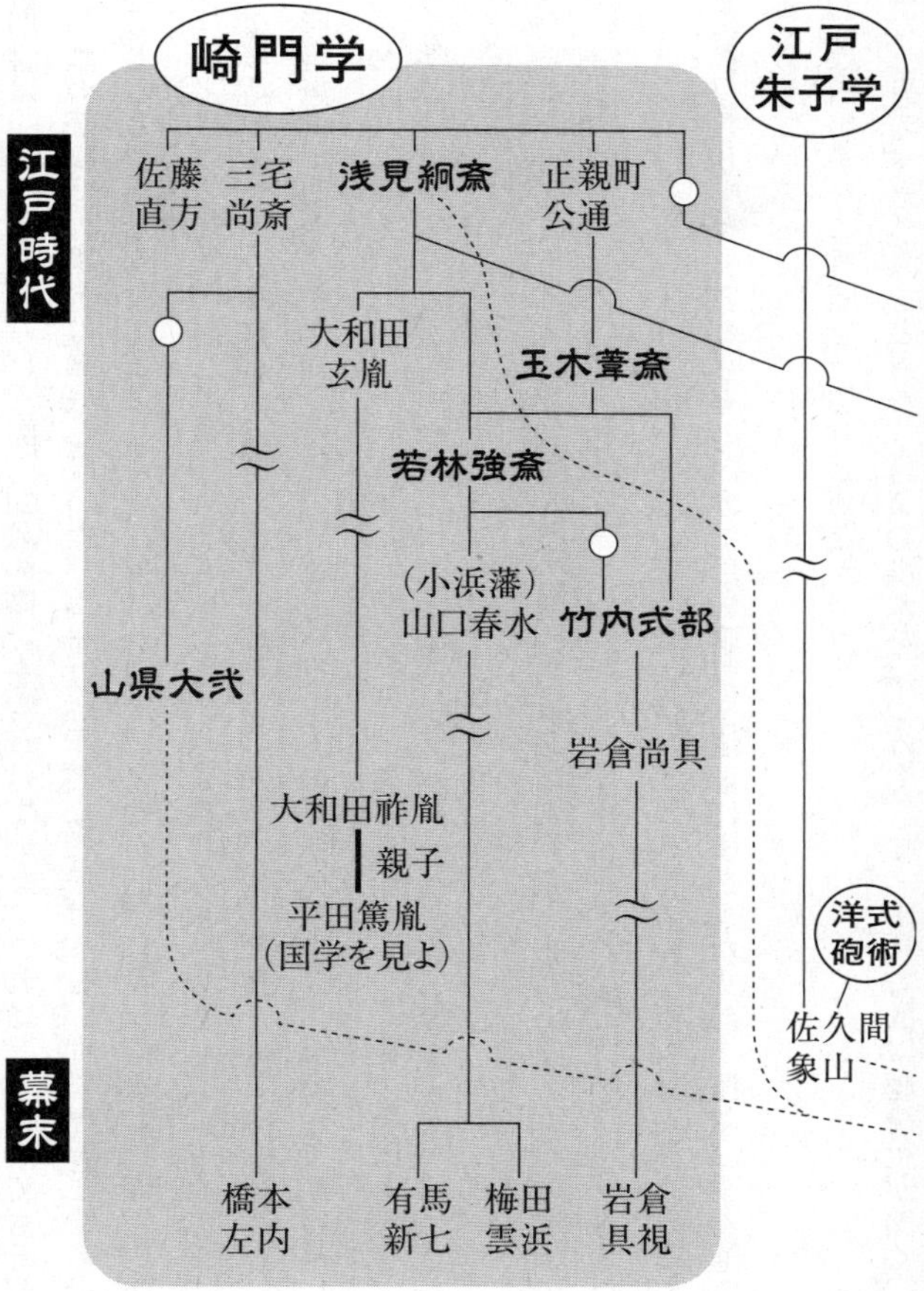
崎門学
江戸朱子学
江戸時代
幕末
佐藤直方
三宅尚斎
浅見絅斎
正親町公通
大和田玄胤
玉木葦斎
若林強斎
(小浜藩)山口春水
竹内式部
山県大弐
岩倉尚具
大和田祚胤
親子
平田篤胤
(国学を見よ)
洋式砲術
佐久間象山
橋本左内
有馬新七
梅田雲浜
岩倉具視

崎門学は――弟子をみちびく際、知識の階段をもうけていた。これはどの学問でもそうかもしれぬが崎門の場合は徹底していた。つまり、重要な核心は、長い間学び、この者は信頼できると考えられた弟子にしか、伝授されない。また崎門学は書籍もなしたが、口頭による伝授を重視している。つまり、師匠と、もっとも重要な幾人かの門人たちとの間で、いかなる話がされ、いかなる伝授がおこなわれているか……一切証拠をのこさない。

幕府官憲が崎門の全貌を知りたく思っても、幾重もの秘密の壁で守られており、容易にはうかがい知れぬ仕組みになっていた。

朱子学と神道が融合した崎門学は――心を常にキッとした態度にたもつこと、「敬」を重んじる。

だからこの日、式部は敬の重要さを語る処からはじめた。堂上方、あるいはその家来の青侍や雑掌《ざっしょう》、そして町人の門弟たち、さらに――今日初めてこの塾に足を踏み入れた人々、重奈雄や芥川先生、上田、諸藩の京屋敷の侍、工、商の者が、幾列も並べられた机を前にぎっちり座っていた。その前方に黒い胴服を清潔にまとった式部が座り、よく通る声で講義している。

式部は門弟からの質問を一切みとめなかった。

ただ、恐るべき熱量をともなう言葉の洪水をぶつけてきて――一方的に聴講生が聞く、という授業であった。

（これが崎門学の特徴なのかな）

疑問に思った重奈雄が、隣に座す芥川先生をちらりと見る。細い顔がそうだというふうに首肯する。

門下生六千人と言われた山崎闇斎の授業について、先達遺事《せんだついじ》は——

その戸に到《いた》れば心緒《しんしょ》獄に下るが如く、戸を出れば虎口を脱する如く大息し、連日怒言を喫して精力尽き……

（弟子たちは、その塾に入ると心が牢屋《ろうや》につながれるようで、授業が終って外に出ると、虎の巣から出たようなほっとした気分で深々と息をし、連日怒られて精力が尽き……）

という状態であったという。だが、誰よりも深い学識の師なので、忠実に学んでいた。カリスマ的な厳しさをもつ師の言葉をひたすら聞くことを中心とする講義が、いかなる門人を多く育てたかについて、那波魯堂《なばろどう》は次の如く述べる。

敬義《もりよし》（闇斎）の説に従ふ人は、十人は十人、百人は百人、幾誰《いくたり》に聞ても印し出せる書画の如く一様なり。平生、学談を以《もっ》て、他門の人に交はらず。

（崎門学派の人は、十人に訊いても、百人に訊いても、印刷物のように同じ答が返ってくる。普段、他の学派と学談し、交流することもない）

黙りこくり目を見開いて前を見つめる人々の周りに式部から発せられた鋭気がいつの間にか張りつめていた。

式部が不意に黙すと――皆が、深い静寂に、落とされた。

幾人かのきわめて冷静な人間、重奈雄や芥川先生などをのぞけば、多くの人は式部が巧みな事例を引いて説く家庭内の心得や心の持ち様などを、真剣な面持ちで聞いていた。

小さな痒《かゆ》みが、むずむずと足を襲ってきたが、掻くのをはばかる雰囲気が、ある。

式部はいつしか日本書紀について語りはじめている。

「この日本紀の進講を、三月からはじめたのです。月に二度、おこなっております」

古株の門人らしき男が、言った。

部屋の前方、右奥に、聴衆に相対す形で座していた。

（あれは……たしか、徳大寺公城）

式部の主人にして弟子、公城を……重奈雄は勘当される前、兄の屋敷で見た覚えがある。

ちなみに今日、茶山寺時康とその家来たちの姿は――ここにはない。

時康は先に入門した公城を瞬く間に追いこしている。もうおしえることはない、と式部に言わしめ、今はもっぱら翠黛山《すいたいさん》にある館に籠《こも》り、件《くだん》の秘策をねるのにいそがしかった……。

式部が、

「さて、この日本書紀に、次の一節があります。天照大神《あまてらすおおみかみ》が、瓊瓊杵尊《ににぎのみこと》に三種の神器をわたされ、この地上につかわされた。この際、天照大神は『宝祚《あまのひつぎ》の隆《さか》えまさむこと……当《まさ》に天壌《あめつち》と窮《きわま》り無けむ』と仰せになった。天照大神は天日です」

去年、式部が弟子たちにしめした書状に、次の如き一節がある。

例えば今床の下に物の生ぜざるにて見れば、天日の光およばぬ處《ところ》には一向草木さへ生ぜぬ。然《しか》れば、凡《およ》そ万物天日の御陰を蒙《こうむ》らざるものなければ、其《そ》の御子孫の大君は君なり。

父なり。天なり。……此の国に生きとし生けるもの、人間は勿論《もちろん》、鳥獣草木に至るまでみな此の君をうやまい尊び、各々品物の才能を尽くして御用に立て、二心なく奉公し奉ることなり。故に此の君に背くものあれば親兄弟といえども則《すなわ》ちこれを誅《ちゅう》して君に帰すること、吾国《わがくに》の大義なり。

左様な話を式部がした処で、重奈雄は鋭く眼《まなこ》を光らせた。この学派がもつ……油断ならぬものを嗅ぎ取ったのである。

式部が、話をつづけようとすると、

「――ちょっと、まってくれへんか」

――講義の流れに、異を差しはさむ者が、現れた。

上田という若い大坂町人だった……。

差し向かう式部と聴衆の間に成立していた緊張に予期せぬ波紋が引き起されている。

全員の視線が、眼光鋭く、だらしない若者にあつまる。

「上田秋成《あきなり》言うもんや。堂島《どうじま》の、紙油《しゆ》商の、倅《せがれ》や」

上田秋成――後に、中国白話《はくわ》小説や日本の古典から題材をとった、雨月物語《うげつものがたり》、春雨物《はるさめもの》語《がたり》を執筆。読本《よみほん》作者として大いに名を馳《は》せる秋成であったが、この頃はまだ、俳諧《はいかい》好き、白話小説好きの、富商の若旦那にすぎない。

秋成は数年後に、京都出身のタマと結婚し……国学者、建部綾足《たけべあやたり》に都で弟子入りしていることから、頻繁にこちらにきていたようである。

曾根崎《そねざき》の、玄人筋の女の、子として生れた秋成は、実父を知らぬ。四歳で、豪商、上田家に引き取られた秋成は、五歳で疱瘡《ほうそう》にかかって死にかけるなど、きわめて体が弱い子だった。

外で他の子と遊ぶことはできず、いつも引き籠り書物を読み耽《ふけ》った。

生い立ちと病弱に引け目をもつ、この少年を、義父と義母は——ひたすら溺愛《できあい》し、あらゆる我儘《わがまま》を許した。少年は好きな本を何でも手に入れ……好きなだけ暗い夢想をふくらませている。

こうして、歪んだ温室で育った、尖《とが》った花の木のような、特異な性質の男が生れた。

芥川先生こと芥川丹邱《たんきゅう》は、趣味で白話小説を研究。白話小説とは——口語で書かれた中国の小説だ。秋成とは京の書肆《しょし》が開いた白話小説を読む会で出会った。今日は件の会が終って、二人で飯を喰いに行く途中、麩屋町通の人だかりに行き当った次第である。

「上田殿といったか。今、わしが……話しておるのじゃ」

式部が、言葉で突き刺す。秋成は堂々と毒舌を吐いた。

「何や。この塾は、先生しゃべっとる時は、門弟は何も言ったら、あかんのか。何も訊けへんのか。

――おかしいやろ。

みんな、ようわからん処があるさかい、此処にきとるんやから……わからん処をもっとのびのびぶつけられるんが、ほんまもんの塾と違《ちゃい》ますか？」

公城が、眼光を放射し、右門がぶちぶちと顔の血管をふくらますも――式部は冷静だった。鷹揚《おうよう》に笑んだ。

「では、君の訊きたい処というのを、ぶつけて下さい」

「さっき、あんたこう言った。床下には日の光が差さへんさかい……草木が育たん」

「言いましたな」

「その後の話の持ってき方が、わし、どうも、腑《ふ》に落ちんかったんや」

「……ほう。どう腑に落ちなかった？」

式部の目がかすかに険しくなった。

「わし、ゾンガラスゆう南蛮《なんばん》渡来の千里鏡を、もっとるんやけど」

意外な言葉が出てきたため――町人が、幾人か、小さく、どよめく。

秋成は強い目で式部を見据えている。

「……そのゾンガラスで日を見た処……燃えさかる大きな火の玉に見えた。目や、鼻はなかった」

胆大小心録《たんだいしょうしんろく》において、秋成は次のように言う。

月も日も、目・鼻・口もあって、人体に説きなしたる古伝なり。ゾンガラスと云ふ千里鏡で見たれば、日は炎々たり、月は沸々たり。そんな物ではござらしやらぬ。

深い皺の影が瞑目《めいもく》した式部の額に生じる。公城は面《おもて》を赤黒くし、聴衆の横に立つ右門の髭面には青筋が立っていた。重奈雄はこれ以上秋成にしゃべらせると右門らを刺激してしまう気がした。右門の体からは、筋肉の猛気がこぼれ出しそうであった。

（今日はじめてこの塾にきた者の多くは上田殿の説の方に納得するだろう）

式部はそれによって秋成に害意をいだくような小人《しょうじん》でない気がするが……右門は、予期せぬ暴走をしそうな気がする。

決断した、白皙《はくせき》の妖草師が、すっくと、立つ――。

全員の眼差《まなざ》しが重奈雄にあつまった。

「つまり……上田さんはこう言いたいのでしょう」

雪解け水のような静かな声で、重奈雄は言った。

切れ長の瞳で、式部を見据える。

式部が開眼する。

目が、合った。

「たしかに古伝には、日輪が目鼻をもった女神として描かれている。だがこの古伝に描かれた日輪と、今、我らが空をあおいだ時に在《あ》る太陽は、わけて考えねばならぬ。今、太陽が草木を育たせているからといって……それを主上への聖恩につなげるのは、話が飛躍している、上田さんは斯様に言いたかったのではあるまいか」

秋成は首を縦に振っている。式部が何か言いそうになるも、重奈雄が言いかぶせる。

「太陽が……草木を育たせるから、聖恩を感じるのではない。たとえば、後花園《ごはなぞの》天皇は悪政をおこなった足利義政《あしかがよしまさ》を……詩でいさめられました。

そのような情け深さこそ……民が帝や将軍家に恩を感じる根拠ではありますまいか？

もし、太陽が、主上への聖恩の根拠なら……それはお仕着せの聖恩になってしまいませんか？」
「そなた、庭田の……」
式部を制した公城が、眉を顰《ひそ》めた。小さくうなずいた重奈雄は、
「貴方の説は、どんな悪帝が暴政を振るっても、民は太陽の恩をその悪帝の恩と考えて
……奉公しつづけねばならない、こういう結論に行きついてしまう気がする……。
それは……帝の地位も危うくする。
情け深さこそ、帝や将軍家に必要なのだという考え方が、城壁となって、帝や将軍家を
守っておるわけです。……その城壁をこわしてしまう教説という気がしました」
「…………」
「そもそもの誤解は……本朝の古伝と、海の西からきた儒教を、一緒のものと考えておら
れることに由来しませぬか？」
厳しく睨んだ公城は、
「まず先人はあまり文字をのこさなかった。文字にはのこっておらぬが、我が国にも、人
としての正しい道というものがあって……この正しい道と、西土で生れた儒教は符合する
処が多かったのじゃ」
式部がつけくわえる。

「この西土で生れた儒教と、中国の道が……」

今、式部は中国という語を——中国大陸という意味でつかっていない。日本という意味でつかっている。

崎門学では、海の向うの中国人が、世界の中心——中国に住むと主張するのを、不遜《ふそん》と見なす。彼らは日本こそ世界の中心と考える。

だから崎門学は、海の向うに在るあの大きな国を西土、日本列島を中国と呼ぶのである。

異論を攘斥《じょうせき》する厳しさを漂わせ、式部は言った。

「西土（大陸）で生れた儒教と、中国（日本）の道が合致することを、我らは妙契《みょうけい》と呼んでおる。中国の古の文献に……儒学の言葉が見当らないからといって、左様な考え方がなかったとするのは……早計ではあるまいか」

語尾に突き刺すような鋭さがあった。重奈雄は、強い眼光をたたえたまま、呟く。

「……そう考えるのか」

これ以上、議論という名の迷宮に入り込むと、鍛えに鍛えた反論がいくつも隠されている気がした。秋成が引き起した波紋により、緊迫が塾内で張りつめつつある——。

と、固くなりはじめた気をなごませる……穏やかな温《ぬく》もりをもった声が、した。

「静原《しずはら》の里で、子供らに読み書きをおしえております、芥川丹邱と申します」

「おお……貴方が陽明学者の、芥川丹邱先生か！　かねがねお会いしたいと思っておった」

式部の声には偽りでない心の弾みが見られた。他学派との論争を嫌う崎門にあって、式部は他の学統の者と議論するのが好きなのかもしれない。

芥川先生は温顔で、

「さて……まず、貴方は、先程、中国という語を日本という意味でつかわれた。しかし………貴方の門人をのぞいて、中国と聞いてそれがすぐに日本のことだとわかる人は――この中にどれくらいいるでしょう？」

日本という意味で、中国という語をつかうのは、他の一部の学派にも見られ……重奈雄は、耳学問として辛うじて知っていた。

はじまった学者同士の応酬を前に重い黙《もだ》が立ちこめていた。門人たちは厳しい顔付きで、こちらを見据え、はじめて此処にきた町人などは口をかすかに開け、髻《もとどり》に白髪がまじった芥川先生を眺めている。

「我ら陽明学者が中国と言う時には、海の向うのかの大きな国を指す。江戸の朱子学者たちもそうでしょう。

おそらく、今日初めて此処にきた人の多くが、中国と聞けば……本朝ではなく、海の向うを思い浮かべるのではないだろうか？」

町人たちが幾人か首で同意する。

「余計な混乱を生じてしまうので、今日の処は、日本は日本、ないしは本朝、海の向うのあの大きな国は、西土と呼ぶ、こういうことにしませんか？」

「――承知しました」

「竹内殿。一つ貴方にたしかめておきたかったことがあります。貴方は……朱子学者であられる」

「朱子学者であり、神道者である」

式部がゆっくりと回答する。芥川先生が奉ずる陽明学も、朱子学の一派であり、朱子学が書斎での学問を重んじるのに対し、陽明学は書をすて、町や村に出、実践活動をおこなうことを重んずる。

「わたしが貴方にたしかめたかったのは、貴方が朱子学で言う天をどうとらえているかです」

「天を？」

口をかすかに開けた町人たちの方を、芥川先生がむいた。秋の蝶《ちょう》が安心して止った、細い枯枝に似た顔が、優しげにほころぶ。

「朱子学とは何かとくとご存知ではない方もいるかもしれません。簡単に、説明しましょう」

——決して大きい声ではない。威圧するような、厳しさ、鋭さもない。だが全員が思わず耳をかたむけてしまうような不思議な磁力をもった声だった。

「貴方の心が——船だとする。

この船が、人生という荒海を渡っている。

朱子学では、天という絶対の存在が、どう海を渡るべきか、正常の航路をしるした海図をわたしてくれると考える。この一艘《そう》一艘の船にわたされた、いかに生きるべきかの海図を、性と呼ぶ。

ここまで良いですな?」

町人たちが、無言で、首を、縦に振る。

「この海図にのっとって、船頭は船をすすめたい。ところが船内に、海図に描かれていない方向に、船をすすめようと考える船乗りたちがいる。

ある酒好きの船乗りは……酒を飲みたいばかりに、酒屋が沢山ある島に寄り道したいと考える。

銭金の欲にとらわれた船乗りは、財宝に目がくらみ……全く当初の予定にない、海賊働きを船頭にすすめたりする。そそのかしたりする。

この海図と違う方向に船を引っ張ろうとする、船乗りたちを、朱子学では情と呼びます」

「過剰な欲ゆうことでっしゃろか?」

秋成が問うと、

「――それも、ふくみます。人間に性という海図をわたす天が、朱子学では大切な存在なわけです」

芥川先生が真剣な相貌で式部にむき直った。

「お伺いしたかったのは、この天を崎門ではいかなる存在《もの》ととらえていらっしゃるかです。西土の学者は……天を形のないものと考える。それはつまり、太陽や、月や、星が浮かんだ、あの天空のことであり、あの天空を産んだ、途方もなく大きな力のことだと考える。つまり、儒教を産んだ西土では…………人間の指導者たる皇帝の上に……形のない天があるのです。

皇帝が天がくれた正しい海図、性にはずれた行いをすれば……西土の人は皇帝が道を誤ったと考える」

「それは西土の人の考えであり、崎門《われら》の……本朝の考え方とは異なります」

式部が冷然たる様子で回答した。

「――どう異なります？」

それまで穏やかに話していた芥川先生の語調にはじめて硬い芯が通っている。

式部が、

「本朝における天とは――天照大神のこと。天照大神の血を引かれる、天子のことである」

「西土では……皇帝の上に形をもたぬ天があるが、本朝では……禁裏におわす方が、天そのものであると？」

式部がうなずく。芥川先生は、

「だとしたら……こういうことになりますな。西土では、皇帝の命令、勅命が天命に反するということがあり得る。皇帝が万民を不幸せにする勅を発した際……学者たちは、皇帝が天の意志に反したと批判することができる。

だが……本朝ではそれはできなくなる。

天子が、天そのものであるならば、勅命が……絶対の存在、天が人に下す天命になるからです。西土では、帝の上に人が守るべき規範があるのに対し、本朝では、帝のお言葉が、規範になってしまう」

式部から発せられる冷厳たる気と芥川先生が身にまとった温かくも確固たる気がぶつかり合っていた。重奈雄は、二頭の不可視の獣が塾の中で激しく睨み合っている気がした。気の応酬は、重奈雄一人が感じた訳ではない。皆が感じた。ありがたい話が聞けるということで、初めて当塾に足をはこんだ大工や、商人や、桶《おけ》職人や、諸藩の京屋敷の侍が、ざわざわと声を発しはじめた。

崎門学とは——尊王倒幕思想である。倒幕は崎門がもつ最大の秘密であった。全門人が、己らが倒幕を目的として動いている事実を、知っている訳ではない。山崎闇斎の時に門弟は六千人。今も相当数の門弟がいるが、全員が大事を知る訳ではない。それは、巧みに隠され、あの夜藤屋にいた者たちなど——一部の高弟しか知らぬ。

式部たちは天子への日本紀の講義——去年、公城が担当。今年は西洞院時名がおこなっている——を通じて、帝に統治者としての意識をやしない、倒幕の志をかためてもらおうと考えていた。

一方、朝廷内の崎門を警戒するグループ、前関白・一条道香、現関白・近衛内前、帝の義理の母、青綺門院は、式部たちが斯様に遠大な謀をふくらませていることは、まだつかんでいなかったが……何か、恐るべき、企みがあるのでないかと看破。必死になって崎門による日本紀の講義を食い止めようとしていたわけである。

今、式部たちは夏に計画している決起のため、少しでも門人をふやそうと考えていた。

勿論、一度目の講義から……倒幕などの深い話はできない。

ところが、現れた三人の男、秋成、重奈雄、芥川先生の舌鋒《ぜっぽう》は鋭く――予定にない話まで式部から引き出し、倒幕という心臓部までえぐり込んできそうであった。

公城は今日の講義はこれくらいで打ち切った方がいいと判断している。


ざわつきはじめた聴衆を鎮めるような大声で、公城が口を開く。

「芥川殿。先生は――本日、次の予定がありましてな。これ以上の質問はまた今度、こられた時にしていただきたい。そろそろ刻限が迫っておるゆえ、本日の講義は、ここまでにさせていただく」

すっと立った西洞院時名が、式部を、誘《いざな》う。

「さぁ、先生こちらです」

黒い胴服がバサッと浮き上がり、鋭い一瞥が――芥川先生に投げつけられた。芥川先生は全く動じていない。

門弟らしい一人の青年が芥川先生をじっと眺めているのに重奈雄が気づく。

（あれはたしか……壺之井晴季）

勘当される前、晴季とは、庭田邸で会っていた。

＊

白い光が鴨川《かもがわ》で躍り初夏の日差しが上田秋成の汗腺を刺激していた。べっとり汗をかいた秋成が、騒がしく、扇を振る。

重奈雄と秋成、二人の青年は、すぐ前を飄々《ひょうひょう》と歩く茶色い胴服に無言でしたがっている。

芥川先生が川面《かわも》を見渡す平たい石にしゃがむと、二人ははさむように腰かける。

少し南に二条の橋が物憂げに立っていて、三人の後ろでは京を代表する豪商、角倉《すみのくら》家の板塀が長々と横たわっていた。

小鴨《こがも》が泳ぐ鴨川では、褌《ふんどし》姿になった子供たちが水かけっこをして遊んでいた。

夏の装束――緑一色の小袖をまとった重奈雄が、衣についた土埃《つちぼこり》を落とす。秋成は汗だくだったが、重奈雄の白い面は涼しげだった。傍らに生えたスイバをむしる。――かじる。酸っぱかった。

芥川先生と秋成にもすすめたが、二人は頭《かぶり》を振った。特に都よりも人が多い、食い倒れの町で育った若者は「そんなもん食えるか」という表情で、強く否定している。酸っぱい雑草を呑み込んだ重奈雄は、真剣な面相になる。

「俺は都に育ち……徳大寺公城など、あそこにいた幾人かは知っておった。ですが——崎門が何をおしえているかは、まるで知らなかった」

「学説の多くを、秘密の壁で守っておるゆえ。致し方ないことです……」

芥川先生が、言った。

「先生は、いつから崎門を……」

「いつから崎門を、危ぶんでいたか……そうですな。三年程前、静原にある我が庵《いおり》の門を叩く者がありました。その男は、都の腕のいい鍛冶屋《かじや》でしてな」

静原とは洛北の山里である。

「……ほう」

重奈雄、秋成は、耳をかたむける。初老の学者は川面を見つめたままつづけた。

「刀鍛冶でした。その者は式部の門下をぬけたがっておりました。話を聞くうちに、崎門の学説に……油断ならぬものを覚えたのが一つ。いま一つ、他の門下生が刀を手に入れることに、強い関心をしめしたと聞きましてな……何か大きなことをたくらんでいまいかと、危惧を覚えたのです」

「大きなこと?」

秋成が、問う。

芥川先生は辺りに人がいないかたしかめてから、小声で告げている。

「――今の世を根本から引っくり返す、ということです」

重奈雄は厳しく目を細め、秋成は……興奮した様子で、鼻をふくらませた。

重奈雄が、

「関東に兵を起すということですか?」

「……そういうことですな」

芥川先生は鉛が如く重い目で、泰平の世の一隅で――無心に川遊びする子供らを眺めていた。その眼差しに気づいた秋成は……自分から出かかった毒舌を、無理矢理引っ込めた。

重奈雄が、思案顔になる。

「それは、由々しきことですな。その刀鍛冶は……?」

「清三郎《せいざぶろう》という男ですが………不意に、いなくなりましてな。行方知れずになったのです」

「何やとっ!」

秋成が、急激に――反応している。

世の中が根本から引っくり返るかもしれぬ……と聞き、得体の知れぬ喜びを見せた、後に作家になる男は、今度は百八十度逆、物凄い正義感に打たれた反応を、くり出した。

秋成は、熱っぽく、主張した。

「わし、わしな……急に誰かを置いて消えるような奴が、一番許せへんのやっ！　わし……お父《とん》を知らん。お父はお母《かん》置いて、どっかに消えたのや」

秋成は――実父を知らぬ。

富商たる、義父、義母に可愛がられた秋成だったが、この義理の父母には娘が、いた。義理の姉も秋成を猫可愛がりし秋成少年は深く懐いた。ところがこの義姉……ろくでもない男にたぶらかされ、唐突に駆け落ちし、秋成の前から消え、多感な少年を深く悲しませた。

「そやから――わし」

寂しげに顔を歪めた秋成は、語る。

「急に人の前からいなくなるような奴が――許せん。後、誰かの大切な人を……奪う奴、殺したり、さらったり……やり方は問わん……誰かの大切な人を、容赦なく奪う奴、わしはこういう男や、女を、どうしても許せんのやっ！」

上田秋成は激情の人、愛に飢えた人である。

自分と意見が違う者に対する秋成の攻撃性、毒舌は、凄《すさ》まじいものがある。たとえば後に本居宣長《もとおりのりなが》との間で展開される論争の熾烈《しれつ》さが、それを物語る。だが、一度《ひとたび》人を愛するや、秋成は炎で巻かれたみたいに対象を愛し……その愛がうしなわれるや深淵《しんえん》に沈んだようになる。

後にタマと結婚した秋成は長柄《ながら》村にうつり住む。子宝にめぐまれなかった秋成夫妻。隣家の貧農の男の子を、己の子が如く、愛するようになる。この男の子が三歳で死んでしまった。

深い悲しみに沈んだ秋成夫妻は、葬式代を全部出す。この少年がいなくなってしまった長柄村の風景が、秋成には全て悲しいものに思え……引っ越しをしなければいけないと考える。長柄村から遠くはなれて以後数年、秋成は、祭りで三歳くらいの少年を見る度にこの少年ではないかと疑い、胸が引き裂かれるようになったという。

上田秋成という男は——それくらい激しく、隣の家の三歳で死んだ少年を愛するのである。

今、いきなり失踪《しっそう》したという刀鍛冶、清三郎の話が、秋成の激情を喚起している。

「清三郎にも、妻や子供がおるんやろ、先生」

芥川先生が首を縦に振ると、声をふるわし、

「――えらいことやないかっ！　こうしてはおれん。先生、清三郎が行きそうな所、わしにおしえてんか」

立ち上がった秋成の語調からは血の熱波が漂いそうである。

「落ち着いて下さい。上田さん」

芥川先生は、ふるえる激情にむかって説いた。

「この芥川――八方手を尽くしたのです。だが……見つからなかった」

「町奉行所は？」

重奈雄の問いは、秋成の腰を再度下に落とし、芥川先生の首を横に振らせた。

対岸で鮫小紋《さめこもん》の衣を着た職人風の男が、二人の子供とイカを飛ばしていた。イカとは凧《たこ》である。関東の凧に対し、上方では、イカと呼ぶ。

「崎門の説に油断ならぬものを覚えたとおっしゃった」

芥川先生は、

「ええ」

「どういう処です？」

「清三郎から聞いたのですが……式部は斯様なことを申したそうです」

芥川先生は、目を閉じた。

「直に天子が天神じゃによって……勅命は天命ぞ。去《さる》によって、今皆奉ること必ずなにほど悪王でも……天で見たがよい。なにほど大風を吹かしても、大雨を降しても、疫癘《えきれい》を行はれうが、どうもせうことはない。天を怨で天へ弓が引れうか。日本の天子は直に天帝、どれほど無理なことを仰せられても怨《うらみ》奉《たてまつる》ことのならぬは、天を怨られぬと同じこと……」

（直に天子が神なので……勅命は天命である。だから、今の帝がどれほど悪王でも、天を判断基準とした方がよい。どれほど大風が吹いても、大雨が降っても、疫病が流行《はや》っても、どうしようもない。天を怨んで、天に弓が引けようか。日本の天子は直に天帝である。どれほど無理なことをおっしゃっても、怨んではいけないことは、人が天を怨めないのと同じ理屈である）

崎門学の書、垂加神道初重伝《すいかしんとうしょじゅうでん》にこの言説が見られる。

芥川先生が、

「儒教の祖、孔子《こうし》は人の世でもっとも大切なものは……仁——優しさだと、説きます。だが、優しさだけでは……悪政をおこなう王たちや、腐敗した官人どもには、対抗できぬ。悪や腐敗に立ち向かうには、もう一つ別の力が必要になってくる。それを儒教にもち込んだのが孟子《もうし》です。

孟子は、義——正しさ、も必要なのだと、説きます。儒教は元々、優しさと正しさの教えでした。これを変貌させたのが、朱子だとわたしは思います」

日本で言えば孔子孟子は縄文《じょうもん》時代、朱子は平安時代後期から鎌倉時代にかけて生きた人物である。

「朱子は仁の中で、ある一つの感情、父への孝が取りわけ大切と説きます。義の中で、主君への忠誠が取りわけ肝要と、説きます」

重奈雄が——

「悪政を糾弾する教えが……いつの間にか……目上の者、権力《ちから》をもった者を守る教えに化けていったということですな？」

「……左様」

「この朱子学を日本で広めた一人が山崎闇斎」

「——いかにも。闇斎は、朱子学と神道を融合させた。闇斎は二人の対象《もの》への忠を強調します。

天子への忠と、将軍への忠。朱子が強調した父への孝は……闇斎では忠の遠景に押しやられた感がある……。孔子孟子と朱子が違うように……闇斎と朱子もまた違う」

「つまり芥川先生……闇斎の頃の崎門学は、徳川家《とくせんけ》にとって左程《さほど》危険な教説ではなかった……ということになりますな？」

尊王敬幕――天皇を敬い、幕府にも忠誠を尽くす――これが当初の崎門学の姿であった。刀の切っ先に似た硬質な眼光をたたえた重奈雄、秋成に、初老の学者がおしえる。

「いかにも。清三郎の話から推し量るに……崎門の尊王敬幕を、尊王倒幕に変えた一人の男がいたと、わたしは考える。

それが………浅見絅斎《あさみけいさい》、でなかったか」


浅見絅斎――崎門三傑と呼ばれた、闇斎の三高弟の一人である。

ある一つの結晶を取り出すことに己の全生涯を賭けた化学者がいたとする。その化学者が、絅斎で、絅斎がもとめた結晶が「忠誠」であった。

「生真面目《きまじめ》な朱子学者である絅斎が、忠誠を煮詰めて、煮詰めて、考え尽くした果てに行きついた結論は……将軍に忠を尽くす必要はないということだった。それは師の考え方を一変させるものだった」

「どうしてや」

訊ねた秋成に、芥川先生がむく。

「それは絅斎の目には……将軍家が、天皇家に、忠誠を尽くしているように見えなかったからではないでしょうか」

「………言われてみればそうかもしれん」

秋成が呟くのを聞きながら、重奈雄も、将軍をその役職に任じる帝が、幕府の圧力によって御所から出られないこと、その帝が住む御所は、雨漏りがするような檜皮葺《ひわだぶき》の建物であるのに対し、江戸で見た将軍の巨城は――幾層にも瓦葺の堅牢な、建物が並んでいて、この世の富という富が集積されていたのを思い出している。

「絅斎は『仰ぎて君となすは、独り天子あるのみ』と常日頃口にし……幕府、将軍が在る内は、決して関東の土を踏まないと決意していたそうです……。

闇斎の孫弟子になる玉木葦斎《たまきいさい》になると、また違う言説がくわわる。葦斎は言います。

『日と云《いう》は又日も日なり。御人体の天照大神も日也。皇孫御代々今日の天子も日神なり……』

日と言えば、空に浮かぶ太陽も日である。人の形をした天照大神も日である。その末裔《まつえい》の今の天子も日の神である……」

「――それは異な考え方ですな」

重奈雄が、言う。陽明学者・芥川丹邱は、

「多くの史書に神武《じんむ》帝が人皇第一代、以降の帝が人皇第何代としるされていることからわかるように……帝は人。神ではない。しかも、天日、大神、帝、この三者が一体であるという考え方は……儒学というより」

重奈雄は静かな目で東山を睨んだ。白皙の妖草師の紅い口から、深い息がもれた。

「天主教。…………三位《さんみ》一体という考え方に近い」

これこそが、近代日本を突き動かした現人神《あらひとがみ》信仰である。

仁と義を推奨する、温かい旧儒教を――朱子は忠と孝に強烈なスポットライトを当てることにより、一変させる。その冷厳なる新儒教「朱子学」が日本にもち込まれ、神道と融合した時……それは生れた。

徳川幕府がもっとも恐れたのは配下の武士たちによる謀反である。

故に、将軍家は日本中の武士たちに「忠誠」をことさら強調する朱子学を学ばせた。

皮肉にもこのことが、屹立《きつりつ》する幕藩体制を徹底的に破壊する、貫通力、屋台骨をぐらぐら揺さぶる、震動力をもつ……鬼子と形容《よぶ》べき二つの思想を生み出した。

一つが崎門である。

帝を神としてあがめ、その帝への忠を人生の最大の目標ととらえ、絶大な権力によって帝をないがしろにしている将軍家を滅ぼさねばならないとする言説。これは、京で生れた。

もう一つは……水戸《みと》で生れた。

何故なら水戸藩は、御三家の一つ、水戸徳川家が置かれたが石高《こくだか》は他の二家にくらべて低く、官位も一等低い中納言であった。このことから水戸藩士の間では——紀尾《きび》の二家や徳川宗家に対する、複雑なルサンチマンが渦巻いていた。

さらに、水戸藩近海では、ペリー来航の大分前から、アメリカの捕鯨《ほげい》船が、出没。陸奥《むつ》、安房《あわ》沖にはロシア船も現れ、領民の危機感を煽《あお》っていた。

薩長《さっちょう》が日本列島に西からやってくる「英仏」をはじめに感じる藩ならば、水戸は……東から列島をうかがう巨大な列強「米露」と、はじめにふれ合う藩である。

このような、内なる憤懣と、外からの脅威が掻き起した思想——それが、「水戸学」である。

強固な尊王敬幕思想たる水戸学は、ある致命的な弱点を一つもっていた。

それは、朝廷と幕府に対立が生じた場合、朝廷に忠を尽くす一派と、幕府に忠を尽くす一派に、分裂を引き起しかねない、ということである。

これが幕末に水戸藩で血みどろの抗争が起き……かの藩が時代の主役になれなかった一因である。

一方――尊王倒幕思想たる崎門に、迷いは、ない。何故なら、徳川将軍家を尊ばない崎門にとって――幕府は滅ぼすべき対象でしかない。崎門を奉ずる集団はどれほど叩かれても……一丸となって幕府権力に抗《あらが》いつづけるだろう。


これより九十八年後――

一人の青年が萩《はぎ》の城下で堅く幽閉されていた。

それまで水戸学を奉じていた、青年は幽閉中、人にすすめられ崎門学の書、柳子新論《りゅうししんろん》を読む。深い感銘を受けた青年は浅見絅斎の靖献遺言《せいけんいげん》なども読破、それまでの尊王敬幕思想をかなぐりすて――尊王倒幕思想に、急旋回する。

この青年を――吉田松陰《よしだしょういん》と言う。

松陰を通じて崎門学が広まった、藩が、長州《ちょうしゅう》藩であったこと。

崎門学を家の学問として受けついでいた姉小路《あねがこうじ》家から、あの血腥《ちなまぐさ》い幕末動乱期に、尊攘《そんじょう》急進派の公卿、姉小路公知《きんとも》が、岩倉尚具の岩倉家から……明治維新の大立者《おおだてもの》、岩倉具視《ともみ》が現れ出るのは、全く偶然ではない。

何か途方もないこと、恐るべきことが起りつつあるという、予感の潮流が、重奈雄の胸中で渦巻いている。

(消えた清三郎も気になる)

——その時だ。

秋成が、何かに、気づく。

肉が引き起す重い風が重奈雄、秋成、芥川先生の皮膚を叩いた。

恐ろしい大男が急速に近づいてきた——。

(さっきの塾にいた男)

蛸がびっしり描かれた小袖をまとい、武骨な大小を帯に差した浪人者が、瞠目《どうもく》する重奈雄らの前に立つ。瞳は血走っていた。

三人は思わず石から腰を上げている。

「藤井右門という。——うぬらに訊ねたいことがある」

雑草が如き鬚を生やした式部の門弟は、言った。

「何でしょう」

芥川先生は道を訊かれた好々爺《こうこうや》に似た落ち着きをまとっていた。

右門は、

「まず、前置きしておくが……わしは、誰かに指図されて追ってきた訳ではない」

「ま……そうやろな。あんた、誰かに指図されて動くより先に、勝手に体が動く男である気がするわ」

思ったことをそのまま口走った秋成に、右門がかっとなる。

「――何じゃ貴様！　わしを馬鹿にしておるのかっ」

(まずいな)

重奈雄は、感じる。

右門から逃げる計策を考えておく必要を感じた。

「藤井殿と言われたか。この若者、時折、人を苛立《いらだ》たせることを口にする……。かく言うわたしも何度か腹が立ったことがある次第。それより、貴方が訊ねたいことを、お聞かせ願えまいか？」

芥川先生が、赤穂浪人の血を引く豪傑と、我儘な天才の、間に入る。左様なやり取りを聞きながら重奈雄の手は例の妖草が入った巾着を取り出していた……。

芥川先生の声には、荒ぶる心を落ち着かせる働きがある。右門は暴れ出しそうな自我を何とか呑み込み、少し低い声で、

「当塾をこころよく思わぬ輩《やから》が——この都にいる」

詳しい事情を知らぬ重奈雄だが、関白や前関白が崎門による進講を食い止めていたのは知っている。右門は左様な人々について言っているように思えた。

「うぬら、左様な輩の指図で、掻き乱しにきたのか？——誰が後ろにいる？　答えろ」

——凄い目で睨んできた。

重奈雄の切れ長の目が、右門を見返した。

「誰も後ろにいない」

「貴様、庭田と言ったか」

「そうだ。庭田重奈雄」

「……庭田重熈殿の何なのだ？」

兄、庭田重熈……一応、妖草師であり、公家である。

重奈雄が——市井に住み、町や、村に出た、妖草妖木と対決する妖草師なら、重熈は権勢家の屋敷に現れた妖草事件しか解決せぬ。また重奈雄が所持する妖木伝を兄はもってい

ないから、妖木への対応力も、低い。

「庭田重熙は、俺の兄だ。ただ…………ほとんど交流がない」

右門は問い詰めてくる。

「重熙殿は――どちら側なのだ？」

「どちら側とは？」

「我らについてどう思っているかを、訊いている」

重奈雄は首をかしげた。

「さて……」

庭田重熙の凡庸《ぼんよう》な顔を思い浮かべてみる。

（多分あいつは……どっちでもないんだろうな）

庭田重熙の習性……それは、昼間という過酷な時間《とき》のほとんどを、木の洞《ほら》でひっそりとすごす、小さな草食獣に近い。

何らかの政治的対立が生じた場合、重熙は自分がどちら側なのか、ほとんどいつも、はっきりさせない。――曖昧《あいまい》にして、やりすごす。

強い方にまわるということも重熙はしない。重熙は、その強い方が、来年辺りには、弱い方に急落することを、知っているからだ。

同じ男の目から見て、かなり退屈な人物であったが……重熈なりの世を渡る、知恵なのであろう。

久しぶりに兄を思い出した重奈雄は、思わず苦笑いしている。

「何を笑う？」

「いや。……全くわからん。ほとんど交流がないと、言ったろう」

「――本当かな？　重熈殿は何者かの指図で動き、貴様はその兄から密命をおび……」

「そういうことはない」

きっぱりと否定するも、右門は一歩近づいてきた。

一歩近づかれただけで熱をおびた重苦しさが重奈雄の細い体にのしかかってきた。

「隠し立てすると――ためにならんぞ。重奈雄、貴様、わしとこい。……とくと、糺問《きゅうもん》する必要があると感じた。あと、お前！　お前もこい。お前も怪しい。芥川先生はよい」

重奈雄、秋成が、指名された。何処か藪《やぶ》にでもつれこみ、じっくり問いただす気なのであろう。

秋成と目を見合わす。秋成の眼は……「逃げた方がええんと違《ちゃ》うん？　わし、お先に、失礼するで」と語っていた。それを察した野太い腕が、ぬっと動き、フケ、丸い抜け毛で汚れた首根っこをつかまえる——。

「逃がさぬぞ。こいっ」

　右門は刀を差しているが、重奈雄と秋成は無刀である。また、右門は、刀など抜かずとも——重奈雄らを拳《こぶし》で昏倒《こんとう》させ、数珠つなぎにして何処かへ引きずってゆきかねない、腕力をもっている。

(やるしかないようだな)

　判断した重奈雄は例の巾着の中身を怒気を膨満させそうになっている大男の鬚もじゃの顔面に思い切りぶつけた——。

　妖草・大笑茸を面にぶつけられた右門は——

「…………」

　困り果てたように茫然と突っ立っていた右門が、視線を対岸へ、動かす。

　秋成を放し、あいた手で唇をおさえている。

　対岸では……親子連れがイカを揚げていた。

　何の変哲もない絵柄のイカであったが、空をたゆたう様が右門の笑いの壺を刺激したようである。

「――ぷっ！……ふ」

　唾が、飛ぶ。

　そして、すぐに、

「ぶわっはっははは！……ひひ、ぶわっはははは！」

　泣き出しそうな顔で身を揺すり、ゲラゲラ笑いだした。

「行くぞ！　逃げるぞ！」

　重奈雄が、二人に叫ぶ。三人は一気に走りだした――。

　重奈雄たちが土埃を上げて遠ざかってゆく。

「あっ……糞《くそ》」

　真顔になった右門は追おうとするも、笑いがこみ上げてきてどうにも駆けだせない。

　が、右門は驚異的な忍耐力で笑いをおさえ、刀を抜いた。血が出るくらい、きつく唇を嚙みながら、己の足を小さく切っている。

　――その痛みで、正気を取りもどした。

　剣を鞘《さや》におさめた右門は疾風《はやて》の勢いで駆けだした――。

水《すい》 虎《こ》

二条の橋を駆けていた。

「先へ……行って下され。もう、走れんようです」

芥川先生が、おくれる。

小さく顧みた重奈雄の相貌《そうぼう》を、驚きが引きつらせた。

「右門……」

右門が、くる！

どういう訳か右門は、妖草・大笑茸が引き起す笑い地獄をくぐり抜け……凄まじい勢いで、迫ってきている。足から、血を流しているようだ。完全に逃げられると踏んでいた重奈雄は行商や荷車や巡礼が騒々しく行きかう二条橋の上で刹那《せつな》だが悄悅《しょうこう》としかけた。

「奴《やつ》がくる――」

ほとんど呻《うめ》きに近い、重奈雄の声だった。

――走る。

秋成は顔面蒼白《そうはく》になり、重奈雄は歯を食いしばった芥川先生の手を引いて、逃げる。

盲目の琵琶《びわ》法師や下女に日傘を差させ白いあげ帽子をかぶった女の着物に、体が、ぶつかる。

地紙売りが、前から、歩いてきた。

扇にする紙がつまった、いくつもの箱を、狭い肩に、縦につんだ、にやけた顔の若い男だ。

この地紙売りに全速で駆けてきた秋成がぶつかったため、初夏の橋の上で美しい悲喜劇が起った。

何百枚もの紙が、筒音に驚いてふためき飛んだ、あでやかな鳥の群れみたいに舞い上がり――川へ落ちている。

橋の上に転がった地紙売りから、怒号が飛ぶ。

その地紙売りを跳びこえてもう右門がそこまできた――。

野人と呼んでよい右門は、京育ちの庭田重奈雄、大坂育ちの上田秋成、初老の芥川先生と比較にならぬほど強い、脚力をもつのである。

もう大笑茸は、ない。

（韋駄南天《いだなんてん》があれば）

走る重奈雄が臍《ほぞ》をかむ。

妖木・韋駄南天は南天の実に酷似した赤い実を実らせる。一度、これを嚙めば――勝手に体が走りだし、一町を五つ数えるくらいで駆け抜けられる。

韋駄南天は昨年冬、京に出現。

重奈雄は長屋にもちかえり、大切に育てていた。今も、紫陽花《あじさい》地蔵近くの長屋にもどれば、赤い実を保管しているが、あまりに危険な力をもつため、普段はもち歩かぬのだった。

後ろから右門が大喝する。

「――まて！　妖しい術をつかいおって」

重奈雄は、

（そうだ。あの妖草があった！）

――同時に芥川先生が足をもつれさせ、転倒した。

秋成が、助け起そうとする。重奈雄はある妖草の種子《しゅうじ》が入った包みを懐から取り出している。

右門が、手がとどく所まで、きた。

繊細な仕事が得意そうな、白指が、大きな追跡者の足元めがけて、いくつもの薄茶の種を散布した。

「——」

はっとした右門が後ろへ大きく跳びのく。重奈雄がまいた種が異様な力を発揮するのを大いに警戒した、動きであった。

種は、たしかにまかれた。

が、何も起らなかった。

重奈雄の手はまたもぞもぞ動き何かを取り出そうとする。

まかれた種の向うに立つ右門は、たしかめるような、探るような目で、こちらを一瞥《いちべつ》する。

橋板を種をまたぐ形ですすんでよいものか、慎重にはかっている。

重奈雄の手は、緑の小袖の中でまだもぞもぞやっていた。何か取り出そうとしていて、手が引っかかり、上手《うま》く出せない。

風が吹きはじめた。

——強い。

東山の木々が、頭《こうべ》をうねらせ、一斉に身もだえしはじめた。

せっかく橋板にまいた種が静かに動きはじめた。

風に押され、橋の上をすべったり、転がったりしながら――川へ近づいてゆく。

種のこちら側では、最早《もはや》走力をなくした芥川先生の面貌は真っ白になっていて、それを助け起そうとする秋成の息も、切れ切れという有様だった。

右門が口元をほころばす。砂埃が、重奈雄や、右門の、髻を叩く。

ゆっくりと右門の足が、上がっている。

風圧に押されて動く種を右門が味わうかのようにまたぎ、こちらにこようとした刹那、妖草師はそれを取り出した。

――塩である。

塩が入った包みをにぎった重奈雄が、叩きつけるように、それをぶちまけ、白い塩と、種が、ふれ合う。


――――!


すると……どうだろう。

種から、芽が、出た。

急速度で長い茎になり右門の脛《すね》に巻きつく。
鋸葉《のこぎりば》まで現れ、釣鐘《つりがね》形の淡紫の花まで、次々に咲きはじめた——。
桜桃《ゆすらうめ》に似た重奈雄の紅い唇が、吊り上がるように笑んだ。

「妖草・ハリガネ人参《にんじん》」

桔梗《ききょう》科・釣鐘人参は、秋に、釣鐘形の淡い紫の花を咲かせる野の草である。妖草・ハリガネ人参は人の世の釣鐘人参と全く同じ形状の常世《とこよ》の草である。

ただ、ハリガネ人参と、釣鐘人参には、相違点が、三つほどあった。

一つ目がハリガネ人参は人の世に芽吹いた場合、季節を問わず花咲かせるということ。

二つ目が、何かから（逃げたい）という気持ちを苗床に、ハリガネ人参は芽吹く処だ。逃げたい気持ちが足りなかったりすると、いくら人界で育ったハリガネ人参から種子を取っていても、なかなか芽吹かないという。が、どういう訳か、なかなか芽吹かぬハリガネ人参の種に食塩をかけると……芽吹いたりするという。

今、二条橋に現れたハリガネ人参は、右門から逃げたい三人の気持ちと重奈雄がかけた塩をきっかけに花咲かせたわけである。

三つ目が、ハリガネ人参は鋼《はがね》に匹敵する硬度の茎をもち、近くにいた人の足に巻きつき、からめとり、立ち往生したその人を——甲高い、金属の悲鳴のような不快音を、引っ切りなしに淡紫の花から鳴らして、苦しめる妖花《はな》だということである。

今、右門、さらに、秋成に怒号を発してつめよろうとした地紙売りの若者の脛に、勢いよく絡みついたハリガネ人参は、あらゆる人を不快にせざるを得ない甲高い音を、真《まこと》に可憐《かれん》な、釣鐘状の花から、さかんにひびかせている。小花をしきりに揺らして、何とも言えず嫌な音を出していた。

橋にいた人々は耳に手を当てて鼓膜に突き入らんとする不愉快をふせいだ。

が、右門と、不憫《ふびん》な若者は——手首にまでハリガネ人参の鉄の強靱《きょうじん》をほこる茎がからみつき、自由を奪われたため、冷や汗をかきながら、嫌な音に耐えつづけねばならなかった。

熊を屠《ほふ》ったという右門の野太い腕ならハリガネ人参の細い茎などいともたやすく裂けそうであったが、無理なのである。右門、完全に巻き添えを食ってしまった若者が、もがけばもがくほど、手首、足首に、恐ろしく硬い茎が食い込み、血までにじみはじめた。

目を丸くした秋成が呟《つぶや》く。

「何なんや……この草。ハリガネ人参？」

芥川先生が、走れるようになった。

重奈雄が、

「安全な所まで逃げたら、ゆるりと説明しましょう。……巻き添えを食ってしまった人が何とも気の毒だが……致し方ない。退散しましょう！」

重奈雄、そして秋成と芥川先生は、橋の上で動くに動けなくなった藤井右門と地紙売りの若者に、さっと背をむけた。ちなみに、ハリガネ人参は、庭田重熙邸で入手した。いくつかの妖木についておしえてほしいと仲が悪い兄にたのまれ、その見返りに庭田邸に生い茂っていたハリガネ人参の種をわけてもらったのである。

また、右門らは――四半刻《しはんとき》（約三十分）後に茎が切れ、解放された。

＊

王朝貴族、徳大寺家は京の北に別荘をもっていた。

この徳大寺家別荘を室町幕府の最高実力者、細川勝元《ほそかわかつもと》がゆずり受けたのが宝徳《ほうとく》二年（一四五〇）。

庭田重奈雄、徳大寺公城が活動する、宝暦年間の、およそ三百年前の話だ。

ゆずり受けたという話になっているが、中国大陸との貿易で凄まじい富を得ていた細川家が、かなり辛《つら》い暮し向きをしていた徳大寺家に、いろいろと援助してやる見返りに、『あの風光明媚《めいび》なる別荘、ゆずっていただきたい』

——こういう話であったのかもしれない。

とにかく旧徳大寺家別荘は、室町幕府でもっとも力をもっていた武士、細川家の所有となり、細川家は此処《ここ》に寺を一つ建てている。

その寺を——龍安寺《りょうあんじ》という。

宝暦八年。四月十二日。滝坊椿は杜若《かきつばた》が咲き乱れる龍安寺、鏡容池《きょうようち》にきていた。

陰暦四月は太陽暦では杜若の頃である。青紅葉《あおもみじ》の葉群《はむら》を通った日差しは、数知れぬ光と影の斑《まだら》を水面《みなも》に落としていて、紫色の清楚《せいそ》な杜若《はな》は——直線の緑影を池に沈ませながら、静かに咲きほこっていた。

きらきらと揺れる木漏れ日を見ても、清らな杜若の花を見ても、それらは重石《おもし》となって逆に椿の心を圧迫してきた。

(明後日のことが……心に引っかかっとるのや)

重い足取りで、椿は、丸い睡蓮《すいれん》の葉が並ぶ池の畔《ほとり》を歩む。

板橋を渡った。

椿は松や柊《ひいらぎ》、藪椿《やぶつばき》など手入れされた常緑樹にかこまれた小さな島、弁天島《べんてんじま》にきている。

冬は、鴛《おしどり》の名所として知られる鏡容池は、かなり広い池でいくつかの小島がある。

弁天島はその内の一つで弁天様の祠《ほこら》があった。

たとえば他にも、真田幸村《さなだゆきむら》の墓とサワラの高木がある小島があり、それは今、舜海がいる大珠院《だいじゅいん》に面していた。有名な石庭は、大珠院の北にある。

今日——龍安寺大珠院で立花《りっか》と連歌の催しがあり、父、舜海が呼ばれ椿はお供をしてきた。

それは別にいいのだが明後日が灰色にのしかかっている。

（明後日……蓮華王院《れんげおういん》〔三十三間堂《さんじゅうさんげんどう》〕の茶店で……）

紙問屋の若旦那《わかだんな》と、お見合いをする話になっていた……。

椿が、ギザギザした柊の葉を撫《な》でる。鮫《さめ》の牙《きば》のような葉の外縁が、指肉に突き入ってくる。その痛みが、逆に心地いい。

徳川幕府、御華司、乃《すなわ》ち将軍家に花の道を指南している家元、舜海はそろそろ本気で跡取りをさがしているようだった。

舜海に、男子はいない。

一人娘、椿がいるだけだ。

舜海は椿に婿を取り、その婿に花道の才があるようなら家元に、ないようなら、二人の間に生れる子を跡取りにしようと計画していた。

婿の理想像について舜海は語る。

『花の道に理解がある人物……。立てられなくてよいのじゃ。理解さえあれば。あとはやはり……多くの人をまとめてゆくわけだから、大きな度量をもった人物。それくらいだろうか？　いや、もっとあるな。やはり門弟に軽んじられるわけにはまいらぬゆえ、骨太な気質の人がのぞましい。さらに、わしは……京坂《けいはん》の問屋たちと話していて、これからは商業の時代がくると、考えておる』

田沼《たぬま》時代の到来を、舜海は予期したのであろうか？

『そうした新しい時代の波にのり、滝坊家をさらに大きく発展させてくれるような……雄図をもった男。そういう男がよいのではなかろうか』

多くをもとめないと語りつつ舜海がもとめる理想の婿は、花道に理解があり、大きな度量をもち、骨太な性質で、商業の時代に対応できる、斬新《ざんしん》な発想力、企画力をもつ男であるらしかった。

舜海の高すぎる望みの楼閣《ろうかく》は婿取りを成就し難くしている。

それはむしろ、椿には嬉しかった。椿は舜海が引いた道をすすみたくなかったからである。

笹《ささ》の葉が描かれた涼しげな袷《あわせ》を着た椿が、柊の葉をより強くにぎる。小さい、痛みが、掌《てのひら》に入ってくる。

目を閉じた。

切れ長の瞳をした一人の男の相貌が、椿の胸中に浮かんでいた。重奈雄である。

重奈雄とは幼馴染《おさななじみ》であった。重奈雄が勘当されてから疎遠になっていたが、ひょんなことから再会している。いくつかの妖草と共に戦ってきた。もし、舜海が引いた道にそって婿を取れば——今の如《ごと》く、重奈雄や、蕭白や、大雅、町と思う存分この都を駆けめぐって常世の存在《もの》どもと対峙《たいじ》することはできなくなってしまうのではないか。

それはとても苦しいことに、椿には思えた。

明後日、会うであろう大津の紙問屋の若旦那と、舜海は、さる大寺の住持の紹介で知り合ったという。紙問屋の若旦那——昨日、上田秋成がぶつかった地紙売りと、比べ物にならぬほどの富商である。地紙売りの男や紙屋を何十人もあつめ、大量の紙を卸している経営者だ——は、京に新店を出す模様で、その意気込み、計画を聞く内、舜海は惚《ほ》れ込み、是非娘を会わせたいと切り出したのだという。

椿は父が自分でつくった複数の条件にその若者はかなうのか問いただした。

舜海は——答えなかった。言葉を、発さなかった。

ただにっこりと笑い、自ら野山で花を取るゆえよく日焼けした満面に……非常に強い、自信を漂わせている。

(余計なことを……)

今日、龍安寺にきた椿は父の顔を見ていると憂鬱《ゆううつ》が深まってしまう気がした。だから、舜海と、僧たちが、むずかしい話をはじめた処で、すっと退室し、庭へ出ていた。

陽気な小鳥たちが樹上でこぼした百《もも》さえずりが、椿に降りかかってきた。

開眼する。

人の気配がしたのだ。

熊手、竹竿《たけざお》をもった、三人の寺男だ。板橋を、渡ってくる。

「平六《へいろく》はん、この前は、蕎麦《そば》ごっつぉはんどした。ほんで、今日は、何《なん》をしはるんでっしゃろ?」

「藻《も》がどうの言うとってなあ……。子供が言うことやし、何処《どこ》まで信じたらええのかなあ」

一人でいたかったため、三人が島に上陸すると椿は、軽く会釈してすれ違い島から出て行こうとした。

板橋を踏むと、後ろで寺男が、

「弁天島で遊んどったらなあ、藻が、緑の煙出したんやて。ほしたら……気分が悪くなったんやて」

「阿呆《あほ》らし。そんなん、坊《ぼん》さんに言うてみ？　和尚《おっ》さんに、言うてみ？

——笑われるで。夢でも見たん違《ちゃ》いますか、言うて」

「そやけど、おみきちゃんておるやん？　あの五歳くらいの子ぉ気ぃうしなったそうや」

「腕白《こんた》な子や。走りすぎたん、違いますか？」

島から遠ざかる椿の耳に、寺男たちの話は断片となって入ってきたが、鼓膜《そこ》で止り——心にはとどいていない。

「あと、伊助《いすけ》もな、弁天さんの掃除しとったら、緑の煙出て、寒疣《さぶいぼ》が立った言うんや。伊助あれから寝込んどるし………一応しらべてみた方がええと、思いましてな」

「殊勝なこっとす。頭、下がります」

——その時である。

冷たいぬめり気が水底で蠢《うごめ》いている。

そのうねるような動きが、椿には、肌感覚としてたしかにつたわった。

生唾《なまつば》を呑む。

橋の上で立ち止った椿は振り返った。

寺男が、竹竿、熊手を、無防備に突っ込んで水を掻《か》きまわしていた。

「あかん」

椿が、呟く。

また感じた――。

初夏の池とは場違いなほど冷たい妖気が、弁天の祠の傍、松が緑の影を落とす水の底でたしかに揺らめいた。それを椿は、ワカメの妖怪《おばけ》に肌を撫でられたように直覚している。

椿が、きっと睨《にら》むと、それは、素早く気配を消し、深みに潜ったようである。

天眼通――人の世を騒がす妖草妖木を感知する力――をもつ娘は足早にもどり、

「――あきまへんえ！」

毅然《きぜん》とした声調で、寺男たちに告げる。

「それ……竿や、熊手で、さわったら、あかんものや。ただの藻ぉと、違いますえ。妖草師の力かりんと、取りのぞけんものや！」

少しふっくらした頬に、つぶらな眼をもつ可憐な娘は、焔《ほのお》に似た気をまとって言い切った。

＊

「水虎藻《すいこも》。――妖草だ。妖藻《ようそう》というふうに、藻という字をつかうのが適切かもしれんな」

庭田重奈雄が、言った。

水中に隠れた水虎藻への強い警戒と、それを看破した椿への期待がこもった語調であった。

寺男に重奈雄を呼ばせた椿はやや頬を赤らめ誇らしく思う。


夏の日は、長い。

まだ大分明るい。

池畔には僧や小僧、そして舜海、与作が立っている。椿が走らせた寺男に呼ばれた重奈雄は、龍安寺に登場するや――一般の参拝客を帰らせた。そして、複数の寺男を、境内に人が入らぬよう配置。そして自身は、椿と蕭白、重奈雄の裏長屋に一晩泊った上田秋成と、平六というもっとも年輩の寺男をともない、弁天島に立ち入った。椿は勿論《もちろん》、上田秋成なる男と今日初めて会った。

　重奈雄が、

「水虎とは……大柄で凶暴な河童《かっぱ》。人を水中に引きずり込み、生き血を吸うという伝承上の怪物だ。

　水虎藻は……ある意味、水虎より恐ろしいかもしれぬ」

　全員が、固唾《かたず》を呑んで、重奈雄の話を聞く。

　刺々《とげとげ》しい物体が椿の背を、ちくりと刺激した。水虎藻が出たと思った椿は、

「――キャァ！」

　派手な叫びと共に、前へすっ飛ぶ。

　跳んだ先には重奈雄がいて抱き止められた。

「驚かすな椿、風で揺れた松が当っただけだよ」

　頬から火が出るようになった椿が重奈雄からはなれると、秋成と目が合った。秋成はおかしくてたまらないというふうに、フケだらけの頭をさかんに揺すり、ケタケタ笑っていた。

（何なんどす……この上田秋成ゆう人……。たいがいに、しいや）

　どうも上田秋成とは気が合わないと思う、椿である。

重奈雄はつづけている。

「形状《かたち》は——狸藻《たぬきも》に似ている」

「田とかにある奴じゃな？　あの緑色に染めた狸の尾のような……」

蕭白が、たしかめる。

重奈雄の首が縦に振られた。昨日、右門に追われた重奈雄だったが、今日はもう子供を気絶させた、水生妖草にむき合わねばならぬ。

狸藻は——田や溜池《ためいけ》でごく普通に見られる藻である。長さ一尺くらいの茎には、細長い毛に似た葉を沢山生やし、全体の姿は哺乳《ほにゅう》動物の尾に見えなくもない。

あまり知られていないが狸藻は——「食虫植物」である。

茎葉に捕虫嚢《ほちゅうのう》と呼ばれる多数の袋をもち、ゾウリムシやダニなどを食す。

「水虎藻は狸藻よりずっと大きくなる……。

この妖藻、茎葉に黒、ないしは透き通った色をした餌取《えさと》り袋とでも呼ぶべき、袋を数多くもっている。この袋で水虎藻はメダカ、鮒《ふな》、沢蟹《さわがに》などを貪《むさぼ》り喰う」

「…………」

重奈雄は、冷光を瞳から放射し、

「そうやって喰った餌から水虎藻は毒気をつくり出し、吐き出す。この毒気に当った魚や獣は気をうしなう」

気絶した魚に接近し餌取り袋で呑み込み、水辺で昏倒《こんとう》している獣に茎をのばして水中に引きずり込み……食べてしまうのだという。餌はどんどん大きくなり、それに比例して、放出される毒気の量、強さもます。

「………どれくらいまで大きくなるん？」

冷たい唾がまじった質問の塊が椿の唇からこぼれた。重奈雄は、椿を見る。

「妖草経によれば——天竺《てんじく》では、龍の如く大きな水虎藻が出た記録があるとか。そうなると、餌として……人や牛の群れを食し、吐き出す毒気は一村、一城下を滅ぼす程甚大であったという」

「………」

真っ白い光が如き茫然《ぼうぜん》とした気持ちが弁天島にいた人々を駆け抜けた。

重奈雄は、みんなを安心させるように、

「ただ——今、龍安寺に出ている水虎藻、そうは大きくなっていないと思うのだ」

「な、何でそう言い切れますの？」

寺男、平六が、言う。

「うむ。まず、まだ毒気が弱い。五歳の童女を気絶させるも、大人は気分が悪くなっただけだ。——人を襲うくらい大きくなれば、魚などは瞬《また》く間にいなくなるはず。だが、まだ十分に鯉などが泳いでいる」

瞬間——

ドボン！

飛び跳ねた鯉が起した突き破るような水音は——椿の産毛《うぶげ》を逆立たせるに十分であった。

気を取り直した椿が、

「よし！　今はまだ、小《ちっ》こい魚しか、食べへんのや。今の内に退治すればええのや」

蕭白が、

「——どうやっつければよい？」

ぼさぼさ髪を武者震いさせて、問う。

「水虎、乃ち河童は、皿の水をなくすと弱い。凡俗の水草も、溜池や水路から引き上げれば、枯れてしまう。水虎藻とて同じだ」

蕭白が竹竿をにぎる力を強める。弁天島にいる重奈雄たちは、熊手、竹竿などをもっている。

「熊手、竿などで陸に引き揚げればよいのじゃな?」

蕭白の言に重奈雄が同意した。

「だが――」

重奈雄の相貌が曇る。

水鏡にうつったネズミモチの姿に本物の木から蛙《かえる》が飛び込んで波紋が生れた。水面《みなも》で、止った時間の中に閉じ込められたようになっていた、落葉たちが、広がってゆく円に押されて小さくふるえる。

「陸に引き揚げられた水虎藻は……死にもの狂いで抵抗すると、妖草経にしるされている」

これまで、重奈雄と一緒に、妖草・鉄棒蘭《てつぼうらん》などを見てきた椿は、植物が抵抗すると言われても不思議に思わなかった。

「そういう場合は、腕を抜くといいらしい」

「……うで?」

訝《いぶか》しむ椿に、重奈雄は、

「水虎藻の体には、腕と呼ばれる部分があるようなのだ。それが……どういう形をしているかもわからぬ。また、どう抜けばいいのかも……わからぬ」

じっと黙していた秋成の双眸《そうぼう》が、興奮で輝く。

「――おもろいわ、それ！　そこも……河童と同じや。河童は、めっちゃ、相撲が強い！　そやけど腕が抜けやすいんや。腕抜くと、河童はへたる、そういう言い伝えがあるんや」

蕭白、椿は緊張の面差しであったが……秋成は無性に嬉しそうである。

妖草について――重奈雄は昨日、秋成と芥川先生に語っていた。芥川先生は俄《にわ》かには信じず、右門を束縛した草についても重奈雄の手品でないかと疑っていたが、秋成は意外な程素直に信じてくれた。

秋成は昨日、式部に神話に出てくる神と、今、空にある太陽は、わけて考えるべきだと語った。

後に国学者となる秋成は、この意見を――同じ国学者、本居宣長にぶつける。

両者は激論に発展する。

名高い、日の神論争である。

宣長が神話を事実と信仰するのに対し、秋成は、神話を伝説と見なければならないと考えた。

宣長が神話を根拠に――

そもそも皇国は、四海万国を照し坐《ま》します天照大神の生《あ》れ坐せる本《もと》つ御国にして……万国の元にして、万国にすぐれたるが故に……

（そもそも、日本は、世界中を照らす天照大神がいらっしゃる世界の大本の国であり……万国の元で、万国にすぐれているために）

と、説くのに対し、秋成は次のように反論する。

此の図（オランダの地球図）中にいでや吾《わ》が皇国は何所のほどと見あらはすれば、ただ心ひろき池の面にささやかなる一葉を散しかけたる如き小嶋なり。……書典はいづれも一国一天地にて、他国に及ぼす共諺《ことわざ》にいふ縁者の証拠にて、互に取りあふまじきこと也。

（オランダの地図で、我が国はどのようなものなのだろうと見てみると、広い池に散った一枚の葉のような小島である。……神話というものは、どれも一つの国の内側のこと。外国人に我が国の神話を信じてくれと言っても取り合ってくれぬ。諺で云う、縁者の証拠というものである）

この論争では、宣長は非合理を、秋成は合理を主張し、宣長は日本を絶対化し他の国々を絶対の高所から見下ろすのに対し……秋成は、全ての国を横並びに、同じ高さに並べ、その内の一つとして日本を見ている。

だが秋成は完璧な合理主義者とは言い難い。

神話を信じない秋成だが、民話は信じた。

都の強い権力財力をもつ人々がつくった物語を、容易には信じぬ秋成だが……田園や、山や、森や、漁村に暮す人々が、書物ではなく言葉の伝承で受けついできた物語を、無邪気に、純粋に、信じていた。

神話と自然界の現象を切りはなして考えることができる秋成だが、狐《きつね》や狸が人を化かす話を本気で信じていた節がある。

上田秋成とは、そういう少年のような心をもった男である。

だから今、秋成が、自分が好きな河童の話に夢中になっていたり、重奈雄が語った妖草譚を素直に信じたりするのも——何ら不自然ではない。

秋成が、

れんなあ」

「水虎藻の話が……諸国の村々につたわり、長い時をかけて、河童の話に変ったのかもし
腕を組んで、問いかける。

「重はん」

秋成は、重奈雄を……重はんと呼んでいるようだ。昨日重奈雄に会ったにすぎない秋成の、重奈雄との妙な距離の取り方も、椿は少し気になった。

「昨日言うたやん？　妖草は――人の心、苗床にして芽吹く。あんたそこ、ことさら強調してたやん？　少し得意げに言ってたやん？」

「……別に、得意げには言っていないと思うが」

「水虎藻も人の心苗床にするんやったら、どないな心、好むんやろか」

自分でも考えつつ、秋成は鱈子《たらこ》のような唇を少しなめて、池をうかがう。

重奈雄が言った。

「――野心と、貪欲《どんよく》」

蕭白は、

「……二つも必要なのか」

「うむ。強力な野心と貪欲が合わさった感情《もの》。それが、水虎藻には必要なのだ」

椿が、厳格な表情で答えた重奈雄に面《おもて》をむけている。

「そやけど重奈雄はん……」

椿の瞳が、橋向う、舜海と共に立つ僧たちに動く。

「龍安寺さんの坊《ぼん》さんにそないに悪い人、いーひんように……うちは思った」

「その話は後だ椿。――奴が動きはじめた」

妖草師の指が、池を差している。

ぬめっとした蠢動《しゅんどう》が、撫でつける触感となって、かすかに赤らんだ椿の頰とふれ合った。

水中に潜む悪意が、形となって弁天堂近くに溶け出し――頰肉を刺激してきた。

そういう感じであった。

重奈雄が指す辺りで黒緑のものが動いている気配がたしかにする。瞑目《めいもく》してみたが、やはり同じ場所で何か動く気が、ひしひしとした。

「間違いあらへん。――妖藻や」

弁天島から、真田幸村の墓がある小島の方へ――水虎藻は泡を起して潜行してゆく。

「あっちだっ」

追うように、重奈雄たちは板橋を駆けている。

走りながら、椿が小さく、叫ぶ。

「あかんえ！　小鴨！……小鴨が、あの島の水際におったんや。早《はよ》うせんと、小鴨が食べられてしまう。子供の小鴨……全部《ころっと》食べられてしまう」

「——何やと。子供の小鴨が……食べられてしまうやとぉ——」

激しく反応したのは……上田秋成であった。大切な誰かが唐突に奪われるのをもっとも嫌う男。

鉄砲玉みたいになった秋成が、猛然と、駆けだす。

次に、重奈雄、椿。

息を切らせ、足をもつれさせた平六と、作画に没頭しすぎて足が萎《な》えていた蕭白が、最後尾を走る。

驚愕《きょうがく》で目を丸くした舜海と僧たちのあわいを、秋成が突き破った。秋成は、青紅葉《あおもみじ》の梢《こずえ》を熊手で吹っ飛ばし、アオキの枝葉を体風で押しのけて——初夏の庭を突っ走った。

大珠院の脇を通り橋に近づく。

水辺で同じ方をむいて安息《やす》む小鴨たちに、水底から寒気をともなう悪意が忍びよる。

秋成の足が、荒い音と共に、橋を駆けた。

秋成の足音に驚いた小鴨たちが一斉に飛び去ろうとした。

刹那、奴が、きている。

五歳の童女を昏倒させたという緑の毒霧が、俄《にわ》かに水面から放射され小鴨たちに襲いかかる。

二羽、毒に当り、三羽が——毒をかわして、無事羽ばたいた。

雫《しずく》を散らし空《くう》へ浮いた三羽。直進する形で池上を飛び——不意に大きく弧を描いて、弁天島の木立に消えた。

しかし毒に巻かれた二羽の雛《ひな》は力をなくし、ぐったりした様子で、水辺にいた。内一羽はまだ飛ぶことを知らぬらしい。弱々しい声で母鳥を呼び、目を細めてじっと水際から動かない。もう一羽は同じくらいの大きさだが、飛ぶことは覚えているようだ。数尺——飛び上がる。が、小さな体が毒にやられているのか、飛翔《ひしょう》が未熟なのか……飛沫《しぶき》を上げて落ちてしまう。

また、飛ぼうとする——。落ちてしまう。

それをくり返していた。

とうとう二羽の雛鳥は哀訴の悲鳴を上げながら、水辺から動かなくなってしまった。

そこに……ぬめっとした捕食者が近づいている。

「飛べ！　飛ぶんやっ！」

秋成が絶叫する。

秋成の声に弾《はじ》かれたのか、少し飛べる方が、猛然と羽ばたいた。

刹那——緑の鞭《むち》に似た影が高速で走った。


——ッ！


飛沫が——弱々しい悲鳴に、叩きつけるかの如く巻きつく。緑色に長い水草の茎が飛び去ろうとした雛の両足にからみついていた。池から現れたそれは、縄くらい太い。

(これが水虎藻)

戦慄《せんりつ》が、サワラの木陰まできた、椿を駆け抜ける。

「糞餓鬼《くそがき》がっ！」

駆けつけた秋成が熊手を振る。

熊手の一撃にひるんだ水虎藻が、大きく宙にたわんでいる。どろっとした茎が雛からはなれている。それは、水虎藻の本体から分岐した茎だった。本体は鯉を二匹、縦につなげたような長さ、太さで、それはまだ水中にいた。その本体から分岐する形でより細く長い茎が水上に姿を現していた。

「あれが腕ではないか。あれを、つかまえるのだ！」

重奈雄が、熊手で攻撃した。

重奈雄の熊手は水虎藻めの宙に現れた部分をひっとらえようとした――。

水虎藻も、素早い。

重い水音と共に腕と思《おぼ》しき、細茎が睡蓮の丸い葉っぱの下にくぐり込む。

足をつかまれ、解放された雛、つまり飛び方を知っている雛は、弱々しく叫びながら、池畔に生えた丸っこいツツジとツツジの間に、走り込んだ。

もう一羽は水中で足をバタバタ動かし、椿から見て左に逃げようとした。慌てながらもすべるようにすすんでゆく。

水虎藻は青緑色の池と同化し、姿を隠している。

「椿」

重奈雄が、うながした。

天眼通で所在をたしかめようとする。

が、何も感じない。

「重奈雄はん…………この藻、ほんま手強《てごわ》い相手どす。……自分の気配消せるみたい」

「…………」

重奈雄はしばし、硬い面持ちで思案していた。やがて、言った。

「俺が引きつける」


恥ずかしさが熱く赤い膜となり椿のかんばせに取りついている。

鏡容池の畔に、重奈雄が、褌姿で立っていた。

……囮《おとり》になるつもりなのだ。

おさない頃、重奈雄に遊んでもらった椿だが、その遊びに、雑草の原や、川端に茂る葦《あし》の中を疾走するような遊びは、なかった。剪定《せんてい》された庭木に見守られながらする遊びや、畳の上で無言の調度品にかこまれてする遊びが多かった気がする。要するに、椿は、褌一丁になった重奈雄を見るのは、生れて初めてである。

蕭白が、頬を火照《ほて》らせた椿を一目見、小さく笑う。

むっとした椿は蕭白を重奈雄たちから少しはなれた所に引っ張った。

秋成は、自分がどう動けばいいのか詳細な指図を重奈雄から受けていた。

秋成をちらっと見た椿は、

「蕭白はん」

小声で、訊《たず》ねている。

「あの上田はん、ゆうお人、何なんどすか？」

「俺もよく知らぬが……昨日、重奈雄に会ったらしい。少し話しただけじゃが面白い男じゃ。大雅にも会わせたいのじゃが……。秋成めは、大雅の人物を俺が話すと、『その大雅ゆう男とは、わし……気が合わんやろなぁ』などと嘯《うそぶ》くのよ。面白いが、面倒くさい男じゃ」

重奈雄の隣人、蕭白は昨夜、上田秋成と酒を酌み交わし意気投合していた。

「……昨日会ったにしては……随分仲がよろしいこっとすなぁ」

重奈雄といる時間が楽しいのに、近く、意に添わぬお見合いをしなければならぬことが、憂鬱を掻き立て、その苦しい気持ちを全く察してくれない重奈雄が、自分と関係ない所で新しい友人を獲得していることが、何故だか知らないが、椿には無性に悔しいのである。

「おい、蕭白、椿、何をしている。水虎藻を妖草刈《くさか》りする、大切な打ち合せをしている。早くきてくれ」

重奈雄から注意が飛ぶ。

「——おう！」「……へぇ」

力強く答えた蕭白、気がない声を出した椿が、池水に歩みよる。

頑張れ、というふうに蕭白に肩を叩かれた椿は、初夏の光に照らされた裸同然の重奈雄の、力仕事にはむかぬ白く優美な肉体を前にすると、目のやり場に困った。睫毛《まつげ》を伏せがちにした。

「奴が夜盗の如く気配を断っている以上、陸に引きずり出すには……誰かが囮にならねばならん。

俺が、池に入る。

水虎藻は俺を襲おうと、近づいてくる。その時に妖気を出すはず。

椿はその妖気を見切ってほしい」

「……へえ」

「どうしたんだ椿。元気がないようだが」

「堪忍しておくれやす。これから、妖草刈りゆう時に、そないな様子に見えたんなら……はばかりさんどした（恐縮の極みです）。そやかて重奈雄はん。人、鳥を喰う妖藻前にして、元気いっぱいゆう人が……もしおるんなら、その人はえらいけったいな人やとうちは思います」

「——全くその通りだ。誰も此処に遊びにきているわけではない」

重奈雄が、重厚に、首肯する。

「重奈雄はんが引きつけ、うちが見切る。ほんで……」

「椿は蕭白、秋成さん、もしくは平六に、水虎藻がどちらからくるかおしえる」

三人は長い得物をもち池畔に立つということだった。遠くに立つ舜海が、心配そうに見ているのがわかる。

「熊手か、竿で、引っかけ、後はもう皆で合力し、陸に引き揚げて成敗する」

ねばつく殺意が潜む池に、重奈雄の相貌がむく。

「引き揚げる時は——息をしないことだ。死にもの狂いで、毒煙を出してくるかもしれぬ」

切れ長の睛眸《せいぼう》の上で青い血管が白い皮膚に影をきざんでいる。重奈雄から漂う妖草師としての真剣さが、皆につたわった。

常世の植物と対峙するためには——龍安寺鏡容池のような、風光明媚な場所にも、褌一丁で入らねばならぬ。いかなる危険が潜んでいるかわからぬ、水中にも、足を踏み入れねばならぬ。

先刻いじけていた自分が少し恥ずかしくなった、椿であった。

重奈雄が、入る。

池に、入る。

ほっそりとした白い上半身を水鏡がうつし、歪んだその像の上を、いくつもの泡《うたかた》が漂ってゆく――。

腿《もも》くらいまで水につかった。

転ばぬよう、気をくばりながら、さらに一歩前進した時、それは飛んできた――。

優形《やさがた》の顔を少しあおがせた重奈雄は、眉を顰めた。

(あれは………母鴨か)

弁天島の方に逃げた親鳥がこちらに取りのこされた二羽の雛を案じ飛んできたのだ。

母鳥は人間があつまった池畔の光景に異様さを覚えながら、重奈雄の丁度真上で、悲しそうに叫んでいる。取りのこされた二羽の雛からも、呼応するような弱々しい声が飛んだ。

吹けば飛ぶような、か細い、声だが、それだけに、哀切な調子である。

母鳥はのこしてきた二羽の雛が心配でならぬ様子だが、二重の危険――人と水虎藻を感じるらしく、こちらに降りてこれずに、行きつもどりつする形で、旋回していた。

と、重奈雄の足の裏が、何か冷たい……ぬるっとするものにふれている。

(む――)

バランスを崩した重奈雄。

池に倒れそうになる。

号哭《ごうこく》するような、親鳥の声がこぼれる下で――重奈雄が、何とか踏みとどまろうとする。

左足を、前に、出す。

が、左足が踏んだ先も――液状化した、流動的な、何かだった!

魔の呪縛《じゅばく》にとらわれた気がした。

顔面を蒼白にする重奈雄の後ろで、水際に立つ椿が張り裂けんばかりの声で叫んだ。

「真下!……重奈雄はんの真下やっ」

透明度は低く重奈雄は底に潜む奴を、みとめられなかった。

まるで、地獄の妖婆が、金属をとろかしたように、緑色の怪しい煙が噴き出てきた――。

重奈雄の周囲、水面から緑煙が出てきた。

凄い勢いだ。

はっとした重奈雄は息を止めるも些《いささ》かおそい。少し、肺に、入る。一気に噎《む》せ返り、脳《のう》味噌《みそ》がくらくらした。胃が激震するような——吐き気をもよおしている。

重奈雄が、崩れる。

飛沫と共に倒れ込む。

次の瞬間、青緑の妖《もの》が猛速度で動きだした——。

重奈雄の真下にいたそれは、重奈雄が転んだ隙《すき》を突き、さっきから狙っていた餌にむかって、突進する。泳ぐそれを、天眼通の持ち主、椿以外の者、たとえば重奈雄や蕭白もみとめられた。

水虎藻は例のまだ飛ぶことを知らない雛めがけて一直線にむかっていた。

「いかん！」

いそいで重奈雄が、起き上がる。毒気を振り払う。池畔に佇《たたず》む椿の顔面は、青くなっている。

さっきの場所から少しはなれた杜若の脇にうずくまっていた雛鳥は、自分に勢いよく近づいてくるそれを茫然とした目で眺めていた。……逃げようとしなかった。何が起きつつあるのか、わからないのか。それとも、思考が、真っ白になっているのか。どちらかだろう。

——その時である。

世にも悲しい、痛々しい、声が、空中でひびいた。

言葉を発せぬ者の声だったが、どういう感情がその声をしぼり出したか重奈雄はわかった。

何かが水虎藻にむかって――降下していた。

(親鳥)

「駄目だ！　やられるぞ」

妖藻を追う、妖草師が、叫ぶ。興奮した雛鳥が、細いが鈴みたいな高い鳴き声を連続的に発した。

小鴨は――日本に暮す鴨の仲間の内で、もっとも小さい。水草や、藻を食す小鴨だが、親鳥は自分の子供への深い愛情をもっている。

鏡容池に暮すこの親鴨は、今、自分の子が何か得体の知れぬものに食べられようとしているのを、鋭敏に感じていた。

だから……突っ込んだ。

相手が自分より強いのは百も承知である。

だが、己をおさえられなかった。

水面ぎりぎりに降りてきた親鴨は——黒い嘴《くちばし》で水虎藻をつつこうとする。雛鳥の、高い声が、重奈雄たちの胸に、痛みをともなって、突き刺さってくる。

刹那——凄味をもった、緑の風が、飛沫を上げながら、吹いた。

褌一丁で水を漕《こ》ぎながら走る重奈雄と水虎藻を追うように池畔を駆けていた蕭白や椿たちは何が起きたか一瞬わからなかった。

親鴨が——消えていた。

次の瞬間、何かが水中で激しく暴れ、羽根が舞う。

あたたかくやわらかい何かが、池に引きずり込まれ、冷たくヌルヌルした強敵にからみつかれている。

何たる、地獄絵図。植物が鳥を襲うとは！

親鴨が水虎藻の腕に巻きつかれ一瞬で水中にとらえられたのだ。

重奈雄が、水虎藻が鳥を襲っている所まで、たどりつく——。

「その鳥をはなせ！　水虎藻」

植物に語りかけても意味がないことなど、すっかり、認識から抜け落ちている叫びであった。

どろどろした青緑の茎葉のあわいから茶色い丸みをおびた体がのぞいていて、さかんにもがいていた。深く息を吸った重奈雄は、毒を発する妖藻を、素手でつかもうとした。何としても助けてやりたい。しかし水虎藻めは、相当、厳しい束縛力で親鴨にからみついており、おまけにぬるぬるしていて摑《つか》み所がないため、重奈雄の細腕が渾身《こんしん》の力で引きはがそうとしても——上手くいかない。

秋成、蕭白もまた、池に飛び込む。

「きてはならん!」

あることを危惧《きぐ》した重奈雄が一喝する。水虎藻をつかむ前から息を止めているから、くぐもった声だ。

蕭白は重奈雄と共に妖草と戦うのになれているため、足を止めるも、秋成はかまわず近づいてきた。

「まっとれ! 今、助けたるさかいな」

秋成が言ったのと、妖藻がそれを放ち、重奈雄の危惧が現実となったのは寸刻の差もない。

「秋成さん、息……」

警告している傍から、水虎藻が毒気を放ち、緑の煙が重奈雄と秋成をつつむ。重奈雄は顔を真っ赤にして息を止めている。が、親鴨がとらわれたことで、頭に血が上った秋成は……そんなことは、すっかり忘れていた。

上田秋成の呼吸器官を――妖藻・水虎藻が放った猛毒が、襲う。

寺男より至近で吸った秋成は白目を剝《む》き鼻血を流してぶっ倒れた。

派手に、水飛沫が散った。

――!

何かが、重奈雄を、叩く。

頰を横から叩かれた重奈雄は、柘榴《ざくろ》汁が如き血を噴いている。

(腕か)

まさに、腕だ。

親鴨を腕で池に引き込んだ水虎藻は、今、本体で動く餌にからみつき、あいた腕で、今度は重奈雄の白皙《はくせき》をぶん殴った――。

石工などをしている、精悍《せいかん》な若者に殴られたような衝撃で、頭がくらくらとし、思わず奴の草体をはなしそうになる。

悔しさと、怒りの汁が、腹の底で湧き出た気がした。

秋成は昏倒し蕭白はそのぐったりとした体を水辺に引きずっていた。椿、平六は――顔を真っ青にして池畔に佇んでいる。

雛は甲高い声で啼《な》きつづけ、水中にとらわれた親鴨は必死にもがき出ようとする。黒い嘴は、助けようとする重奈雄の掌をも、容赦なくつついた。

また、殴られた。

今度は頭を叩かれた重奈雄。

血の筋が額に垂れ、意識が飛びかける。

親鴨がもがく力が弱まっていた。羽根が幾枚か散り――無惨に赤い液体が、水面で静かに広がった。

（助けられなかったか）

悔恨が、二度殴打された重奈雄に、深息を吸わせる……。

同刹那、緑の毒煙がまた噴霧された。重奈雄は思わずそれを吸っている――。

視界がぐにゃぐにゃ歪み、胃液と昼間食べたものが、勢いよく喉をせり上がってくる気がした。思わず、目を、閉じる。

両膝《りょうひざ》と片手を、水につく。己が引き起した泡が、体中に入ってくるような錯覚に襲われた。

何か重い妖《もの》が一気に背中にのしかかってきた。池に、倒れる。

起き上がろうとするも、強い力が――上から押さえこんできた。

「重奈雄は――」

椿の声は途中で切断された。

重奈雄の耳が、椿が叫んでいる途中で、水につかったからだ。

いくつかの凶暴な口が背中に密着したのを重奈雄は感じている。

餌取り袋であろう。

恐ろしい力で幾ヶ所かの肉が、吸引されるのを、感じる――。

水虎藻がもつ歯がない餌取り袋は、狸藻のそれよりずっと大きい。そして――異常の吸引力をもつ。獰猛《どうもう》な水虎藻はこれを、餌にくっつかせ、ひたすら、吸う。

血肉、骨髄、脳漿《のうしょう》、体液を、ただただ吸引する形で……捕食する。

転倒し、水底にうつぶす姿になった重奈雄を圧迫している水虎藻は、鯉の成魚を倍にしたくらいの大きさだ。まだ人を喰えるほど大きくなかった。

だが――

重奈雄が、二度の打擲《ちょうちゃく》で踏ん張る力をなくしたこと。

よろけた処で、毒煙を吸ってしまったこと。

その刹那に、うまく、のしかかったこと。

これらのことが重なり、妖草師・庭田重奈雄を圧倒していたのである。

こ奴にのしかかられた重奈雄は泡を吐きながら起きようとしたが、鼻から毒気が浸透した水が入ってきて——脳天に、ツーンと、針を突き立てられたようになったため、意識が乱れ、逆に、顔を、水底の泥にめり込ませた——。

重奈雄は、寺院の、池で、溺《おぼ》れ死にそうになっていた。


「——シゲさんっ！」

子供時代、椿は重奈雄を左様《さよう》に呼んでいた。

その呼称が熱い塊になって思わず唇から出ている。

(シゲさんが……死んでしまう)

漆黒《しっこく》の帳《とばり》が目の前に落とされる気がした時——椿の足は勝手に動いていた。

着物が濡《ぬ》れるとかそういうことは、まるで気にならない。少しはなれた所で、舜海が何か叫んでいた。

ザブン！

白い飛沫を、破裂させて、椿が鏡容池に飛び込む。

睡蓮が浮かぶ池に大波を立てながら、椿は重奈雄を救出しようとした——。

「椿殿、危ないぞ！」

秋成を池畔に置いた蕭白が、警告した。

刹那――緑の蛇に似たものが、豪速で動き、椿の喉にからみついてきた。

喉が、巻きついてきた湿り気を感じるのと同時に、天眼通もまた、己をとらえんとする細い殺気をとらえている。

「ぐ――」

うめいた、椿。

何とか首から取ろうとする。

水虎藻は、本体で重奈雄にのしかかり、伸縮する腕で椿に襲いかかってきたと考えられた。

親鴨の姿は消えていて赤く淀《よど》んだ水面に羽根が何枚か浮いているきりだった……。完全に、吸われてしまったのだ。

ぐいぐい首をしめてくる、緑のぬめり気に、雫を垂らした、椿の白い手がのびる！

もぎとらんとした。

が――常世の水生植物は、恐ろしい怪力で椿をも池に薙《な》ぎ倒さんとしてきた。

「う――わ！」

大男の引っ張りに匹敵する強力《ごうりき》が首にかかった椿が、尻餅《しりもち》をつく姿で池にくずおれている。

笹模様が散らされた袷は帯より下が重く水に濡れた。

蕭白が、駆けつける。

秋成を救助する時に竿をすてていた蕭白の手が、椿を襲っている敵の腕にのびる。

重奈雄は背中にかかっていた圧迫が不意に弱まった気がした。

常世の植物、妖草妖木は——植物である以上、思考力はない。が、人間世界の樹木が日差しが多い方に枝をのばしたり、ある種の草が虫の類《たぐい》を栄養源としたりするように、周りの状況に対応する力はもっていた。

人の世の、苔《こけ》や、エノコロ草や、椿の木がもつ対応力は、静物的に控え目なものだけど、常世の存在たる妖草妖木、たとえば水虎藻がもつ対応力は——動物並と形容し得る、異常の、敏速、的確、柔軟性を有するのである。

今、水虎藻がしめしている激しい抵抗も、同じ状況に追い込まれた動物が見せる「何らかの判断を拠《よ》り所にした運動」でなく……常世の植物群がもつ只《ただ》ならぬ対応力の賜物《たまもの》であった。

水虎藻は重奈雄を喰わんとしていたが、椿、蕭白という新たなる妨害者が現れたせいでそちらに対応しようとしていた。したがって重奈雄にかかる力が弱まっている。

好機と察した重奈雄が、起き上がろうとする。

が——四肢に、力が入らぬ。

椿が、

「シゲさん……助けて」

——力が入った。

火事場の馬鹿力という奴で、重奈雄は妖藻を押し上げる形で池から立ち上がった——。

海藻をかかえた海女《あま》のような重奈雄が、怒鳴る。

「平六、受け取ってくれ！」

怒鳴りながら——凶暴な妖藻を陸地に投げる。

水虎藻が、雫を散らして、飛ぶ。

投擲《とうてき》される。

椿は水虎藻が飛んでいくのと反対側に腕を引っ張れば引っこ抜けるのではないかと考えた。——伊達《だて》に、妖草師・庭田重奈雄の助手として常世の存在《もの》どもとかかわってきたわけではない。花道・滝坊の娘に必要な能力《ちから》とは言い難かったが……椿には、妖草と対峙した際の、咄嗟《とっさ》の知恵の如きものがそなわりつつあった。

引き千切れるような音が、した。

椿が首に全体重をかけて腕を引っ張り、蕭白も加勢し――それと逆方向に重奈雄によって本体が飛んでいったため、細長い茎状の腕が、半分ほど裂けかけた。

派手な音を立てて陸に落ちた水虎藻を、平六が押さえつける。

ぬめりをもつ藻は、するっとすり抜け――池にもどらんとするも、進路に、重奈雄が立ちふさがった。

重奈雄は全力で、水虎藻めにぶつかっている。水虎藻がもついくつもの茶色い袋、餌取り袋は、鴨と、重奈雄本人の血で赤く濡れていた……。

重奈雄がぶつかったのと呼吸を合わせて――椿と蕭白が腕を強く引いたため、硬い根を張った雑草が引っこ抜けるような音がして、腕が本体から切りはなされた。

勢いあまった椿たちが派手な飛沫をまいて水に倒れる。

重奈雄、平六によって、池に入るのを阻まれ、おまけに、腕まで、断ち切られた水虎藻は――古伝が言う通り急速に力をうしなった。

それはみじかい時間で萎《しぼ》んだ。

――白い砂浜の上で、川が流してきた篠竹《しのだけ》にからみつき、干からびた、海藻に、似た姿になっていた。あっという間に、そうなっていた。

夏とは思えぬほど寒々とした寂しさが、二羽の雛から、吐き出される。

重奈雄は池に入り親鴨をさがしている。

だが、どうしても見つからなかった。

妖藻・水虎藻は——桁外《けたはず》れの消化力をもつようだ。短時間で、親鴨を、消化、吸収している。

翠《すい》黛《たい》山《さん》

風が吹く。

やや長くなった藪椿の影がかすかな赤光《しゃっこう》を孕《はら》んだ苔筵《こけむしろ》の上でやさしくささやき合っていた。黄緑色のメジロが、梢から梢へ、飛びうつる。

上田秋成は、意識を取りもどした。

衣が濡れた三人の男は龍安寺で作務衣《さむえ》をかりた。水辺に置いた重奈雄の衣も、戦いの飛沫で濡れてしまった。小僧が、門前の豆腐屋に走り、そこの娘から着物をかり、椿はその、白地に松の絵柄が入った袷に、方丈で袖を通す。

小僧が走っている間、椿は濡れ衣のまま鏡容池を一周。

天眼通を駆使して——他に妖藻がいないかたしかめた。幸いにも、もう水虎藻はいないようであったが、その時、同道していた重奈雄は、

『椿、水虎藻は……かなりの大きさになると、種子《しゅうじ》を飛ばす。遠くて、三里（一里は約四

キロメートル）向うの、沼に、飛ばした例もあるそうだ』

『つまり——此処からそうはなれてへん池か、沼に、人喰うほどでっつい水虎藻が、おるゆうことどすか？』

『そういうことになるな』

危惧が、切れ長の双眸を険しくしていた。

それ以外の可能性は、ここに水虎藻の苗床になった人がいるということだったが……椿の見立てでは、その可能性は低い。

乾いた衣に着替えながら、椿は思っている。

（重奈雄はん、このまま洛北で水虎藻さがすん違《ちゃ》うかな？　重奈雄はん、天眼通もってへん。……うちが手伝《てった》う方がええはずや）

洛北には池が多い。川までふくめていいなら、かなりの数流れている。捜索は幾日か要するだろう。手伝いを口実に明後日のお見合いを反故《ほご》にできるのではないか？

ほのかな希望を嚙みしめた、椿であった。

表に、出た。

与作をしたがえた舜海と、作務衣に着替えた重奈雄が青紅葉の陰で、何やら話し合っていた。少しはなれた所に蕭白と秋成が佇んでいる。

平六は全然別の場所で、枯れた水虎藻を焼いていた。

「お待《ま》っとうさん。水虎藻さがしはるんでっしゃろ?」

椿が、重奈雄に、近づく。

「——うむ。丁度、静原に行く用件があってな。上賀茂《かみがも》の池をいくつかあらため、その後で静原に行こうと思う」

「うちも行きます」

強い希望と、勢いが、言葉になって出ていた。

重奈雄がちらりと舜海を見る。

「お父上から聞いたが……明後日、大切な会合が、あるとか?」

椿が針がこもった眼光を、舜海に刺す。

剃髪《ていはつ》した頭が黒々と日焼けした舜海は、重やかにのべた。

「水虎藻は——人や鹿、猪《いのしし》を喰う妖藻であるとか。もし、どうしても、椿が必要なら、人命にかかわることゆえ、いかなる大切な約束があろうとも——椿を同道させねばならない、とわしは考えた」

やけに物わかりがよい……家元、舜海の言葉である。

「だが——」

舜海が厳しい目で、椿を見据える。きた、と椿は思った。こういう、一度相手の考えに大きくのっておいて、いきなり返す刀で斬りつけるのが、舜海が得意とする論法である。

「今、庭田殿に聞いた処によると、そこまで大きな水虎藻は——人や山の獣、牛馬などを襲うため……噂《うわさ》になっていない方がおかしい、とのこと」

重奈雄も、

「今日の捜索では、その噂をさぐる、というくらいの動きになるだろう。

俺は秋成さんと、上賀茂の池に出むいて、近くの村人にそうした噂の有無をたしかめる所存だ。

その後、静原に行く」

「静原に何があるんどす？」

「……それはまた、別件なんだが……昨日、俺と秋成さん、そして静原に住む芥川先生の三人は、暴漢に襲われかけた。そういう次第で俺は秋成さんを長屋に泊めた。芥川先生は大丈夫ということで、静原にもどったんだが……無事にかえれたかが気になる」

舜海が、眉を顰め、

「その暴漢というのも気になる……。さらに、そなたはさっき、池に落ちた。あまり遅くまで野山などめぐれば、体に障るのではないか。静原は北山。初夏と雖《いえど》も……時には冷たい夜風も吹こう。明日は……明後日の仕度もある」

舜海の前という遠慮も、重奈雄にはあるのではないか。重奈雄は言った。

「風邪と暴漢が心配だし、大切な約束もあるとのこと」

一体、明後日がどんな約束だか、何処までの詳細が舜海から重奈雄に語られたのか。何処まで知っていて重奈雄はこういうことを口にするのだろう。むくむくと、不満が、胸中でふくらみ出す。そんな気も知らず、重奈雄はつづける。

「俺たちは明日、洛北の川の源流に水虎藻が出ていないか、里人たちにたしかめるつもりだ。そして広沢池《ひろさわのいけ》まで足をのばす。もしかしたら、明後日までかかるかもしれぬ」

「………」

「そうやって、その大きな水虎藻が何処に潜んでいるか、当りをつけ、三日後以降《それ》、十分準備をととのえ、椿の天眼通もかりて——奴と対決する。だから、椿は今日、家の人や蕭白と一緒に洛中にもどった方がよいと思う。椿が必要になったら、必ず助太刀《すけだち》をたのもう」

「まあ、わし一番の部外者やけど、傍で聞いとって、それが一番ええように思ったわっ！」

すっかり元気になった秋成が、意見を差しはさんできた。蕭白がお前が言うなという表情で引っぱたいている。

椿の、白頰に、赤い硬直が起った。一面の銀世界で——寒気にふるえながら、紅の雪椿が花咲かせたようであった。

椿がギュッと唇を嚙む。

何か強い思いを無理矢理呑み込んでから、

「………ようわかりました。今日はうち、もどった方がええゆうことでんなぁ」

思いつめたような表情だったから、秋成は、俺は何か悪いことを言ったのか、という顔で蕭白を見る。

椿はきつく目を閉じ、そして——微笑《ほほえ》んだ。

「重奈雄はん……今日うち、ええ働きしたやろ？」

「そうだな。あれが妖藻とよく看破した。よくぞ、俺を呼んでくれた」

「………よかった」

椿は泣くような歪みをつくってから、白い歯を見せて笑った。

「ほな家元、行きますえ」

少し歩いた所で椿は重奈雄を顧みている。

脇に立った本物の松が、松模様の衣の肩より上に、影を差しのべていて、表情はうかがい知れない。椿は何か言おうとしたが、それを止《や》め、そっと頭を下げると立ち去った。

重奈雄は舜海から明後日とても大切な約束があると聞いたが、それが椿のお見合いだとは聞いていない。また椿の微妙な変化を読み取るには、いろいろなことがありすぎた。

（水虎藻は天竺、唐土《もろこし》でも……百年に一度くらいしか現れない。つまり、百年に一人か二人の……………恐ろしく巨大な野心と貪欲をもつ者しか、苗床になり得ぬ）

舜海、椿の話から——水虎藻の苗床になった者は、当寺にはいないと思われる。

（子供の水虎藻がここにいたということは、親の水虎藻はここからそうはなれていない所にいる——。

水虎藻自体も脅威だし……俺は…………その苗床となった男か、女も、恐るべき者である気がする。

さらに式部一味。何か物騒なことをたくらんでいなければいいが……。

とにかく芥川先生のご無事を確認し、崎門についてどう向き合えばいいのかお知恵をおかりしよう。——いろいろなことが起りすぎている気がする）

白皙の妖草師の胸中である。

＊

京という町は――洛中と、辺土からなる。

洛中とは碁盤目状の市街地で、辺土はそれをかこむ近郊農村、野山である。

洛北の山里、大原《おおはら》や岩倉、都の西に広がる嵯峨野《さがの》、東山、その麓《ふもと》にある大根の産地、聖護院《しょうごいん》村は全て辺土である。

公家が、京の外に出ていけないというのは、洛中から出ていけないという意味ではない。

――辺土のさらに外に出るな、という意味である。

だから江戸時代の堂上方も、大原や鞍馬《くらま》に出かけたり、嵯峨野から嵐山《あらしやま》の紅葉を見たり、東山の銀閣寺に詣《もう》でてもよいわけだ。その外がいけない。

たとえば……

東山の向うにある琵琶湖《びわこ》方面に出かけること。奈良《なら》に行くこと。嵐山の西、北山の北、乃ち丹波《たんば》国に遊山《ゆさん》に出かけること。

これらの振る舞いは――京都所司代から厳罰に処された。

例外的な辺土が、伏見。

ここは京の人々の感覚だと南の辺土だが、幕府の認識だと「別の町」だった。だから、伏見奉行が伏見の遊女町をうろうろしている公家を見かけると……すぐに京都所司代に連絡が行き、その公家は――蟄居《ちっきょ》、厳しい減封《げんぽう》、官位剝奪《はくだつ》などの処分に遭うのである。

茶山寺時康の山荘は――翠黛山にある。
翠黛山は大原の里と、静原の里の間にそびえる小高い山で、洛北と呼ばれる北の辺土だ。だから此処に時康が住んでいても出たことにならない。

重奈雄が水虎藻を退治したのと同刻、壺之井晴季は翠黛山に登るべく大原を歩いていた。

四囲をなだらかな山にかこまれた里で、平地で田畑が開けている。

ゆるくまがった里道の左手に竹藪、右手に紫蘇《しそ》畑が広がっていた。

まだ小さい赤紫蘇どもが、瘡蓋《かさぶた》色の葉を広げ、幾筋もつくられた畝《うね》の上に健気《けなげ》に佇んでいた。

老いた青侍が、

「大原は柴漬《しばづけ》の里でしたな」

供はこの老人一人だ。壺之井家は家来が二人しかいないため、輿《こし》などはつかえない。辺土に行くにも、（辺土の外に行くのでないか……）と、所司代や、町奉行の目が光るため、晴季の外出先は、大抵洛中である。何処に行くにも、この老人をつれ、徒歩《かち》で行く。もう一人の家来はこの青侍の老いた妻で、料理番だった。

「この紫蘇は……梅の収穫に合わせてそだてているのであるまいか?」

晴季が、言った。


大原にはかつて、名高い女性が幽閉されていた。

平清盛《たいらのきよもり》の娘で、壇《だん》の浦《うら》を奇跡的に生きのびた建礼門院徳子《けんれいもんいんとくこ》である。

紫蘇の産地と名高い大原の人々は、鎌倉幕府に閉じ込められた徳子に、紫蘇の漬物を差し入れてみた。徳子は大変喜び……この漬物に柴漬、という名をあたえたという。

徳子の庵《いおり》が寂光院《じゃっこういん》である。

時康が住む翠黛山には——寂光院の門から八間《けん》ほど(一間は約一・八メートル)、急流を遡《さかのぼ》った所から、登る。

晴季は公城から、

『我らの決起には——時康の秘策の成功が不可欠。ところが、あの男、近頃滅多に塾に顔を出さぬ……。そなたは時康の遠縁。しかと、秘策とやらがすすんでおるのかたしかめてまいれ』

という指示を受け、やってきた。

後ろから凄い勢いの大原女《おおはらめ》が二人歩いてきたため晴季たちは紫蘇畑の方によけている。二人の大原女は、手拭《てぬぐ》いをのせた頭に、都で買った醬油《しょうゆ》が入った桶《おけ》をのせていた。若い。

野の花に似た美しい相貌だったが、手足は——畑で十分育った大根みたいに、逞《たくま》しい。図太い手足は使い古して白くなった上に、跳ね返った泥や埃を吸いこんだ手甲脚絆《てこうきゃはん》に、つつまれていた。

大原の男たちは、樵《きこり》、農業などに、精を出す。女たちは男が伐《き》り出した薪《たきぎ》を、手拭いをかぶった頭にのせて京洛《まち》に売りに行く。頭に藪が生えたような分量、はこぶ。これが、大原女だ。そして女たちは都で、醬油、米、町でしか手に入らぬ物品、銭を手に入れ、山里へもどってくる。

「あ」

何かに気づいた大原女が立ち止る。

「あの、榎《えのき》の木陰、見てみい。花ウドが仰山……生えとる」

「ほんまやなあ。花咲く前に蕾《つぼみ》取って、こん醬油つけて食べたら美味《おい》しいやろなあ。後で童《わらべ》に摘みにこさせよう」

「美代治《みよじ》の新しくきた嫁はんおるやん？　あの女に、このこと知られたらあかんえ。あの女、こういうの見つけると、全部一人でもってくさかい」

「わかっとる。花ウドで思い出したけどな……丹波の方の村で、また、神隠しがあったそうや。何でも……花ウド摘みに行った十五、六の娘が三人、もどらんゆう話やで」

「ほんまかいな。……物騒な世の中やな。東坂本《ひがしさかもと》の方でも神隠しがあったんやて」

大原女は、里の方へ歩き去った。

丹波の方でここ二ヶ月ほど——娘たちが次々に行方知れずになっているという話は、晴季も聞いていた。出入りの丹波商人から聞いたのである。それが東坂本まで拡大したという……。東坂本はここから、山をはさんで東南、近江《おうみ》側にある、町だ。

丹波と東坂本……都をかこむように、次々に起きている神隠し。

晴季には、このことが深い淀みのように、妙に心に引っかかっている。

板橋を渡った。

左へ、まがる。

川にそって寂光院にむかって緩い傾斜を登る形で歩いた。

田植えの準備だろうか。腰蓑《こしみの》を巻いた男が、牛に馬鍬《まぐわ》をつけ、泥田をすいていた。土に粘り気が出るのである。田んぼから少し高い所にある畑には赤紫蘇、茄子《なす》が並んでいた。

百姓は、里道を、寂光院と茶山寺邸の方へむかう二人連れをみとめると——しばらく考え込んでいたが、やがて微妙な面持ちで頭を下げる。

茶山寺中納言時康は、この大原の里人たちから……どうも好印象をもたれていないようである。

原因は、草と、木。

話は――室町時代に遡る。

三代将軍・足利義満《あしかがよしみつ》がある時、急病にかかり瀕死《ひんし》の状態になった。近臣、茶山寺中納言は草木に詳しい人物であったが、翠黛山で見つけたある草から薬湯を煎《せん》じて――義満に飲ました処、立ち所に快復した。この功績により茶山寺家は足利将軍家から翠黛山をあたえられ、近隣の人々には翠黛山の草木には一本たりとも手を出してはいけないという、お触れが出ている。

茶山寺家山荘――「緑苑院《りょくおんいん》」の始まりである。

江戸幕府が開かれると、徳川家康は、鬱蒼たる樹木にかこまれた緑苑院が、倒幕派公卿の密謀の場にならぬかと危惧。京都所司代・板倉勝重《いたくらかつしげ》に緑苑院接収を命じた。勝重が先例をしらべてみると、室町幕府でもっとも有名な将軍・足利義満が「何人《なんぴと》も茶山寺家から緑苑院を取り上げてはならぬ」というお墨付きをあたえていることが、判明した。

思慮深い勝重はこのことを家康に打ち明け、

『大御所様。豊家《ほうけ》を滅亡に追い込んだことで……都の人心は動揺しております。今、ここで、茶山寺から緑苑院を取り上げ、いらざる不評をかうよりは……あの山荘をそのままに据え置いた方が得策かと、存じます』

家康もその通りだと思ったため、翠黛山にきずかれた広大な山荘……緑苑院は、茶山寺家にそのままのこされたのである。

大原の里人は付近の山林を伐採して、生きている。当然、樹が死滅しないよう、注意深く伐採していた。ただ、冬場の薪の需要が激しい時など、どうしても翠黛山に斧《おの》を入れたいと、思うことが多かった。

足利義満が翠黛山の伐採を禁じたのは——自分の子孫が死病に陥った時、一気に治癒させる薬草を、生い茂らせておくためである。

このため室町幕府が力をうしなうと、大原の人々は茶山寺家の許可を得て自由に翠黛山に出入りしていた。

だが、厳格な人が茶山寺家当主になった場合——伐採はみとめてくれなかった。

時康は、きわめて厳格な、当主である。

鬱蒼と、巨樹や、山野草がうねり狂い、木蔓《きづる》がのた打ち回り……外側から、館が一切うかがい知れない、というのが時康の理想のようだ。

当主になってこのかた、一本の草木を手折《たお》ることも許していない。このことが林業を生《なり》業《わい》とする里人たちに重い不満となってのしかかっていた。

赤い西日を背に受けた翠黛山が、徐々に近づいてくる。

寂光院の門前を、急な瀬の音を左耳に聞きながら横切ると——川上から、うすら寒い程暗い冷気がどっと流れてきて、晴季をつつんでいる。身震いした晴季の足元を、蛇がするすると横切った。

道は川の上流、黒々とした木下闇《このしたやみ》にむかってすすんでいた。

少し行った所に簡素な板橋があった。苔むしていた。

(とても、夏とは思えぬ)

渡る。

渡った先が——翠黛山だ。

眼下の早瀬を物凄い勢いで——落葉が走っている。

橋を渡った所から岨道《そばみち》がはじまる。緑苑院に、登る、道だ。

「……お供をして……幾度か参っているでしょう。だが、どうもわしは、ここが苦手ですな」

苦手という以上の、胸のどよめきがこもった、青侍の一言だった。

数百年――斧斤《ふきん》が入っていないのか、化物のように育った巨樹どもが、生い茂っていた。桂《かつら》。

凄い、桂だ！

天突くほど高く、丸っこい葉を、幾筋もの滝状に流していた。

イロハモミジ。

何らかの要因で、灰色の幹の一部がむしり取られ、樹が内側にもつ、なまなましい内臓が剝《む》き出しになっていた――。色が全く違う。鳥の肝臓が如き色だ。その、剝き出しになった内側に、沢山のカタツムリがこびりついている。

大きい。白い巻貝で、蒟蒻《こんにゃく》質の胴体も白っぽく墨色の筋が入っていた。かなり肉厚のカタツムリで、塩を振って、竹串に刺してあぶると、美味かもしれない。

大原はどういう訳かカタツムリが多い。この陸上巻貝が好む、湿潤な暗がりが豊かなせいだろうか……。

とにかくイロハモミジが剝き出した内臓で、カタツムリが何匹も、実にゆっくりと活動していた。

ヤマコウバシという不思議な低木が幾本も林床で展開していた。

瓜膚楓《うりはだかえで》。檜《ひのき》。

凡俗の落葉樹は、葉が枯れれば、落とす。

ところが、ヤマコウバシの枯葉は、なかなか、落ちない。冬になっても枯葉がわさわさ梢に残存する。なかなか落ちないという特性により……大切な試験にのぞむ若者が、お守りにすることもあるという。

そんなヤマコウバシめが、高木どもの陰で、今は青葉を茂らせている。

つづら折の山道を登る。

所々、木の間《こま》が大きく開いた所に、桜色の九輪草《くりんそう》がどっと咲き乱れていた。石段などはない。坂道に横木を食い込ませた、山道だ。

少し登った所で石灯籠《いしどうろう》に火を入れている男がいた。

時康がかかえこんでいる、浪人者だ。

「お、壺之井様！」

凶相の浪人者が近づいてくる。

時康は、豊富な資金力をもっており、数十人の浪人を山番としてかかえこんでいた。時康が浪人をやといすぎていることを警戒する京都町奉行もいたが、その度に時康は――

『当家が翠黛山を管理するのは、義満公以来の習わし。この茶山寺時康……帝、将軍家、江戸のお年寄り衆（老中たち）が、漢方医、蘭方医《らんぽう》の手に負えぬ重病に襲われた場合……その病をたちどころに治す薬草を、翠黛山で見つける自信がござる。

ところが、翠黛山は広いゆえ、薪を取ろうとする不埒《ふらち》な輩《やから》が後を絶ちませぬ……。

薪を取ることを許せば、薬草が踏みにじられます。こうした者たちの侵入をふせぐためには――それなりの警固が必要。

もし、警固をへらし、薬草が踏みにじられ、帝、将軍家、御年寄り衆が、重病に襲われ、この時康が治せず、御命を落とされた場合……町奉行殿、貴方《あなた》はどういうやり方で責任を取られるつもりなのか？』

この時康の反論に「蝮《まむし》」と恐れられた京都西町奉行・松《まつ》木行部《きぎょうぶ》ですら、一太刀も斬り返せず、以後、時康が浪人をかかえこんでいる件については、沙汰《さた》止《や》みとなっていた。

石灯籠の近くの樹洞が番小屋になっている。翠黛山に忍び入る、里人を警戒する、前衛だ。常時見張りが置かれる。

「ご案内いたします」

眉に刀傷が入った茶山寺家の用心棒が、先に立つ。

最後の曲り角をまがると——山寺が如き厳しい顔をもつ、建物が現れた。横木をわたした岨道が、石段に変っていた。石段を登り切った先に高い築地塀《ついじべい》にかこまれた、その館、緑苑院があった。鉄鋲《てつびょう》を打った重苦しい門は、開かれていた。

石段の横は森厳とした檜が並んでいる。赤い西日が、木立によって、幾筋もの綺麗《きれい》な光線に切りわけられ、小鳥の囀《さえず》りと共にそそいでいた。

「草山水《くささんすい》……枯山水では、砂が川や大海を表現するが、草山水では、シダ原が海、蛇《じゃ》の鬚《ひげ》が滝をあらわす」

時康が、言う。緑苑院——草山水の庭。

ここに足を踏み入れた者は皆、時康から草山水の説明を受けねばならない。遠縁の晴季はもう幾度も緑苑院にきているが、時康はこの話だけは何回も繰り返すのである。

まこと、草深き庭である。

草、苔を愛《め》でるための空間とは、別空間、池水や綺麗にはかれた白砂が展開すべき場所にも、シダ植物の群落や、深緑の髪の毛に似た蛇の鬚が、わさわさ生い茂っていた。

草が、緑が、あふれそうな庭であった。

そんな草の海に所々据え置かれた苔岩に凄絶《せいぜつ》なほど血色の夕日が当っていた。

「公城は、わしがなかなか洛中に姿を見せぬので、不安なのであろう」

「そうです」

晴季は時康に頭が上がらない。

時康は押しが強い男で、晴季は弱い。

「近く、洛中に行く。泉州屋と会わねばならぬ」

かなり古い築地塀の前で、時康が立ち止る。

緑苑院は——古《ふる》屋敷と、新館《にいだち》から、なる。時康によると……古屋敷は「今はつかわれていない建物」で、草山水は、門を入って手前、新館に、ある。そう言えば晴季も古屋敷には入ったことはなかった……。古屋敷は、奥に、ひっそりとあった。

今、二人の眼前に古屋敷と新館をへだてる築地塀が、立ちふさがっている。板葺《いたぶき》屋根に、土がのせられており、そこに苔が青い敷物となってかぶさり、小シダがおさない体を思い思いの方に、よじっていた。築地塀の上の苔原では菫《すみれ》やヤマタツナミソウまで花咲かせていた。

晴季が、ヤマタツナミソウの清麗な花に視線をからめとられていると、時康が、

「泉州屋と会った後、徳大寺の屋敷に出むこう」

利那——世にも奇怪な、音が、した。

ギィイッ……、ギィイッ……イッツ。

引っ掻くような、軋《きし》むような音。——獣が発した音ではない。強《し》いて言うなら、樹が呻《うめ》いたような音であった。森に入ると——老木どもが軋む、かすかな物音がする。そうやって樹は人に……語りかけてくる。

今した音はその樹の軋みに、激しさと、活発な蠢動をあたえたような音だった。

そういう音が寒気をともなう塊となって——遥《はる》か頭上からこぼれ落ちている。

「…………」

晴季は、築地塀の向うに茂る巨木どもを、口をかすかに開けてあおいでいた。

巨大な影を地上に落とした高木どもは迫りくる夜の暗黒を吸いこんでさらに肩をそびやかしていた。

古屋敷では——松や樫《かし》が鬱蒼たる樹林を形成しているようだった。

時康は艶《えん》なる唇に、謎めいた笑みを浮かべている。

「古い樹が多いゆえ……ああいう音がよくするのさ」

――本当に軋み音にすぎないのだろうか。

あれは、何者かが、樹が軋むのに似た音を発しながら、蠢《うごめ》いた音、でなかったか。晴季の疑念は氷解しない。

「時康殿」

「うん？」

「あの松は…………普通の松なのか？」

「どういうことだ？」

「一見、黒松のようだが……黒松にくらべて、樹皮が……黒すぎる。赤松にくらべて幹が黒いのが黒松だが、それにしても黒すぎる気が……」

樹高十数丈（一丈は約三メートル）。巨神の厳貌をまとった松どもが晴季の意識をとらえる。

「葉まで、黒っぽい。……黒緑と言っていい色ではありませんか？」

「暗くなってきたゆえ、そう見えるのであろうよ」

黒い蔓草が描かれた扇が取り出され妖美な笑みは隠された。

なおも、塀向うの松どもが気になる晴季の眼が――動く。

水音……

今度は、鈍い水音が、した。古屋敷の方で、した。

「……池があるのですか?」

「ああ」

時康が扇をしまう。

「下草が生い茂りすぎているゆえ、もう何年も行っていない。一歩足を踏み入れるのも……難儀する藪なのだ。儂《こなた》が知らん間にナマズか何かが棲《す》みついたのかもしれんな」

*

青くやさしい夕闇が、田植えを終えた里をつつんでいた。

鍬《くわ》をもった老人や、笠《かさ》をかぶった早乙女《さおとめ》、空になった苗籠《なえかご》をかつぎ、脛《すね》を泥だらけにした、ぼさぼさ髪の女の子が、里道を家路につく。その女の子の足元に、白い犬が、甲高くわめきながらまとわりつく。

水がつくったなだらかな平面にか細い苗が、幾列も並んでいた。

杉や桜、栗《くり》が茂った小山が、大仕事を終えた里を静かに見守っている。

作務衣を着た二人の男は静原に入ると、里道を駆けていた子供らに問いかけた。

「芥川先生の塾は何処かな?」

重奈雄に問われた三人の子供が目を輝かす。

童が二人。童女が一人。

「こっちや！」

「兄さんたち、先生の何なん？」

「あたらしい先生？　何おしえてくれはるん？」

重たい農具が、タンポポやカラスノエンドウの叢《くさむら》に放られる。

「あ、こら！　道具大切にせい、何度言わせたらわかるんや」

老人たちから小言が飛ぶも、夕闇の山里を疾駆しはじめた、童らにはとどかぬ。

「早《はよ》う、しいな。こっちやっ」

龍安寺から歩いてきた、重奈雄と秋成は、顔を見合わせ、苦笑し、駆けださざるを得ない。先行する子供らについて走る、重奈雄の頭上を――つがいの軽鴨が横切る。

二羽の軽鴨は田に入ると、仲睦《なかむつ》まじげに苗の間を泳ぎはじめた。滑るように、動きまわる。

その姿が、水虎藻からすくえなかった小鴨を思い出させ、胸に突き刺さった。

白い花が飛沫をつくっている。岩にぶつかって散った、重たい波濤《はとう》が如き白花が、垣根で咲いていた。

卯の花《うのはな》。

ウツギという木の花だ。ウツギが花咲かせるから、陰暦四月を卯月というのだが、この低木、きわめて丈夫な枝を稠密《ちゅうみつ》に茂らせ、おまけに綺麗な花を咲かせるので、垣根になる。

さらに丈夫な枝からつくった釘《くぎ》は指の力だけでは容易におれないくらい強い。木釘の材料となるのだ。

芥川先生は、ウツギの白花にかこまれた、百姓家に住んでいた。

昨日、藤井右門に追われた芥川先生。今日は田植えに参加していた。

だから、村の子供たちに案内された重奈雄たちが庭に入った時、濡れ縁に腰かけて盥《たらい》で足を洗っていた。

先生が細首にまわした、汗で重そうな手拭いに、田んぼの土と水が、泥飛沫となって散っていた。

「何や！　この魚。わし、大坂育ちやさかい……魚にはうるさいんや。山城《やましろ》の川魚なんか、喰えたもんやない、思うとったんや。そやけど、初音《はつね》はんの味付けがええんやろか……？

この川魚、めっちゃ美味しいわ」

秋成が、叫ぶ。

芥川先生の一人娘、初音は嬉しそうに口元をほころばせている。

「おおきに。ギンタ、言います」

「ギンタゆうんが、魚の名前ですか？」

「そうどす。夜づけして捕ります。朝、罠《わな》から取り上げて、いけすに入れときます。大切なお客様きやはったら、わた、のぞいて、照り焼きにして食べると、一番おいしゅう食べられます」

「大切なお客様ゆうことで、ええんですか？　わしと重はん」

「勿論どす」

初音はおかしそうに、口に手を当てて笑った。

椿と同い年くらいだろうか。顎《あご》が少し尖《とが》った娘で二重の瞳は横に長く柔和に潤んでいた。しっかりとした芯《しん》が如きものを内にもつ娘だが、外側の印象は、硬くも、鋭くもなく、やわらかい。

既に妻を亡くしている芥川先生は、初音と二人暮している。

この農家の、板の間の一つを塾とし、この山里に暮す童らをあつめて、読み書き、算盤《そろばん》をおしえていた。陽明学を学ぶ大人の門弟も、洛中《まち》からくる。大人の門弟がくる日は子供たちの塾は休みである。子供への授業は初音も受けもっていた。

また、芥川先生の、知己の、いろいろな類の面白い話ができる人を、塾に呼び、静原の里人たちをあつめ、茶菓を共にしながら、話を聞く会というのも、もうけている。この面白い話をしてくれる先生だと――さっきの子供たちは勘違いした訳である。

外はようやく暮れ、四人は囲炉裏をかこんでいた。

大根をくわえたかて飯。ヒノキワラビの煮物。独活《うど》の酢和《あ》え。ギンタの照り焼き。魚の形をした自在鉤《かぎ》が吊り下がった炉をかこみ、そんな飯を食べた。

ツツジが咲く頃に渓流の岩間がはぐくむヒノキワラビは、芥川先生の好物だというので危険を冒して初音がとりに行くのだという。

「わらびやゼンマイより、歯ごたえがあって、たしかに美味しいのですが……。毒蛇が出て、流れも速い、奥山の山菜です。そこまで苦労してとってくることはないと、言ってるのですが……」

先生がここぞとばかりに口にした心配を初音はやんわりと打ち消す。

「お父はん。心配あらしまへん。うちが、何年、こん山菜取っとる思います？　もうええ加減どこで安全にヒノキワラビつめるか、わかってまっさかい……」

食事が終り初音が洗い場に立つと三人はあれからのことを報告し合った。芥川先生は、誰に追われるということもなく、無事静原にもどれたとのことだった。

それをたしかめたかった重奈雄は、安堵《あんど》している。

秋成から、誇大にふくらませた、鏡容池の怪異を聞いた芥川先生は、

「……ううむ……鏡容池にも、妖藻。この目で見ておいて言うのも何だが…………どうしてもわたしは、妖草というものが信じられなくてな」

現実主義者の芥川先生は、さかんに、首をかしげる。

「重はん……出たで、妖草を、どうしても、信じられへん人。

わし……ハリガネ人参見て、妖草信じられん人、学者とかでなく、ただの頑固者ゆうふうに思うんやけど……重はんは、妖草師として、どない思う？」

秋成が率直に問う。

重奈雄は、言った。

「――いいのではないか」

同じ質問を何度もされた人が発する、落ち着いた語調であった。

秋成が意外だという表情になる。重奈雄は、もっていた茶碗《ちゃわん》を置いた。

「妖草は――常世の草。人の世ではない場所の、草。病める心ほど、この世に災いを引き

起す妖草の苗床となりやすい。

妖草で溢《あふ》れ返っている国や、町があるとすれば………それは、そこに暮す人々の心が病み切っているということではないだろうか？

そんな所に暮す人は………幸せなのだろうか？」

重奈雄の瞳が冷光を放射した。

「俺は、違うと思う。妖草師がそこに住めば、骨がおれすぎる。妖草師でなくても、左程《さほど》までに強き荒廃の中で暮すのは……苦痛でなかろうか。

だから俺は——一妖草師として、ほとんどの人が妖草を信じられぬ世界の方が、人は幸せに生きられる気がする。

俺が『いいのではないか』と言ったのは、そういう意味だ。秋成さん」

と、初音が、入ってきている。

「お父はん、今日、お客様が……つづく日どすなあ」

「……ほう。また新しいお客人か？」

「へえ。壺之井様言わはってます」

翠黛山は——大原と静原を、へだてるように、そびえていた。

茶山寺邸を訪れた壺之井晴季は大原とは逆、静原の方に山を降りた。昨日、式部の塾ではじめて芥川先生に会った晴季は、その人品、言説に興味を覚え、時康を訪れた後、直帰せず——西に降りたのである。

通された晴季は、意外な人物、重奈雄と秋成をみとめると、かんばせを強張《こわば》らせた。彫りが深い相貌には困惑とかすかな失望が孕まれている。

初音は、同じ夕餉《もの》を晴季にもすすめた。

まだ食事を取っていないという晴季は、ありがたく箸《はし》を取った。

あまり多くを語らず夕餉《ゆうげ》を取った晴季だが、箸を置いてもじっと静黙していた。

何か相談したいこと、話したいことがあって、静原にきたはずなのに……何らかの強い事情により、それは腹の方へ押しもどされ、言葉となって出てこない。

自分たちがいることで晴季はしゃべれないのではないかと察した重奈雄が、

「秋成さん。俺たちは、そろそろお暇《いとま》しようか」

初音が気になっていた秋成が、反論する。

「——え？　何言うとんねん？　もう、こんな真っ暗なんやで。今から帰る？　木戸が閉じて、あんたの長屋、もどれんのと違《ちゃ》うか？」

洛中には五千三百の木戸があり――それは、四つ（午後十時）をすぎると閉ざされる。

「今から駆け足で行けば大丈夫ではないか。それに、もし木戸が閉ざされていたら、龍安寺の門を叩いて泊めてもらえば、いいのではないか。丁度、着物も乾いているだろうよ」

「…………ん。龍安寺まで行けるんかなあ」

「行けるだろう。それは」

頭髪に指を突っ込んだ秋成は、目を閉じて天井をあおぎ、それからおもむろに、世界の真実を語るような声調で、口を開く。

「いや……大坂者の目から見ると、この静原と、洛中の間の山……あの山なあ、なかなか、凄い山や。狼《おおかみ》の群れが蠢いていそうな山や」

「上田はん。冗談もたいがいに、しとくれやす。静原の南の山に狼なんて出まへん。丹波の方まで行けば、狼も出ますけんど、この近くには出まへん。狸は、出ます」

初音がもってきた何やら美味しそうなものは、白くふかふかしていて、青い粒が入っており、さかんに湯気を立てている。

秋成が鼻をふくらます。

「初音はん、何やその……えらい美味しそうなもの」

「これは、ふかし団子言います。えんどう豆のお団子どす。夏に取れる、青く、やわらかい、お豆でなければ、つくれへんお団子……」

「この必ず美味であろう、ふかし団子を食したら、我らはかえることにしよう」

重奈雄が、言った。

と、晴季が、

「いや——」

首で、強く否定した。

「御三方《おさんかた》で楽しくお話ししていた処に、わたしが不意にお邪魔してしまった。いくつか陽明学についてお訊《き》きしたいことがあったのです。

それをお聞きし、このお団子を食べたら、わたしがお暇しましょう」

彫りが深く、あどけなさがのこる顔貌をした、晴季は元々憂いをまとった青年であった。今、その憂いはより濃密になっていた。さらにちろちろと揺れる囲炉裏の火が——とのったかんばせに、濃い影をきざみつけている。

あどけなさは消え、異人の若者が深く悩んでいるような気配が醸《かも》されていた。

晴季が芥川先生にいくつか質問をする。

先生が、答える。

重奈雄は、

（本当に訊きたいことを……訊いていないのでないか）

と、感じた。自分や秋成への遠慮が晴季をためらわせているのではないか。

晴季が、初音がつくった団子に、手をのばす。

食す。

「…………何て…………美味しいんだ。ふかし団子……何と、美味しいものなのだ」

「お口にあいましたか？」

火に照らされた若者に直視された初音が、恥じらうようにうつむく。

「ええ。こんな美味なものをわたしは初めて食べた気がする……」

秋成が、

「少し、大袈裟《おおげさ》すぎるんと、違いますか？……もっと美味しいもの普段食べてはるでしょ？」

急いで、ふかし団子を呑み込んだ晴季の、気管に、えんどう豆の破片《かけら》が入ったのか、晴季は激しくむせた。あわてた初音が茶を差し出す。

一口飲んで少し落ち着いた晴季が、炉の火を静かな目で見つめた。

「……いや。洛北には出てよいのですが……洛北の北に行ってはいけない。そうすると、自然に、自分の屋敷と、麩屋町通の塾を、行ったりきたりするだけです。食べるものもかぎられてくる。諸藩の微禄《びろく》の武士も事情は同じでしょうが……当家が如き半家《はんけ》の夕餉など、簡素なものです」

半家とは最下級の公家で石高《こくだか》は三十石くらいの者もいる。

おそらくこの中でもっとも栄養豊かな食事をしているのは、大坂堂島の富商の若旦那、上田秋成でないかと、重奈雄は考えた。

「だから初音殿のふかし団子が、今まで食べたものの中で一番美味しかったというのは、嘘ではありません。これは、供の者のためにもらっていってよいですな？」

晴季が、ふかし団子を一つ、外でまっている供のために、手に取った。

初音は目を大きく開き晴季を見つめ黙りこくっている。

ある物質を、ある溶液に入れた時に、急激に色が変るような変化が、初音に起きたようである。重奈雄が、口元をほころばす。秋成の面差しは——硬い。

「では……もう行かねば」

晴季が、腰を、上げようとする。

芥川先生が制した。

「供はお一人なのでしょう？　辻斬りなどに遭われたら、どうされる？　田舎家ですが、あいている部屋もあります。今日は御三方泊っていかれたらいかがです？」

「そうどす。そうしはったら、よろしおすえ……」

強い熱量が、引き止める初音の声にはこもっていた。秋成は、面白くなさそうにぽりぽり鼻を掻いた。

「そうさせてもらいますぅ……」

秋成が言うのと同時に晴季は、

「我らをこころよく思わぬ人が多いゆえ……」

式部の進講計画を止めようとしている、人たちについて、晴季は言ったようである。

「静原に泊ったなどと広まると……どんな大きな話になって、町奉行の耳に入るか。やはり今日はお暇します。もし、屋敷にたどりつけなくても、相国寺《しょうこくじ》の北に当家の菩提寺《ぼだいじ》があり、そこならば泊っても大事にならないと思うのです。

故に——今日はお暇します」

晴季が、去りかけると、初音が追うように立つ。

初音は囲炉裏の上のあまに顔を動かした。だが、油煙が重くしみ込んだ、木でできたその古い格子には……今日、お土産になりそうな食物《もの》は何も吊り下がっていなかった。

ただ粟《あわ》をつめたささくれ立った竹籠が無造作に置かれている。

少し途方にくれた表情になった初音は、おずおずと言った。

「あの……ふかし団子……いつでもうち、ふかしますさかい……また静原に遊びにきておくんなはれ」

「ありがとう」

晴季は、微笑した。

「初音、提灯《ちょうちん》を」

ぼうっとしていた初音に、芥川先生が言う。


白い花につつまれた垣根まで、見おくった。

提灯が小さくなると母屋《おもや》にもどる。

母屋の壁に、ヤモリが、はりついていた。

秋成はヤモリと同じ姿になって、壁にはりついた。

「………どうしたんだ、秋成さん」

重奈雄が案じる。

秋成と平行に静止していたヤモリが——唐突に、動いている。

さーっと斜め上に駆け上がったヤモリは、小虫をつかまえると、喉を勢いよく、蠕動《ぜんどう》させている。

秋成もヤモリを真似《まね》て喉を蠢かしはじめた——。

初音、芥川先生が家に入ると、秋成がささやく。

「重はん………娘を、わしに惚《ほ》れさす妖草はないんかい？」

「………妖草にたよっては………駄目だ」

花《はな》盗《ぬす》人《びと》

二日後。

大坂にかえるという秋成とわかれた重奈雄は大原に足をのばした。緑一色の小袖、姿だ。

昨日、重奈雄は、椿に語ったような道程で捜索活動を断行。秋成もつき合ったが——水虎藻は見つからぬ。途中、龍安寺で着物を回収した重奈雄は、洛北に根源の水虎藻がいると踏み、もう一泊芥川先生に泊めてもらっている。ちなみに初音は、危険な渓谷地帯にわけ入った時、道案内を、かって出た。

(秋成さんは、あまり店をあけるわけにゆかぬということで、今朝、大坂にかえった)

本日——妖草師は、大原から高野川《たかのがわ》沿いに、水虎藻の噂を嗅ぎながら、洛中へもどる所存《つもり》である。

だが二日間歩きまわって、足が悲鳴を上げた。

(江文峠《えぶみとうげ》如きで俺の足は音《ね》を上げるのか。……仕方ない、あの寺で憩うか)

大原には、往生極楽院《おうじょうごくらくいん》がある。今、三千院《さんぜんいん》、と呼ばれる寺だ。

往生極楽院は、声明《しょうみょう》の中心地だ。

声明とは仏教ポップスである。

仏の教えを、音楽に合わせて、僧たちが歌うのだ。栄花物語《えいがものがたり》などを読むと、藤原道長《ふじわらのみちなが》が叡山《えいざん》に、山の念仏に出かけた記録がある。月夜の山上で、僧たちの美声を楽しむわけだ。

声明で有名な僧は、声がよく、若く、大抵、見た目もよい。当世の人が歌手の歌を聞く感覚で、昔人は声明にあつまっていた。

声明のもっとも有名な音楽家が、良忍《りょうにん》で、良忍の拠点が——往生極楽院。

大原とは、仏教音楽の里である。

往生極楽院には荘厳な阿弥陀三尊像《あみださんぞん》がある。

右門に追われ、水虎藻と戦い、二日間の捜索で足が悲鳴を上げた重奈雄。たおやかで温和な三尊像に、対面したいという気持ちになっている。

だから、朝霧を吸いつつ北に歩いた。

小川を、わたる。

一昨日、晴季がわたった川だ。

重奈雄はふと立ち止った。

左を、見る。

左に少し行くと……寂光院があった。

(徳子の……寺か)

寂光院は、数百年前を生きた、建礼門院徳子が関与する、寺である。

重奈雄はどういう訳か寂光院に髪の毛を引っ張られるような感覚に陥った。気がつくと、そちらに歩きだしている。

(近くには、建礼門院の墓もあるとか)

門前についた重奈雄は、茶店の主からその墓所の場所を聞き出した。

寂光院の近くには、清流が流れている。

木立がつくる、初夏とは思えぬほどひんやりした冷気を掻《か》きわけながら、川上を目指す。

小さな橋を渡った。

翠黛山を登る重奈雄の両側で、厳々《いかいか》しい檜やモミの高木が立ち並んでいた。鎌倉幕府に、大原に閉じ込められた、平家の生き残りの女性が、どういう場所で眠っているのかたしかめたかったのかもしれない。

(そう言えば……この山に住む、茶山寺中納言の所に行ってきたと、晴季は語っていた

な)

茶山寺中納言と会ったことはない、重奈雄はそう考えていた。

少し登った所に五輪塔があった。

手を合わせた重奈雄の、髻《もとどり》や、緑の小袖につつまれた脛を、針葉樹のあわいを流れてきた白霧が、そっとさすってゆく。

踵《きびす》を返した重奈雄はきた道をそれヤマコウバシの斜面にわけ入っている。

何だか、妖草が在《あ》りそうな気配がしたのだ……。

こういう時、重奈雄は――藪《やぶ》に潜り込む。植物どもが、うねり狂う深みに、どんどん、わけ入ってゆく。

妖草ではなく九輪草を発見した重奈雄が、桜桃《ゆすらうめ》に似た唇をかすかにほころばせた時である。

誰か……山上から、降りてくる気配が、あった。

さっき登った道と別の道が近くにあり、その岨道《そばみち》を降りてくるらしい。

ヤマコウバシを、掻きわけ、道に出る。

降りてきた人々は立ち止った。

「――」

山林の中、八人の男と対峙《たいじ》した重奈雄の双眸《そうぼう》が、かっと大きくなる。

（……氷部！）

――氷部が、いた。御忌詣の日、蕭白と喧嘩《けんか》になりかけた凶相の男たちが数間《すうけん》、山上に立っていた。

瞬時に、思案した。

氷部が襲いかかってきた場合、役に立ちそうな妖草をもっていないかと。

（……ハリガネ人参では、この人数はちときついかもしれぬ。韋駄南天《いだなんてん》！）

妖木・韋駄南天の赤い実を、長屋を出る時、重奈雄は数粒懐中に入れている。秋成にももたせた。氷部対策ではなく、右門対策であった。今朝、秋成にわたした分は回収したかったのだが、秋成は――

『重はん水臭いわ。たのむから、これ大坂へもってかえらせてくれへん？　大坂の町ん中で、つかわんて、約束する！……人がおらん、砂浜か何処かに行って、韋駄南天嚙《か》んでなあ……思いっ切り走ってみたいんや。そないな……気分なんや。お願いします！』

静原の里道で強く主張。致し方なく、数粒の韋駄南天が大坂に行くことをみとめたのだった。

妖草師の脳細胞が、めまぐるしく、はたらく——。

（ただ、この山道……つづら折なのが、気になる）

韋駄南天を嚙むと足は勝手に走りだしてしまう。——恐ろしい、勢いである。使い方をあやまると、前方に展開する樹や、壁に、ぶつかってしまうのだ。

山道は、しきりに、くねり、そのくねった先には——巨樹どもが厳《いか》めしく茂っている。それこそ命がけで韋駄南天を嚙まねばならぬ。だが、氷部たちが斬りかかってきたら、それくらいしか、死地を脱する手はないように思われた。

戦慄と、緊張が、冷たく、しょっぱい雫《しずく》になって、重奈雄の頰を上から下へ流れる。

（忘れていてくれ……俺を）

氷部が、

「貴様っ」

——そうは問屋が卸さぬようであった。

と、

「お主……庭田重奈雄と言ったな？」

この連中の、主らしき男が、一歩踏み出す。

——若い。

遊び慣れしたような、艶《つや》やかな唇をしていた。

下に垂れた目は大きく魅力的である。

細身だが、引き締まった体をしていた。

墨で蔓草《つるくさ》が描かれた扇が取り出される。

見覚えがある扇だった。

「貴方《あなた》は？」

「茶山寺時康という。いつぞやは、知恩院でお目にかかったな」

時康は微笑を浮かべて、ゆっくりと歩みよってくる。氷部たちがつづく。時康がつれた浪人どもは——いずれも大小を差している。

重奈雄から、数歩はなれた所で、時康は歩みを止めた。

二人のすぐ横に龍みたいに大きい桂が立っていた。

幹が、ごく下方で、真っ二つにわかれていた。

一方は、苔《こけ》とノキシノブにおおわれていた。もう一方は蔦《つた》におおわれている。びっしりからみついた蔦が、隙間《すきま》なく硬葉を茂らせていて、桂の灰色に罅《ひび》われた樹皮は、全く隠蔽《いんぺい》されていた。

桂の反対側には、赤黒い樹の内臓を剝《む》き出しにしたイロハモミジがのたうっていた。樹皮が陥没してあらわになった生々しい内側に白い肉厚のカタツムリが数匹張りつき静かに這《は》っていた。

まったりした山霧が、二人の足元を、流れてゆく。

「知恩院《あそこ》は菩提寺でな」

「左様ですか」

「何をしていた？」

時康が、訊《き》いてきた。

「建礼門院の墓所に」

「ほう」

時康が、鷹揚《おうよう》に、うなずく。氷部が冷たい眼光で重奈雄を直視している。陰険な眼光である。

「別にそなたを咎《とが》める気はないんだが……」

時康が扇でポン、ポンと、掌《てのひら》を叩く。

「ここは我が山でな」

「……そうでしたか」

重奈雄は知らないふりをした。内なる声が――一昨日、晴季に会ったこと、晴季が茶山寺邸を訪れた後、芥川先生に何か相談があって静原まできたことを、黙っておけと、告げていた。
「そなたが知らぬのも無理はないが、建礼門院の墓所は寂光院の寺領。だが、そのすぐ外
側は、持ち山でな」
「そうとは知らず失礼しました。草木の病を治しているので……ヤマコウバシの茂みの向
うに、何かめずらしい草花でも生えていないかと気になりましてな、つい道をそれまし
た」
「――本当にそれだけかな?」
疑念が、さっと、時康の睛眸をよぎる。
「……どういう意味でしょう」
「うん」
時康は二つにわかれた桂に近づいた。黒い蔓を描いた扇が、びっしり茂った蔦を、愛で
るように撫《な》でる。
「何か目当ての、珍花などが……あったのではないか?」
「…………」

重奈雄も、分裂したもう片方の幹に歩みよっている。苔深い幹から、うじゃうじゃとノキシノブが垂れていた。緑の長虫を思わせる着生植物だ。

「九輪草が、咲いているのではないかと。花盗人になるつもりはありませんでした」

「堪能《たんのう》したか?」

「十分に」

「重奈雄。下まで一緒に行こう。わしは今日、蓮華王院の方まで行くのだ」

「左様でございますか。当方は、往生極楽院まで足をのばすつもりです」

「なら……街道まで一緒に行けますな」

黙していた氷部が、太い野太刀《のだち》で斬るような、声を発した。

＊

池の上にせり出す形で、茶店がつくられていた。

巻き上げられた簾《すだれ》の向うに水の広がりと紫に咲き乱れた花があった。

杜若《かきつばた》だ。

蓮華王院。

この頃、蓮華王院には杜若の名所として知られる池があり、その池に臨む茶店まであった。

　椿は先刻から鉛を溶かし込んだ幕が己の周りにめぐらされた気分である。

　舜海の強い希望が、今日、椿の体に晴着を着せ、この茶店のご馳走《ちそう》の前に座らせていた。

　先々日、水虎藻を駆逐した、椿。今日は……近江の、紙屋の、若旦那とお見合いをしている。

　舜海が惚れ込んだという若者が、相向かう形で座っていた。大店《おおだな》の若旦那だから、かなり高価そうな絹の美服を着ていた。

　若旦那は、かなり積極的に、話しかけてくる。だが椿の返事にいま一つ熱がない。

　白く可憐《かれん》な頬を少しふっくらさせた椿は、会話よりも、箸を動かすことに力を入れているようだった。横に座る舜海から、案じるが如き視線を感じる。

　目付きと笑い方がどうにも引っかかるというのが椿の第一印象だ。

　さらに、椿は昨夜、下女から、気になる話を聞かされている。

　少し前から——丹波で娘が神隠しになる事件が、起きていた。今度は、近江坂本で、同様の事件が勃発《ぼっぱつ》したという。

　坂本と言えば、都の至近。

　同一の下手人なのか。

坂本の下手人は、丹波を模倣したのか。人間ではない……凶暴な獣、に因《よ》るものなのか。

とにかく椿が暮す近くで、単独、あるいは複数の、物騒な者が蠢《うごめ》いているのは、たしかだった。とても恐ろしいことだと思った。

だから、大変失礼な話、冷静に考えればあり得ない話なのだが……椿は、近江で起きている恐ろしい事件と、今、椿が気に入らないと感じている、近江の若旦那の目付き、この二つが関連している事柄のように思えてしまったのである。

もう、そう感じると駄目で、どうにも会話に身が入らず、箸ばかりが動く椿だった。

(重奈雄はん……あの後、無事に静原に行けたんやろか)

すぐに、むっとしたように、唇に力を入れる。

重奈雄はどうして今日、椿が斯様《かよう》な状況に追い込まれるのを察してくれなかったのだろう。また察していたなら……何も気にならないのだろうか。

益々《ますます》、気持ちが重くなっている。

池に佇《たたず》む紫の花たちも慰めてくれない。

舜海が、

「……椿……椿。どの花がもっともお好きかと、お訊《たず》ねじゃぞ」

「え？……あ、え？」

その時である。

「茶山寺はん。泉州屋はん、とーにおいやしてます」

大柄な仲居が――狩衣《かりぎぬ》姿の男を、誘導する。

相貌《そうぼう》は見えなかった。


椿の部屋の前を音もなく通り、隣の部屋に入っていったからだ。だが装束は目にのこっている。白い狩衣に黒い蔓草の模様が描かれていた。指貫《さしぬき》は、水色だった。何処かで同じ模様を見た気がするが、思い出せない。供を一人つれていた。

刹那《せつな》……椿は戦慄《せんりつ》した。

（――妖草の、気配――）

それは真《まこと》にかすかな妖気であった。

黒い蛾《が》が、いたとする。黄泉《よみ》を飛ぶ死霊の蛾だ。影を千切ったものが蛾になっているのだ。薄くなったり、濃くなったりしながら、人に、近づく。そういう蛾がひらひらと椿めがけて飛んできて膚《はだ》にぶつかり、消えた。

そういう感覚であった。

椿は生唾《なまつば》を呑んでいる。見まわす。

「何処《どこ》?」

若旦那が、

「え? 何処、言わはりました?」

「どっかつ、と言ったのかもしれませぬな。ウドを別名――どっかつ、という。しかし妙だな。……滝坊では、立花《りっか》にも、生花《しょうか》にも、ウドはもちいませぬ。胡瓜《きゅうり》や、茄子《なす》など、食べられる蔬菜《そさい》の花をもちいぬのと、同じ理屈です」

舜海が焦った口調で語る。

「椿はもしかしたら……どっかつを、立てることで、滝坊の花の道を……あたらしい場所に旅立たせようとしているのかもしれませんな」

舜海が、苦しい助け舟を出す横で、椿は――今消えた妖気の行方をさがすのに、夢中だった。

(池? また、妖藻《ようそう》? もしかして水虎藻が……)

緊張した面《おもて》は、杜若が咲いた池にむいていた。

舜海や若旦那やご馳走が、どんどん遠ざかり、世界の音という音が――引き潮の如くしりぞいてゆく。

椿は青草の海に溺《おぼ》れたような感覚に陥っている。

そこは——凡俗の人が、立ち入る場所ではない。
人の心を苗床にこちらに芽吹く、妖しの草を刈る者たち、「妖草師」の領域《しごとば》だ。
固唾《かたず》を呑みながら椿は、消えた妖気をさがそうとする。
が——椿の集中力は、全く予想だにしない力によって、ぶち破られた。

それは、怒号だった。

「伊藤《いとう》！　何処におるかっ、卑怯者《ひきょう》が」

およそ茶店とは場違いな恐ろしい怒鳴り声がひびいた。

仲居の悲鳴がする。

「お客さん、逃げて！　早《はよ》う逃げるんや」

「伊藤ぉぉ」

目を血走らせ、虎髭《とらひげ》を逆立てた男が、白刃を光らせて、椿たちがいる部屋に入ってくる——。椿、舜海、そして若旦那が、面貌を硬直させる。

刀を抜いた武士は、明らかに酒に酔い、目は据わっていた。

「ここにおるのか、ん？」

「ここに伊藤なる人はおらぬが」

舜海の相好《そうごう》は硬いが、声は低く、落ち着いていた。幕府御華司である舜海は意図的に上《かみ》方《がた》の言葉をつかわぬのである。乱入してきた武士は、東国の何処かの藩の、京屋敷につめた者だと思われる。伊藤には何か遺恨があるのであろう。

酒気が塊となって吹かれ、刀が――むけられる。

「隠し立てするかっ。――お主ら伊藤の何なのじゃ！」

怒号の炎が口から噴射された。

さっきまで、話し声と笑い声でみちていた茶店は、俄《にわ》かに静寂につつまれている。男だけが吠《ほ》え他に声はない。――時折、他の部屋から逃げてゆく、荒い、足音がした。

椿の頭は真っ白になっていた。何も、考えられなかった。

端坐した舜海が、

「伊藤という人を知らぬ。酔っておられるようだが……」

「酔ってなどおらんっ」

虎髭の武士が、わめく。

刹那――若旦那が、

「ひ、ひぃぃ――」

である。

いきなり、遁走《とんそう》した——。

弾《はじ》かれたように立って、椿、舜海を置いて、一人で逃げた。

大飛沫《おおしぶき》を上げて杜若がそよぐ池に飛び込み、潜り、泳ぐような姿で、はなれていったの
である。

椿は茫然《ぼうぜん》とそれを見おくっている。

「まず、刀を、おさめていただけまいか?」

舜海が、説得を、こころみる。

「伊藤という人と貴殿にいかなる因縁があるのかお聞きしたい」

相手を刺激しない、低い声で語りかけていた。

椿は——ここで初めて恐怖に貫かれた。舜海と、自分が、この男に斬られてしまうので
ないか、という刺々《とげとげ》しい予感が、初めて皮膚に、えぐり込んできた。

「貴様! 今の内に、伊藤を、逃がす魂胆じゃな。許せぬ——」

いきなり相手は口角泡を飛ばし刀を振り上げている。

——舜海が、斬られてしまう気がした。

「お父はんっ!」

刀などもたない舜海は、椿を守るため体ごと相手に突っ込もうとした。

虎髭の武士が、舜海の腹に、蹴《け》り込む。

「――っ」

法体《ほってい》の、舜海が、畳に、沈んだ。

「逃げよ！」

舜海が叫ぶ。椿は強く頭《かぶり》を振り、舜海を助け起そうとした。料理を散らかして崩れた舜海を見すてて、逃げられないと思った。

剣光が天井を突き破らんとする高みできらめく。親子もろとも、冥土《めいど》におくる、非情の斬撃《ざんげき》を落とす所存であった。

と、

「まねかれざる鵺《ぬえ》が、不気味な声で都人を恐怖させ、頼政《よりまさ》が矢で射たのは、いつの頃の話だったか……」

とぼけた声が隣室でしている。

「氷部、そなたは手を出すな。――そなたは斬ってしまう」

簾が、掻《か》き上げられ、涼しげな狩衣をまとった――茶山寺時康が、入ってきた。

蓮華王院の茶店は、隣室との仕切りは簾であった。

盗み聞きを嫌う時康は、四方を土壁でかこまれた部屋で密談するのを極端に嫌う。こちらが隠れた気でいて……壁向うにも何者かが隠れられるからだ。

だから、時康は、四方を見渡せる、藤屋の露台や、仕切りが簾で——隣室の客の姿がみとめられる場所をこのむ。小声、かつ、仲間内でしかわからない、単語をつかえば、隣室に座った客は当方が何を話しているか、決して聞き取れない。

奉行所の密偵がいた場合、こちらの話を無理に聞こうとして必ず妙な動きを見せる。

だから簾しか仕切りがないこの茶店——時康がよく内密な話につかう場所なのである。

勿論《もちろん》、椿は現れた男、茶山寺時康を知らない。一度会っているが、脳中でむすびついていない。

腰に短刀、手に火鉢をかかえた時康が、椿らの隣に立つ。

「何じゃ、お前は！」

声が、雷になって、叩きつけられた。虎髭の武士が双眸を血走らせる。

「茶山寺時康。一応……中納言をしている」

虎髭にむかって——火鉢が飛んだ。

相当な、武芸の、心得があるのか、虎髭も、敏捷《びんしょう》だ。何もしなければ顔面に火鉢がぶつかっていた。

が、さっと面をひねり——かわしている。

真剣が、まわり、時康に打ち下ろされる。

戛然《かつぜん》と火花が散った。

いつの間にか時康の右手が抜いた短刀が猛速で額の上に動き左手でささえる形で剛剣を食い止めていた。

虎髭が刀を動かす間もなく、時康の体は、疾風となって、横に動き——短刀の峰で相手の腕を叩いた。

「——ぐっ」

あまりの衝撃で大刀が落ちる。

瞬目の内に動いた、時康の左手は相手の後ろ頭をかかえこみ、右手は、短刀の刃を虎髭の喉に突きつけた。

——恐るべき手並みであった。

「氷部！」

時康が、叫ぶ。総髪の男が入ってきて強烈な峰打ちを虎髭の背にくらわしている。

虎髭は、昏倒《こんとう》した——。

「血が流れれば、奉行所がいろいろ詮索《せんさく》してくるかもしれぬ」

京には、東町奉行と、西町奉行がおり、今月は東町奉行の当番だった。

「西町の……蝮《まむし》の行部よりは手ぬるいだろうが……何を言ってくるかわからぬ。気絶させ、与力同心どもに引き渡すのが上策であろう」

時康は、言った。そこではじめて椿らを見、

「――災難でしたな。お怪我はありませんか？」

妖美な微笑を浮かべた。

黒瑪瑙《くろめのう》が如き、時康の瞳が曇る。

「おや……血が。大変だ」

椿ははじめて舜海の手が怪我しているのに気づいた。舜海が倒れる時に、徳利《とっくり》がわれていた。白い破片の鋭利な尖端《せんたん》が畳をつかんだ舜海の掌を突き破っている。

花を生ける、父の指と指の間から、真っ赤な血が幾筋かにわかれて流れ出ていた。

畳を真っ直ぐに走って行く血を見た椿から、悲鳴がこぼれる。

「氷部、いそぎ医者を！　あと、町方もよぶように」

時康が氷部を走らせた――。椿は氷部がいつぞや曾我蕭白と喧嘩になりかけた男だと、わかったが、あまり気にならない。懐紙を取り出し舜海の手をおさえてくれた時康を……

悪い人に思えなかったからである。

少し後――

椿は時康と蓮華王院本堂にいた。本堂、乃《すなわ》ち、三十三間堂だ。

三十三間堂は、平清盛の財力で建てられている。寂光院が平家の滅亡とかかわる庵《いおり》なら此処《ここ》は平家の絶頂とかかわる大堂だ。

三十三間堂には千一体の千手観音がある。

高さ二丈をゆうにこす、巨大な千手観音が中心に鎮座し、その左右に、五百体ずつ、小さな千手観音が、立ち並ぶ。

千一体は――荘重な面持ちで、体の前で合掌し、整列している。

厳《いか》めしかったり、滑稽《こっけい》であったり、笛を吹いて自分の世界に耽溺《たんでき》しているような……二十八部衆と呼ばれる眷属《けんぞく》像も、ある。

微弱な外光に照らされたほのかに暗い堂内を、時康と並んで歩いた。

椿は何らかの事情で整列した人たちの前を歩かされている気持ちになった。

「あの……」

少し後ろを、氷部たちがついてくる。

「父の手の怪我……あ、あかん。家元と呼べ、言われとるのに。うちは今日、何度お父はんと呼んだんやろ」

「今日は――いいのではないか。椿さん」

時康はやさしく微笑して、立ち止った。

「今宵、家元がお休みになるまで……お父はん、そう呼んであげて下さい」

椿は少し、涙ぐみそうになった。

「茶山寺は五臓六腑《ごぞうろっぷ》の病にきく薬草を渉猟《しょうりょう》してきた家なのですが……刃傷沙汰《にんじょうざた》の手当てなどには疎《うと》く、儂《こなた》も、医者がくるまでろくな手当てができなかった」

椿が、強く、頭《かぶり》を振る。

「いえ………お父はん、あと幾日かしたらまた花にむき合える思います。……おおきに。ほんまに、ありがとうございます」

椿は深く頭を下げている。

「当然のことをしたまで。そこまで恐縮する必要はない」

さらりと乾いた返事が、時康から、くり出された。

「また……わしに助けられたこと、あまり吹聴《ふいちょう》してほしくない。堂上方が、武芸の鍛練をすることを、法度《はっと》は禁じている。今から奉行所の者に会うが、所司代の耳に達するような噂を起したくない」

「わかりました」

時康がまた歩きだす。椿も、つづく。

「そう言えば……もうお一方、お連れがおられたような」

「………」

しばし黙していた椿は、

「あん人は……もううちの前に、現れへん違《ちゃ》いますか」

遁走した若旦那の姿をあれから見ない。

「そうですか」

時康が呟《つぶや》いたのと、椿がそれを感じたのに、寸刻の差もない。

──妖気。

小さい妖気が時康の衣の内で蠢動《しゅんどう》している気がする。椿の天眼通には、むらがあり、虎髭の侵入、父の怪我などで、大いに気持ちが動き、さっき感じた妖気を、何処かに取り逃がしていた。ところが、今一息ついて──正常の状態にもどった天眼通は、たしかに、それをとらえたのだ。

(何で……茶山寺はんに、妖草が)

魔縁、の眷属と呼ぶべき小植物。そんな奴《やつ》が蠢いていた。時康の狩衣の内で、闊達《かったつ》に動いている。――それを椿は感じた。

「ちょっと、ごめんやっしゃ！」

思い切った椿は時康の狩衣に手を突っ込んでみた。

狩衣は肩から脇の下にかけて、針を入れておらず、下に着た衣が見える。椿は今、その狩衣の裂け目から突っ込んだ手を、時康の胸にのばした――。

「な、何をする、娘ぇ――」

氷部たちが、怒号と共に殺到する。

緑の、蠢きが、三つ――椿の手で取り出された。

「やっぱりあった！　妖草」

恐ろしい男どもの鋭気、怒気が、椿を取りかこむ。三十三間堂には他の参拝客もいた。驚いた善男善女が、口を開けてこちらを見ている。

「馬鹿者ども！　落ち着けい」

時康が、一喝した。

「椿殿はわしを助けてくれたのじゃ。……そうですな？　何です、その青い毒虫は？」

「毒虫や、あらしまへん。――妖草、言います」

「……妖草？」

時康が訝《いぶか》しむように眉を顰《ひそ》める。

時康の両眼の前にピクピク蠢く青い三枚の葉が差し出された。

「モミジの葉に見えるが……。面妖な……。まるで、虫のように動いている」

「羅刹紅葉《らせつもみじ》言います。木の葉に見えますけど、違います。草どす。……ただの草やありまへんえ。

血を吸う、常世の草」

「常世？」

何か知っていそうな千手観音が立ち並ぶ前で、椿は言う。

「この世界やない……どこかどえらい遠くに広がっとる、もう一つの世界どす」

重奈雄からおそわった知識が、椿の言葉となって披露される。

「羅刹紅葉は、春は、イロハモミジの若葉に、夏は、青紅葉に、秋は、紅葉した葉に、冬は、枯れたモミジの葉に、化けます。そいで——血ぃ吸う。ほうすっと、仰山ふえますねん」

昨年秋、椿は羅刹紅葉の大群と対決していた。

「……血を吸う？」

「はい」

言うが早いか椿は一枚はなしてみた。

すると、どうだろう。

椿が放った一枚は、まるでトノサマガエルのようにぴょんぴょん跳ね、幾田という時康の家来の袴《はかま》にくっついた。

そして凄《すさ》まじい勢いで——血を吸いやすい場所、乃ち、幾田の頸動脈《けいどうみゃく》めがけて、直線的に、駆け上がっている。

「わっ、わ！」

幾田がうろたえる。

時康が——

「椿さん！　これはどう退治すれば」

「簡単どす」

晴れ着の袖が、華麗な風に、なる。

右手に二枚もった椿は左手で、鳩尾《みぞおち》くらいまでのぼっていた羅刹紅葉を剝《は》ぎ取った。

そして、踏んづけた。それだけで、鎮圧されたようである。次に椿は手にもった二枚を千切る形で裂いた——。

そのまま、椿は、動かなくなった羅刹紅葉めを、両掌でもむようにしながら、

「千手観音さん、かんにんどす。こん羅刹紅葉、すておいたら……人が死んでました」

驚きが深い息となって、時康の、艶っぽい唇からもれている。

「貴女《あなた》はどうして………そんなに妖しの草に詳しいのだ」

「妖草師がおしえてくれました」

椿は、言った。

「妖草、という呼び方でいいのですな？　妖しの草のことを。何ゆえ貴女は——妖草が儂の衣の中に潜み、血を吸おうとしていることを見切れたのか？」

「それは……言えまへん」

「言えない？」

椿は毅然《きぜん》とした表情で、告げた。

「そんことについて、得意になって、吹聴したらあかん。

うちに羅刹紅葉おしえてくれた妖草師は………こないに、言いました」

かつて重奈雄は、言った。

『せっかく天がそなたにあたえた能力《ちから》なのだから、大切にせねばな。天眼通がある、ある

とさかんに吹聴していると、天はその力を椿から奪うかもしれん』
秋の田の近くで、それを重奈雄に言われたと思う。
重奈雄と椿の頭上で、数知れぬ赤トンボが飛んでいて、金色の稲田をうかがうように、紅蓮《ぐれん》の彼岸花《ひがんばな》が揺らいでいた。可愛らしい地蔵は苔むしていた気がする。

同じ街に住む人である。少し前会った男である。

だが何故か椿は……今日の自分が重奈雄から遠い所にきている気がした。

それが、無性に、寂しい。

同時に――

茶山寺時康。

この今日初めて言葉をかわした男が椿の中に巨大な影、重い印象をのこしはじめている。

時康が、唇を、開く。

「妖草師か……。その人に会ってみたい気がするな。翠黛山は草深き山ゆえ、妖草が忍び込んでいたか」

そもそも妖草は――人の心を苗床にする。草深き深山よりは、人家の庭、薪《たきぎ》を取る里山に芽吹きやすい。妖草師ではない時康が、それを知らぬのも無理からぬことと、椿は感じた。

と、

「町方が医者よりおそいて……どないなっとるんや」

時康と会っていた泉州屋という男と、時康麾下《きか》の浪人が二人、堂内に入ってきた。

泉州屋が時康の前に立つ。

「町方の人数、やっときやはりまして、さいぜんしばった男、引き渡しました。お話聞きたい言うとります」

「わかった」

「あと――」

泉州屋が何やら内密な話がありそうな面差しになる。

時康と泉州屋が、他の者からはなれた所に動いた。泉州屋は式部の塾で学ぶ者である。

泉州屋が、一際声を潜めた。

「……から使いが……花山《かざん》の方で……めずらしい木……」

花山、めずらしい木、二つの言葉が、椿の鼓膜に、とどいた。

一瞬、時康が――瞳から妖光を放った。

それは……飢えた魔性の犬が発した、貪婪《どんらん》な眼光に近かった。

だがすぐに時康は椿の方に、誤魔化すような曖昧《あいまい》な微笑をおくっている。

その微笑《ほほえ》みを見た椿は今さっき見た眼火が——三十三間堂のほの暗さが、なせる錯覚の類《たぐい》と考えた。

それくらい椿の中で時康は……いい人、と認識されていたのである。

消えた木

花山である妖木が出たという聞きずてならない話が、庭田重奈雄の耳に入ったのはそれより三日後、都が梅雨に入ろうとする蒸し暑い一日《いちじつ》であった。風を起す妖草、蓬扇《ほうせん》に活躍願うのは、梅雨明けかなと思っていた重奈雄だが、その日、あまりの暑熱にたえかね、ついに蓬《よもぎ》に似た上下動する妖草にはたらいてもらった。

蓬扇に涼風を起させていると蕭白から昼飯にさそわれている。

二人は高倉《たかくら》四条にある、あらいぎという店にきていた。

たしかな味、味から想像できない乱雑な店内、普段は寡黙《かもく》だが酒が入るとやけに多弁になる店主が気に入っていて……よくくるのである。

二人の前には、筍《たけのこ》ご飯、ネギと出汁雑魚《だしじゃこ》を醬油《しょうゆ》で炊いたもの、畑菜の辛子あえ、豆腐と大根の味噌汁が並んでいた。別に注文した訳ではないが淀《よど》からはこばれてきた魚が、口に豪快に串をぶっ刺され、火であぶられていた。魚が口から垂らす汁が、匂いになり、重奈雄と蕭白の喉奥で、生唾を搔き立てる。

味はたしかだが店内は汚い。これが気になる人が多いらしく客は他に一人だけだった。

市松模様の小袖を着た、油の行商が、少しはなれた所で冷奴《ひややっこ》に箸をつけている。

(一昨日は……どうにも足が動かず、休んだ。昨日、洛中の知人に……水辺で怪異《あやかし》に遭う話を訊きまわったが……)

「のう、重奈雄」

蕭白が、畑菜を宙で止める。思案の糸が途切れ、

「何だ?」

箸をもったまま考え込むような目つきになっている蕭白に、問う。

「ずっと考えていたのじゃが、龍安寺に出たあれがな……」

「うむ」

「大本だったのではないか?」

あれとは——勿論、水虎藻だ。

「寺の中に怪しい者はいないと言っていた」

「そうだな」

「だが考えてみい。寺を訪れた者はどうか?」

「………」

「訪れた者の心が苗床になり……」

苗床、という言葉に敏感に反応した重奈雄が、唇に指を当てる。

「失礼」

赧然《たんぜん》となった蕭白。言葉をえらんでいる内に、鼻孔が魚の誘惑にからめとられそうになるも——さっと、それを振り払い、

「つまりじゃな、お前は少し、あれを気にしすぎるのではないか？　他にもお前がむき合わねばならぬ妖草《もの》が出てくるじゃろ？」

蕭白が強くむいたから、ぼさぼさ髪が波打つ形で揺れた。

「まあ……そうだな」

重奈雄の白く秀麗な相貌が、小さく縦に振られる。重奈雄は、髭《ひげ》もじゃの顔から、出汁が十分にしみ込んだ茶色い飯に視線をうつした。

頬張る。

——旨《うま》い。

ねばつく米と、こりこりした筍が、舌の傍できそい合い、温かい旨味が口いっぱいに広がっている。

「だったら、少しあれからはなれてみてもいいと、俺は思うのじゃが」

蕭白は言った。重奈雄のかんばせに浮かんだ憂いは取れない。

もう一つ重奈雄には気になっていることが、ある。式部たちである。

式部の教説には、倒幕の理念がふくまれている怖れがある、芥川先生はかく語っていた。もし、倒幕などというのっぴきならぬ計画が、実行にうつされたら、天下に大きな混乱が起る、と重奈雄は思う。

冷奴を食べ終った油屋が腰を上げた。

「へい、おおきに」

入れ違いに、男が二人、あららぎに入ってきている。

「ほら、わしが言った通りや！　庭田はんと、蕭白、やっぱりここにおった」

池大雅と与謝蕪村《よさぶそん》が、暖簾《のれん》をくぐってきた。

与謝蕪村――昨年、都に、すみはじめた俳諧師。また南画《なんが》も描く。南画とは中国文人画で大雅の領分だ。つまり、こと絵に関しては、大雅と蕪村は、同じ分野の好敵手《ライバル》で、後に、この分野で双璧をなすと言われるのである。

大雅によると今度、蕪村と共作をすることになったという。

大雅と蕪村の共作としては、今日《こんにち》、十便十宜《じゅうべんじゅうぎ》図《ず》が知られる。

十の便利なことを大雅が、十のよろしいことを蕪村が描いた絵だ。

大雅は軽やかで、蕪村は格調高い。

便利なことと言っても単純に思い浮かぶ便利さではない。

窓の先に、高山が並んでいて、部屋の中に文人が腰かけていて、詩を吟ずるに便利、だとか、家の外に川が流れていて窓から釣り糸を垂らすことができ、釣りに便利、とか、左様な発想だ。

絵の隅々から自然と隣り合って生きることの喜びが、噴き上がってきそうな絵なのだ。

ただ、この絵を二人が描くのは、これより十三年後のことで、今から大雅たちが描こうとしている共作は、当世では全く知られていない。

大雅が腰を下ろした。

「二人で絵ぇ描くん、はじめてやさかい、指墨《しぼく》しまひょかゆう話になりました」

指に墨をつけて絵を描くのを、指墨と言った。縦横無尽に駆使される、太い指、細い指、爪先が、変幻に強弱する線を、つくり出す——。

「ほんで、今日、花山に行って山水を指墨で描いてみよかぁゆう話になりました」

要するに——双方のお手並みと、仕事にむかう姿勢をたしかめる意味で、指をつかって、習作する流れになったのだ。

二人が共同で絵を描くと聞いたとたん蕭白は急に憮然《ぶぜん》としている。

己の前にあった、筍ご飯の碗《わん》をどけ、場所をつくり、顔をそむけ、うずもれるように、ぼさぼさ髪が、突っ伏す。

「どうしたんだい、蕭白さんよう」

与謝蕪村が曾我蕭白の隣に、腰を下ろす。

「別に…………」

重奈雄は——蕭白が数少ない友、大雅を蕪村に取られてしまった気持ちに陥ったのではないかと、感じた。

重奈雄が、あたたかい声をかける。

「お前が得意とする絵を、他の絵師は描けん。だからお前は……一人で描くしかないのだ。それはそれで、素晴らしいことではないか」

蕭白が得意とする妖人、怪獣が跳梁跋扈《ちょうりょうばっこ》する悪夢的な絵を——大雅も蕪村も描けない。

「そうだよぉ蕭白さん」

綺麗に剃《そ》った頭と頑丈な顎を縦に動かしながら、蕪村が蕭白をさすった。

「あたしは、大雅さんと描く絵がかぶっている。だから、どう違いを出すか、いつも真剣に考えているのさ」

「あんたは別に……俳句があるからいいんじゃないのか」

「——何だい？　その言い方は」

蕪村が相貌を、きっとさす。

「あたしが俳諧と絵、二足の草鞋《わらじ》を履《へ》てたって別にいいじゃねえか」

そこは蕪村がゆずれない処であるらしく、強い声を発した。

「お代はいただきまへん。これ食べて、元気出しよし。へてから仲直りしなはれ」

たのんでもいない魚の串焼きが四つ、重奈雄たちの前に置かれる。

そして、店主は、

「煙草吸ってきまっさ」

長い煙管《きせる》をもって外に出て行った。気を、つかってくれたのかもしれない。

——妖草を知る四人の男が、店内にのこされた。

重奈雄が話をもどしている。

「それで待賈堂さん……花山に行き、何かあったのですな？　絵の話だけで——俺をさがしていたわけではないでしょう？」

「勿論どす。妖しい木がおました」

「――ほう」


重奈雄の瞳で冷たい鋭気が光り――形がいい唇がかすかにほころぶ。

大雅はぞくりとした。

妖草師が発する特異な磁力が、大雅の手の甲や、首筋で、産毛《うぶげ》をざわめかせた。

「どういう木でしたか？」

店内には重奈雄たちしかいない。大雅は、

「けったいな実がなってました。あないな木の実……わし三十六年生きとって、見た例《ためし》がおへん」

指墨で、怪奇な果実を描写した絵が、重奈雄に、わたされる。

「大きさはこの通りどした」

――南画の技法ではない。

大雅はこういう絵も描けるのだと、重奈雄が驚くくらい写実性が、ある。蘭学者、あるいは、蘭方医がもっていそうな、はるか西の外国《とつくに》の絵師たちが描いたものに近かった。

「これは――」

瞠目《どうもく》した重奈雄は一呻《ひとうめ》きして絶句していた。

実は二種類あった。

一つが大きく、他は、小さい。

小さい実は豆程の大きさで、いくつかある。植物の果実というより動物を思わせた。手足ははっきり分化しておらず、四足獣というよりは、オタマジャクシ、もしくは、蝶《ちょう》の幼虫に似た実が、蔓によって、枝先からぶら下がっている。

ここまでなら妖木ではなく単なる珍木だと大雅や蕪村は思ったかもしれない。

問題は――もう一つの実、取りわけ大きい実であった。

それはオタマジャクシか幼虫に似た実が、そだった姿だと思われた。

顔を上げ、驚きによって、さっきのふて腐れがうせてしまった、蕭白が、

「重奈雄……これは……人の赤子、胎児に似ておらぬか？」

「――うむ」

それは……人間の胎児に似た、果物の図であった。

大きさは鶏卵、いや、柿くらいはあるだろうか。形は柿に似ておらず、縦に長い。

――はっきりと、小さな手足が分化している。

人形《ひとがた》の小さな者が頭をうつむかせ、身をちぢこめているような姿なのだ。

「何色をしていましたか、この実は？」

重奈雄がもつ墨一色で描かれた図が、かすかに、ふるえていた。

「まだ、青かったぜ。熟していねえ桃、そんな色さ」

「――おそらく、熟すと人肌に似た色になるはず。俺が思っている妖木であれば」

重奈雄が言った。

「妖木どすか？　やっぱり」

気味悪さと、手柄を立てたという喜びが、まじった、大雅の問い方だった。

重厚にうなずいた重奈雄の相貌は異様なほど真剣である。

「この後、深泥池《みどろがいけ》の北で一仕事あると言ったな？　そんなのは打ちすて、すぐにでも、行こう」

蕭白が席を立つ。

「──いや。そういう訳にもいかんのだ」

　重奈雄が荒事よりは、やさしい仕事にむいた白い手で、制す。

「どうしてじゃ？」

「まずこの妖木──今日明日の内に、何か大事を起すという訳ではない。実が熟してからが問題なのだ」

「熟した実が、水虎藻のような災いを起すのじゃな？」

　蕭白が、腰を、下ろす。

「違う。災いか、幸いかは、それに当った人の……感じ方に因る。大いなる不幸と感じる人もいれば、大いなる幸いとする人もいるはずだ」

「…………」

「つまりこの妖木、一日、すておけば多くの人が殺《あや》められてしまう、怨《うら》み竹《だけ》のような妖木や、水虎藻が如き妖藻と、様子が違うのです」

「庭田さん、あんたぁ、妖草妖木は──人の心を苗床にする、いつもそう言うじゃねえか。この妖木は、一体、どんな心苗床にするんだい」

　重奈雄を見ながら、蕪村は魚の串焼きを噛んだ。

「泰平を喜ぶ、沢山の人の心……。こういう一人でなく──沢山の心を苗床にする妖草妖木は大いなる災いや、大いなる幸《さち》をもたらすものである場合が、多いのです。関ヶ原《せきがはら》、大坂の役が終ってからこのかた、畿内の人々は泰平を謳歌《おうか》してまいった。……その沢山の人々の泰平によってもたらされた喜びが、遂にこの妖木を芽吹かせたのではないか」

「悪い木ぃさかい、早《は》よ抜かなあかんゆう話では、あらへん？」

「そうです、待賈堂さん。ただ、もしこの実が熟せば、不幸せになる人が、出てくる恐れもあるゆえ、何か対策を講じねばならん。

しかし、泰平の喜びがこれを芽吹かせたのは、まことにめでたいこと。瑞祥《ずいしょう》として朝廷や幕府の文書に、記録されてしかるべき事案と思うのです」

天智天皇甲子歳《てんじこうし》、天武天皇七年《てんむ》に、妖草・嘉禾《かか》が見つかったのを朝廷は瑞祥として記録しているし、古代中国の聖王、黄帝《こうてい》の庭には、庭田邸に生い茂る屈軼草《くってつそう》――佞人《ねいじん》を指す妖草――がわさわさ茂っていたと、言い伝えられている。

このようにめでたい妖草妖木は瑞祥として公文書にのこされるべきものなのである。

「ただ、それを俺がやるというのは、荷が重いし……些《いささ》か面倒だ。

若干、頼りなさがあるが……あの兄貴を通した方がよさそうだ」

重奈雄が、独り言《ご》つ。兄、庭田重熈は朝廷、公家屋敷、巨大寺社、諸大名の城などに現れた妖草妖木と対峙する妖草師である。重熙は、大名の城に妖草が出た場合だけ――所司代から特別の許しを得、旅立つのである。そんな重熙が……名古屋《なごや》城や、広島《ひろしま》城に出た妖草と戦った話もあるのだが、それはまた別の物語であろう……。兄が妖草刈りする場所は日本列島の中で、真に狭い面積であるため、出動回数では弟がまさった。

（今の所司代になってから、あいつが地方に行った話は聞かない……）

と、思いつつ、

「今日は洛北のとある庄屋に一仕事たのまれています」

「深泥池の北言わはりましたな？　その辺りは、百姓地や」

「ええ。畑の蔬菜の病を看てほしいとの話でしてな……。幾人かの百姓の畑にまたがるゆえ、庄屋が同道した方がよい。しかしその庄屋が昼前は所用があるゆえ今俺はあらぎで飯を喰っていたわけです」

「成程《なるほど》」

大雅が串焼きをかじった。魚の体にふられた塩のあわいから、熱い、汁気の奔騰があふれる。

「蔬菜の病というのも気になるし、もし上手《うま》く治せば……今年一年、新鮮な菜や芋をとどけてくれるという。これは……大変助かる」

今年は樹木の医者の仕事が少なく重奈雄の暮し向きが大変厳しいのを大雅たちは知っていた。

「さらに夕刻——深泥池に出むこうとも考えていた」

涼しい瞳から——思慮深そうな冷光が、放たれた。

「水虎藻。

寺を幾度か訪れた人の心が苗床となったのではないか、こういう指摘があったが……それは、ない。あそこまで大物の妖草は、たまりにたまった強い思いの隣にあるゆえ、芽吹いたはず。

鏡容池で退治した水虎藻が、大本でなかった以上、大本の水虎藻から種子《しゅうじ》が飛び——深泥池辺りで、あたらしい小さな水虎藻が蠢動している怖れは、十分、あり得る。

俺は——妖草師。

都に住む人々を、妖草妖木が引き起すあらゆる災いから、守らねばならぬ。

この前、深泥池に行ったが……そろそろまた行かねばなるまい、と思っていましてな」

それまで重奈雄は成程、顔様は美しいが、何処にでもいる青年の一典型、という物腰であった。だが今は違う。

重い意志の圧力が——重奈雄を中心に渦巻いている。

左様な力場を創り出す男を、画業や俳諧に、全霊をかけて取りくむ大雅や蕭白、そして蕪村は、見た覚えがない。

——常世と人の心が、芽吹かせる、妖しの植物群に、それこそ命懸けで対決してきた男だからこそ、つちかわれた何かだったのかもしれない。

重奈雄の思いとしては花山に現れた妖木も気になるのだが、今日明日で凄まじい事態を引き起すものではないため、蔬菜の病を優先、夕方には深泥池に出むき、水虎藻が出ていないかあらため、付近の沼沢地も捜索、夜に庭田重熈邸に出むいてかの妖木について相談。明日の朝、再集合し花山に出むきたい——というものだった。

重奈雄は、

「蕭白。俺は言ったろう？　水虎藻の苗床になった巨大な野心と、貪欲《どんよく》をもつ人間。……その者も、俺は気になる。その辺りのことも、何か噂がないかあらためてくるつもりだ」

＊

翌、四月十八日、朝——

知恩院門前で待ち合わせした重奈雄と重煕、大雅と蕭白、そして蕪村は、花山にむかった。

花山は東山にある。

寺でもちいる、花を取る、山だ。

清水寺《きよみずでら》か高台寺《こうだいじ》がこの森で花を取ったのではないか。

ここで言う花とは——椿が立て、重煕がつかう（庭田家は御所の花飾りを担当する）、色とりどりの花を意味しない。

松、シキミ、まき。

仏前にそなえる常緑樹を意味する。

滝坊の立花には真《しん》と呼ばれる中心があり、真は松のことが多い。これは、滝坊の花道が——仏前の供花からはじまる名ごりだと思われる。

花を取る人を花衆《げしゅう》と言い、行人《ぎょうにん》身分である。

行人は半僧半俗。

妻を娶《めと》り、子をつくる。

寺の警備をしていた行人から現れたのが叡山の僧兵で、仏堂を飾ったり、調理場をあずかったりしていた行人から、滝坊や精進料理の料理人が現れた。

大雅と蕪村は花山で花を取っていた寺男から、面妖なる樹木の話を聞き……昨日その場に行ったわけである。


みずみずしい若葉が氾濫《はんらん》していた。

光が当ると、ケヤキの葉群《はむら》は光沢をおびた半透明の輝きに変った。

何故か、葉縁を赤っぽくさせた、イロハモミジの、アラ樫《かし》のこぼした木漏れ日に当った梢《ところ》が、金色に輝いている。

松あり、シキミあり。

ウツギが白い花を咲かせているかと思えば、山躑躅《やまつつじ》が朱花をそよがせ、リスが苔むした樹の腕を疾走してゆく――。

そんな山を、五人の男は歩いた。

妖木をもとめて歩いた。

大雅が、

「こっちや、こっち」

清流にむかって急斜面を降りねばならぬようである。

難儀な、斜面だ。

シダが茂っていた。

枯れたシダも、青いシダも。

茶色く枯れたシダは蛇の魂魄《こんぱく》か、太古の洞窟《どうくつ》に棲《す》む誰も名を知らない、長虫のように見える。総じてうなだれていた。

青いシダに、黒く枯死したシダがのっていて、そんな所にも蜘蛛《くも》は巣をかけており、シダとシダの、葉をつなぐ、糸状の光に、数匹の羽虫と灰色のゴミが、吊り下がっている。

またリスが動いた。

水音が、どんどん、近づいていた。

うねり狂うシダ原に、真にたのもしい藪椿が幾本も生えていて、その藪椿を手掛かりに、降りつつ、重奈雄は滝坊椿を思い出す。

(幾日か前にわかれたきりであったが……椿はあの時、何かを話したそうであった。……

……あれは何の話を俺にしたかったのか。もう少し時間《とき》を取り、話を聞いてやればよかった)

鏡容池でわかれた折の椿の表情がやけに気になる。

(どちらにしろ、水虎藻を駆逐するには——椿の力がいる)

水虎藻が巣としている、沼か、川を、特定できれば――椿をつれていき、詳《つまび》らかな所在を、天眼通で明らかにする。そして、駆除する。

だが不思議なのは水辺で何かに襲われたという噂が鏡容池の一件以来絶えてないことであった。

急傾斜を、藪椿を頼りに降りながら、重奈雄は、思う。

（椿の天眼通にだけ――助けられているわけではない）

椿がもつ様々な性質に、ささえられている気がする。

もっと真剣に、椿がかかえている悩み、相談したかったことに、むき合わねばならなかったと、反省した。

藪椿の樹下に、ウドをみとめた蕪村が、

「ここで一句。

今ははや　ウドも喰はれぬ　若葉かな（晩春のウドは滋味だが……若葉の頃はもう喰えねえなあ）」

と、詠《よ》んだ時、重奈雄は、あの男が一際おくれているのに気づく。

「おい大丈夫か。重熈」

重熈は、かなり後ろで、苦戦していた。

汗だくになった顔から、あえぎが、千切れながら出る。

「無礼な……。兄にむかって……呼び捨てにするとは。お前ほど無礼な男は、なかなかおらぬぞっ」

歳《とし》も一回り違う重煕は面貌を赤くしていた。

蕪村が、もどる。

「今そっちに行きますよ、あたしが」

のぼりつつ言った。

「そこにウツギが、白い花を咲かせているでしょう？　一回、椿から手をはなして、ウツギをつかみましょう。……そう！　そうです。ちょっとまっててておくんなせい。……ほらつかまえた。もう大丈夫です」

斜面に怯臆《きょうおく》していた、重煕が、

「蕪村殿と……言われたか。礼を申しますぞ。弟は昨日いきなりきて……。ひどい男じゃ！　あいつはっ。あれは勘当されているのです」

細面《ほそおもて》で温厚な重煕だが——重奈雄を前にすると、感情的になる。

茹蛸《ゆでだこ》みたいに赤くなった重煕をがっしりつかまえた蕪村の意識が、何かにからめとられている。

「おや……こんな所にフキが茂ってらあ」

「蕪村殿。そんな、ウツギの木陰のフキなどすておいて、いざ、妖木の所へ参ろうぞ」

「――いや。あたしはこういうフキこそすておいちゃいけねえと思うんですよ」

「………」

「卯《う》の花《はな》の　こぼるる　フキの　広葉かな（フキの緑色の広い葉に、ウドの白花が、こぼれている）」

こんなことをやりながら、降りた。

「あそこや！」

大雅が叫ぶ。

清流の向うに野太いまきの老木が周囲を圧するように佇んでいた。

大雅、蕪村によれば、そのまきの傍に、件《くだん》の妖木があるという。

――直行する！

シダを、踏む、重奈雄の心臓が、早鐘の如く、打つ。

もしそれが実在するならば、恐るべき発見であった。

重熈を顧みる。

兄もまた、困った奴めという相好《そうごう》を一瞬つくったものの、すぐに、口元をほころばせている。

——妖草師として、件の妖木にむき合えるのが嬉しいのだ。

ついた。

木下闇《このしたやみ》に入る。

先頭に立った大雅が急激に立ち止り、左右を見まわした。

「どうしました？」

重奈雄が、問う。

こちらを振りむいた大雅は目をしばたたかせた。

「……ここらやろ？」

蕪村も訝しむような面持ちで、首をまわしていた。

五人の頭上では大まきが青空を突き破らんとさかんに肩をそびやかしていた。ホトトギスが、けたたましく啼いている。

俄かに、蕪村が走りだす——。

すぐに、止り、

「見ろ！　あの横に倒れてる松を……。昨日もああやって倒れていた。ここで間違いねえはずだ」

「どういうことじゃ？」

蕭白が訊くと、

「…………あらへん。昨日まで……ここにあった樹が、あらへん！」

――妖木が見当らないという。

何かに気づいた重奈雄がさっとしゃがんだ。

「どうしたのじゃ、重奈雄」

「兄上、見ろ」

扇を取り出しながら重熈がのぞきこみ、蕭白が重奈雄の隣にしゃがんだ。

「……土の色が違う。誰かが掘り起したわけか？」

悪夢と、権力《ちから》への棘《とげ》を、絵の中にそそぎ込む男の手が、目にかかってきた髪を掻き上げた。

「そういうことだ。そして――妖木を掘り起したことを隠すため、また土をかけた」

「庭田さん。どんな妖木だか、ここでおしえる、昨日あんた、たしか、そう言ってた」

蕪村が、言った。

「おしえてくれねえか。何て妖木なんだい？」

「――人参果《にんじんか》」

人参果——西遊記《さいゆうき》に登場する妖木である。赤子にそっくりの実がなり、この果実を食した者は……不老長寿を手に入れるという。

不老不死、不老長寿は、秦《しん》の始皇帝《しこうてい》、魏《ぎ》の曹操《そうそう》など、名高い、権力者たちが追いもとめた、見果てぬ野望《ゆめ》である。

「不老長寿……」

絶句する人々に、重奈雄は語る。

「妖木伝によれば——幹は槐《えんじゅ》に似ていて、熟しておらぬ実は青い。それは、一見、胎児のようである。熟すには十月《とつき》かかる。熟すと、肌色に、なる。

実を一つ食すごとに…………四万七千年寿命がのびる」

「四万七千年…………！」

人々が、重い息の塊を、呑む音が、した。勿論——熟した実を食せば、の話である。

「それほどの年数生きるということは——異常の回復力、治癒力を手にするということ。四万七千年の間は、刀で斬られようが、矢で射られようが、傷はたちまち治ってしまう……。火で焼かれても、命は尽きず、やがて、火傷《やけど》は、綺麗《きれい》に治るし、水に溺れて心臓が止っても………河海から引き上げられさえすれば、立ち所に、息を吹き返す。引き上げられるまで、何日でも、全く腐らずに水中を漂いつづける」

大雅が、

「首、しめられても……」

「……半刻《はんとき》（約一時間）もすれば、蘇生《そせい》するはず。——この世のあらゆる毒もきかぬ」

「四万七千年の間は、ほとんど、不死身ってわけかい。……仙人みてえだな。実は七つあった」

蕪村は腕をくんでいる。

「——一人の人間が、七つ食せば、三十二万九千年生きる。もちさったのは……一人でないと思うが。……糞《くそ》っ！　俺が、俺が判断をあやまったのか。昨日ここにきていればよかったのか」

「そうではなかろう」

誰かの手が、肩に置かれた。

「そなたが申した通り、人参果は——霊樹として公儀に報告されねばならぬ樹。何処に保管するのか、という問題が出てくる。これで幾日かかかる」

あたたかい手の持ち主は兄だった。

「保管場所が決っても……そこにうつすには……植木屋の手をかりねばなるまい。勿論、人参果の効能を伏せてな。つまり昨日たしかめにこようが幾日かかかった。見張るにしても、公儀の許しを得ねば——大人数の番人と、篝火《かがりび》を、設置できん。せいぜい、一人か二人で見張る形になる。人参果をもち去った連中は……その一人か二人を、生かしておくかな？」

重奈雄は人参果を食べた人はおそらく不幸になることが多いのではないかと考えていた。何故なら、実を食べていないしたしい人が、次々に死んでゆくのを見るからだ。だが、巨大な霊力をもつ人参果である。重奈雄はこの妖木を世の中の役に立てる術《すべ》はないか思案していた。

（たとえば、皮から粉末をつくり、万病に効く特効薬をつくったり、疫病を即座に治す薬をつくったり、できぬだろうか）

重奈雄の希望は、打ち砕かれている。

何者かによって。

これをもち去った者どもの生への渇望が、目に見えぬ冷圧となって襲いかかってきた。体中に、禍々《まがまが》しい、凍《い》てつく牙を、打ち込まれた気がした——。

「のう重奈雄」

蕭白だ。

「実を食べるために、人参果をもち去ったのではないかもしれぬぞ」

「どういうことだ？」

重奈雄の怜悧《れいり》な双眸が蕭白を見据える。

「俺たちは、お前にどんな妖木か話を聞くまで、左様な霊力があるとは知らなかった。ほとんどの者もそうじゃろう。ただ単にめずらしいからもち去った、ということもあるのではないか」

「…………」

「大雅」

「うん？」

「お前は、どっかの寺の花衆に、ここにそういう木があるとおしえてもらったんじゃな？」

「そや」

蕭白が訊《たず》ねる。

「どの寺の者か？」

「洛中の大寺やない。山科《やましな》の方の寺や」

山科は、京都盆地の東にある小盆地である。京都盆地と、山科の間に、花山が、ある。

大雅は妖草師がくるまでふれてはならないと警告したが、心変りした可能性もあった。

「よし！　その寺に行ってみよう」

重熙が、すっくと、立った。次の遊び場に走りだす童の、明るさ、潑剌《はつらつ》さがこもった声だったため、他の大人は呑まれかかった。

「何をもたもたしておる？　重奈雄。重ねて言う。一妖草師として——昨日のそなたの振る舞い間違えていなかったとわしは思うぞ。人参果は、じっくりと腰を据えて吟味せねばならぬ妖木。対する、水虎藻は、即座に対応せねばならぬ、妖藻。すておけば死者が出る。……わしもそうした。故に、くよくよするな」

先頭を切って歩き出している。

「おい！」

起きながら、

「あんた……山科をうろうろしていて大丈夫なのか？」

幾筋もにわかれた木漏れ日に斜《はす》に照らされた重熙は立ち止った。森に漂う、微粒子や小虫は、光の矢に射られた時だけ、小型化した火の鳥のように、輝く。

影の世界に入るとその炎は消える。

顧みた兄の相貌に、濃い陰影ができていた。

「大丈夫じゃ。山科までは……。山科の東に、追分《おいわけ》という場所が、ある。追分をこえると大津に入ったことになりわしは官位を剝奪《はくだつ》されるであろう。だが、その寺には行くまい。近くの藪で待機していよう」

「どうしてだ？」

「わからんか。噂とは、尾鰭《おひれ》をつけて泳ぎだすものよ。山科を徘徊《はいかい》していたという噂が……いつ何時、大津に出ようとしていたという噂に化けるかもしれんではないか」

山科の、寺の名だ。

——風照寺《ふうしょうじ》。

小さい。

花山の西にある清水寺や高台寺とは比べ物にならない小寺である。

境内は寂しく、庭木も、まばら。

鐘楼《しょうろう》の横でえんどう豆をそだてており、その青い葉に蠅《はえ》の幼虫がのこした白い乳を引っかけたような食害の跡がやけに痛々しかった。

近くに大きな藪と、東海道《とうかいどう》があり、藪に重煕、境内に重奈雄らが、入っている。

住持と花衆に話を聞いたが、大雅に注意されてから花山に入っていないという。

落胆を覚えつつ山門に歩む重奈雄は——ふと、視線を感じた。

切れ味鋭い剃刀《かみそり》が如き視線。

見る。

若い僧が、こちらを見ていた。

見返すと、すぐに顔をそらし、竹箒《たけぼうき》を素早く動かす。

さっき話した老いた住持とは別の僧だ。

僧は境内を掃きながら、足早に墓地の方へ去ったため、重奈雄たちは、重熙をまたせてある藪にむかった。

——鬱蒼としていた。

重熙がまっている、藪は。

木立の外に三人をのこし、重奈雄だけが、篠竹《しのだけ》や、カラスウリを掻きわけ、中に入る。

——暗い。

重熙は蔦《つた》がからまった樹に手をかけて東海道を見ていた。

隣に立つ。人参果が見つからなかったことを告げても、重熙は答えぬ。

「何を見ている？」

「……東に行く道じゃ」

藪のすぐ外を、天下の大往来が通っていた。

重煕は、視線を動かさない。じっと、東海道を黙視している。

(もしかしたら……俺が江戸まで行ったのを、羨《うらや》ましがっているのか)

重奈雄は思った。

十六で勘当され、飢え死に寸前までいった覚えがある。重煕にそこまでの経験はなかろう。

だが代りに自分は——行動の自由を手に入れた。

どちらが幸せか、わかったものではないと感じた、重奈雄だった。

二人はしばし東海道を眺めていた。

米俵を背負った幾頭もの馬。手綱を引く編笠《あみがさ》の男。山伏。物乞いの女。童女をおぶりながら、饅頭《まんじゅう》が沢山つまった箱を頭にのせ歩いてゆく、十五、六の娘。いかつい馬にのった武士。黒い挟箱《はさみばこ》をかついだ従者。

いろいろな人が往来していた。

「物騒な話をする」

「どうぞ」

重奈雄がうながすと、重熙が、

「上方と、関東で、戦が起ったとする」

草潜《くさぐき》していたカワラヒワが、何かに驚いて、飛び去る。

重奈雄は件の塾と芥川先生の話を思い出している。

「……穏やかでない話だな」

「たとえばの話よ」

ひからびた声が、緊張の破片を孕《はら》んでいる気がした。

「で？」

「京にすすもうとする関東の軍は、必ずここを通るのであろうな……。……それは大軍であろうな」

「…………」

兄は何かを知っているのではないか。兄がかかえる戦慄が、目に見えぬ糸をつたって重奈雄に流れ込んでくる。

「兄上」

「ん？」

「徳大寺殿や西洞院殿、あるいは壺之井晴季、彼らのことを案じているのか？」

「…………」

「あんたは……どっち側なんだ？」

「…………何のことかな？」

「おい、とぼけるなよ。都に住んでいれば、何かしら耳に入る。摂関家と、徳大寺殿らに、せめぎ合いがある。そうだな？」

「…………」

「さっき自ら口にした、穏やかならざる企て。あのような密謀すらあるのではないか、こう危惧する市井の人すらおるのだぞ」

「――」

重熙が、驚いたようにこちらを見る。だがすぐに、視線を東海道にもどした。

（芥川先生が語ったようなことを案じている崎門と距離を置いた公卿がおるのか。それを知っている目だった……）

溶岩の激流が如き未来が、都に吹き荒れるのではないか、左様な激流の中、もみにもまれた兄はどうなってしまうのか……。

嫌いな兄である。だが、さっき一瞬――気持ちが通じ合った気がしただけに、もし兄が凶刃に倒れたらとても悲しいことのように思えた。

「あんたは……」

「無礼者！　だから、そのあんたというのをやめいっ。無礼、無礼、無礼ぇぃ――たのむからやめてくれ」

「………」

茫然とする弟に、重熙は、

「――どちらでもないよ、わたしはっ。一条前関白や、近衛関白は、幕府と共存する道が正しいと信じておられる。

じゃが正直……わしは幕府を、あまり好きではない。そうじゃろう？　妖草が出ねば、追分を東にこえられぬのだ。琵琶湖を見に行けんのじゃ。……あんなに近くに在る湖なのにな」

「………」

「だからと言って、徳大寺公城、西洞院時名、岩倉尚具――彼らの一党に与同するつもりもない。わしは………争いが嫌いじゃ。泰平の世がここちよいからじゃ」

「今申した輩《やから》が決起したらどうする？」

「言ったろう？――争いが嫌いだと」

重熙は、硬い面持ちで、重奈雄を見た。

「もし、争いが起きんとするなら、わしは争いを鎮める側にまわる。その期《ご》におよんで、まだ旗幟《きし》を明らかにせず、洞《ほら》ケ峠《がとうげ》で昼寝したり、どちらが強いか目をしばたたかせながら見守り、東に西に、右往左往したりするような不様な真似を、この重熙はせぬ。

どうせお前は、わしが門を閉じ最後まで己の考えを明らかにせぬと、思っていたのじゃな？」

「……思っていた」

「安心してくれ。

もし争いが起きたら——わしは争いを鎮める側に、いる！　どうかそこまで兄をみくびってくれるな……」

静かに澄んだ、強い目で、重熙は語った。

重奈雄は、この兄を少し……いや、大分見直した気がしている。

兄との間がやや近くなり、あたたかいものがめぐりはじめた気がする。

重熙が、

「この後、どうするのじゃ」

「そうだな。………人参果をもち去った者が気になる。あれだけの木を、もち去ったのだ。必ず見ている者がいるはず」

「訊きまわるということじゃな？　手分けした方が、早い。わしも手伝おう」

「助かる」

もし、人参果をもち去ったのが悪人なら――悪《あ》しき者が不老長寿になってしまう。何としても止めねばならぬという、重奈雄の心胆である。


二人が立ち去って少し後――藪で何か蠢く存在《もの》があった。

それは、妖気の、黒影であった。

さっき、重奈雄がいた所から、数間《すうけん》、はなれた所にある、樫。

その樫の鬱勃《うっぼつ》たる葉群で暗い梢《こずえ》に幾種類かの着生植物が茂っていた。

内一本、蘭の一種と思われる草が――まるでウナギの如く、ビクビク蠢いたのだ！

葉は、黒い。そして、長い。

棒状だ。

鉄棒蘭《てつぼうらん》という――常世の草である。

妖草・鉄棒蘭は……暴力《あらごと》への強い衝動を苗床として、こちら側に芽吹く。きわめて強《きょう》靱《じん》な草体《からだ》を自在に動かし、甲冑《かっちゅう》をもひしゃぐ打撃力を有する、危険な、草である。

どういうわけか、今、重奈雄が立話した黒藪に、かつて散々に重奈雄を苦しめた鉄棒蘭がひっそり、生い茂っていたのである。

神隠し

椿は——凜《りん》と立てた菖蒲《しょうぶ》の生花《しょうか》とむき合うように端坐していた。

五台院。

門人が生けた花を、椿が、手直ししている。

十数人程の門人におしえている。舜海が男に、椿が女に、おしえているため、部屋の中には女ばかりがいた。

どこが悪いか的確な言葉で告げた椿が、ふたたび、菖蒲を見る。

手が動いた。

椿の指先と、花の間に、目に見えぬ気の糸がむすばれていた。

直し終えると、

「——」

女たちは、息を呑んでいる。

「椿様」

きりがいい処で下女が話しかける。

「どないしました？」

端厳とした面持ちで問う。

「はい。庭田重奈雄様が、きはりました」

「――え？」

少しふっくらした頰が、桜が咲いたようになる。目が輝き、きりっとしていた面持ちが急に崩れ……あどけなくなった。ぷっと吹き出しそうになった下女に、

「すぐ行くさかい……ちょいまってもらうように言うてくれへん？」

重奈雄がまたされた部屋にも、菖蒲の生花があった。障子で、淡くなった木漏れ日が、畳の上に差していた。

あれから二日――

重奈雄は仲間たちと手わけし、

（珍しい木をはこぶ怪しげな輩を、見なかったか……東山の寺などを訊きまわった）

成果は、あった。

ある修験者《しゅげんじゃ》が、それを見ていた。

三日前の夜——乃ち、重奈雄があららぎにいた日の夜——十数人の行者が、霧にまぎれ、何か大きなものをはこんでいたという。面妖なことに……霧は、まるで行者どもを隠すかのように、森をすべりながら、すすんでいったという。

運搬物は枯れぬよう根を養生した木に思えた。

行者たちと、妖霧は、東山を北上していった。

その話を聞いてきた兄は重奈雄に語っている。

『重奈雄……妖草経第一巻に出てくる——石麵草《せきめんそう》ではなかろうか』

加賀国には——白い石の麵に似たものが、度々、落ちたという。……なめると甘かったという。また、寛政《かんせい》七年（一七九五）には、江戸に白い毛が降った。

これが、石麵草である。

これらのことから石麵草は白く、甘く、麵に似ていて、宙に浮く性質があるが、何らかの原因で飛行力をうしなうと、地面に落ちる、妖草だとわかる。

常世の草、石麵草は人の世に芽吹くと——雲にまじって浮き、天空で遊ぶ。大変軽い。

また霧を吐き出す力もあるため石麵草がつくり出した雲も空には浮いている。

食すと甘い石麵草だが、これをなめると、大いなる活力を得ることができる。——疲労など吹っ飛んでしまうのだ。

『つまり人参果をもち去った者ども、浮きあがる性質がある石麵草に、妖木をのせ、負担を軽減。

石麵草が出す霧で姿を隠した。

山を駆けて疲れると……石麵草をなめて……活力を取りもどした。

こういうことじゃな』

妖草師・庭田重熈の分析である。

『つまり——妖草師が後ろにいる、ということだな』

重奈雄は、言った。

その妖草師……妖草経のみならず、妖木伝も所持……。人参果の効能も承知した上でもち去った可能性が高い。

『さらに…………神足通《じんそくつう》をつかえる者である気がする……。神足通がなければ、奔放なる、石麵草を、自在に動かせまい』

妖草師――それは、妖草経全十一巻を読み、無数の妖草の特性、駆逐法を知る者である。

そういう意味では、七巻まで読んだ処で勘当された重奈雄は、半端な妖草師と言えよう。

さて妖草師は妖草を己の意志であやつれるわけではない。鉄棒蘭など、人間の意にそう習性をもつ、妖草もあるが、大抵の妖草は、人の意志などとは関係なく、気ままに茂り、気ままに動く。

例外が――神足通をもつ妖草師。

神足通は百人、妖草師がいたら、一人しかつかえぬとされる、特異な能力《ちから》である。

神足通をもつ妖草師は、己の周囲数間に茂る妖草妖木を意のままに動かせる。強い神足通ほど力がおよぶ範囲が広い。重奈雄も重熙も……神足通の持ち主でない。

『……恐るべき相手だ』

何としても、人参果が熟す数ヶ月以内に、取りもどさねばならない、重奈雄は左様に感じている。

霧につつまれて人参果をもち去った集団をもう一人、見ていた者がいた。

童子だ。

家出をして、若王子山《にゃくおうじやま》近くの山林にいた処、少年は、人と一緒に北に動いてゆく、妖しい霧を見たと、蕭白に語った。蕭白、大雅、蕪村も、訊き込みを手伝ってくれたのだ。

蕭白から童子の話を聞いた重奈雄は――

（若王子山……）

悪夢、辛《つら》い記憶で、胸がほじくられ、引き裂かれそうになる。

若王子山で重奈雄は妖草師・無明尼《むみょうに》があやつる悪夢鳥黐《ゆめとりもち》や鉄棒蘭に散々苦しめられほとんど命を落としそうになった。

（無明尼に仲間か、縁者がいて、俺に復讐《ふくしゅう》しようとしているのか。人参果で――ほとんど不死身となり、何をするつもりなのだ。また、紀州藩《きしゅう》に……）

無明尼は、紀州徳川家への復讐をちかっていた。

（また紀州藩に仇討《あだうち》するつもりなのか）

だとしたら、重奈雄は止めねばならない。重奈雄の過去の思い人、徳子《とくこ》は紀州藩主・徳川宗将《むねのぶ》の妻である。

（無明尼は……熊野比丘尼《くまのびくに》の装いをしていた。人参果をもち去った連中も、山伏装束）

熊野山伏の、配偶者や娘が、熊野比丘尼である場合が、多い。

若王子山、山伏装束――二つの情報が、重奈雄をそちらに傾斜させている。

ふと重奈雄は床の間の菖蒲が気になった。

さっと、歩みより、意に添う形に、直す。

御所を花で飾る庭田家。重奈雄にも、その道の心得があり、それが縁で椿と知り合っていた。

凜とした気が花に注入されると、小さく首肯した。

と、

「……そう直した方がよろしおすなあ」

椿が、入ってきた。

重奈雄が顧みる。

(幾日か前にあったが随分あわなかった気がする)

「……息災であったか」

ほつれやすいが、いと可憐な、釣舟《つりふね》という形にゆった椿が、少し、髪を気にする。

「昨日うち重奈雄はんの長屋、行ったんえ。そやけど……留守やった。しばらくまったけど、かえってきーひんかった……」

「東山の方に行っていたのだ。実は――」

二人は相対す形で座った。

明り障子の向うで影の鳥が三羽、羽づくろいしていた。庭木の梢と、そこにとまった、三羽の雀《すずめ》が、台本のない影絵になっている。

風が吹き、木が揺らぐと、小さな三つの影は、幸せそうに囀《さえず》って――飛び去ってゆく。

重奈雄と椿はあれからのことを語り合った。

重奈雄は、茶店で椿が襲われ、舜海が手傷を負った話に、大いに驚き、心配した。椿も消えた妖木の話を注意深く聞いていた。蓮華王院で誰に助けられたか――椿は決して言おうとしなかった。たのもしき御仁、とだけ答えた。時康の言いつけを守ったのである。

「椿、龍安寺で水虎藻を倒した日、そなたは……何か言いたそうであった。俺はずっとあの時の椿の表情が気にかかっていた」

「…………」

「意に添わぬ相手とあわねばならず……それが椿の心にのしかかっていたのだな」

重奈雄は、言った。

椿は、

「……もうええの」

小さく、頭を振ると、ずっとつかえていた何かがふわっと吐き出された気がした。

「そう言えば重奈雄はん」

さっき重奈雄が一気に話した処で上手く聞き取れなかった処がある。

「何だ？」

若い笹《ささ》のような重奈雄の、睛眸《せいぼう》が、細まる。

「人参果は……どの山で出た、言わはったん？」

「花山だ」

「…………花山？」

脳中で白い閃光《せんこう》が弾《はじ》けている。ある一人の男が——思い出された。

「どうした？　何か知っているのか？」

「ううん、何でもあらへん」

「……そうか。もう治ったと聞いたが、家元の怪我が気になる。お見舞いしてもどることにする」

重奈雄が、腰を上げた。

重奈雄が去ってから椿は——

（花山……あの日、茶山寺はんも、たしかに花山と言わはった……）

時康は、自分を助けてくれた人である。だがあの日たしかに時康は、花山、と口にしていたし、めずらしい木とも泉州屋は言っていた気がする。

椿の内で大きな混乱が生じていた……。

＊

「郡上藩と信濃《しなの》のいくつかの藩も、お味方として参ずることが決った」

徳大寺公城が、言った。

藤屋、露台。

重奈雄が椿を訪れた、夜である。

「加州公、佐賀公の御存念、いまだ明らかならずといえども……加賀藩若年寄・奥村《おくむら》殿は当方の決起にくわわるとのこと」

竹内式部、茶山寺時康をふくむ崎門派の公家たち、藤井右門や氷部など、倒幕をもくろむ武士たち、さらに泉州屋などの姿も見られる。勿論、女たちは下がらせていた。

式部は指で数えている。

「富山藩、大洲藩、柳川藩、さらに郡上藩と信濃のいくつかの藩。加賀からは、奥村家の手勢も出る。佐賀藩も同志にくわわるやもしれぬ」

崎門派の重鎮で、朝廷の議奏をつとめる、姉小路公文《きんふみ》が、

「江戸にいる同志、山県大弐《やまがただいに》も……幕府に不満をいだくたのもしき浪人をあつめたとのこと。さらに、甲府勤番《こうふきんばん》の幾人かも、当方につく」

山県大弐は時の幕府で最大の権力をにぎっていた側用人《そばようにん》・大岡忠光《おおおかただみつ》の側近に取り立てられていた。その大弐が、式部の同志なのである。

泰平に倦《う》んだ江戸幕府の脇は……大いに甘かった。

また、甲州《こうしゅう》出身の大弐を通じ、甲府城をあずかる、幕府の役人、甲府勤番の幾人かも、式部に同心していた。

これらの者が——一斉に蜂起《ほうき》する。

式部の双眸で冷気の火がきらめく。

「七月十六日。五山送り火《ござんおくりび》の日、我らは——徳川の世をおくるべく、旗揚げする」

時康が、首肯する。式部が、

「この戦いで命を落としたとしてもそれを怖れてはならぬ。どこまでも忠孝の御玉と守り立て、天の神に復命して、八百万《やおよろず》の神の下座に列《つらな》り……。徳川との戦で落命しても、その者は神となる」

浅見絅斎、玉木葦斎、この二人について学んだ若林強斎《わかばやしきょうさい》は、天子のために忠誠を尽くして落命した者は神になると説く……。この帝のために戦い神となった霊を、水戸学では英霊と呼ぶ。

徳川幕府を滅ぼす尊王攘夷《そんのうじょうい》思想には三つの源流がある。

崎門学。水戸学。本居宣長の国学を信仰と呼べる域にまで深化させた平田篤胤《ひらたあつたね》の、平田派国学。

その内、崎門は――現人神《あらひとがみ》信仰。帝への忠を人生の最大の目標ととらえる考え方。倒幕。その聖戦の犠牲者が神になるという考え方――を特徴とする。

たしかな実行力で近代化をなし遂げた明治の指導者、学者には、この言説で幕府を倒したが、この言説に呑み込まれるのは危ういと、考えている人たちがいた。

何故なら、この言説は人から考える力を奪い、一方向へ押し流し……伝統的な天皇の姿とも違うからである。

一方、この言説を心から信じている者たちもいた。そうした人たちの主張が、政治、軍をおおった時……あの悲惨な戦争が起った。

公城が、口を開く。

「本日我らは、祖師に、十六日の旗揚げのことを報告して参った」

七十六年前に亡くなった山崎闇斎は生前に神を号し自らをまつる祠《ほこら》をつくらせた。式部たちは何か報告がある時、その祠に詣《もう》でる。

「……最早《もはや》、後戻りはできぬ。おのおの、町方の目に十分警戒を払いつつ……武技の鍛練、刀槍《とうそう》の用意に余念なきよう」

門弟たちがうなずく。

徳川幕府によって厳しい監視下に置かれ、経済的にも不遇をかこっていた中、下級貴族、屹立《きつりつ》する幕藩体制が生み出した浪人たち、そして、商人たちが露台の上にいる。

一人――晴季だけが、決意でなく、憂いによって硬い、面持ちであった。不安が生む影が晴季の細い相貌に差している。晴季が、時康を、見る。

時康が、その視線に気づいたのか、気づいていないのか、わからぬが……

「――さて」

時康の寂《じゃく》たる声には底知れぬ磁力の渦が孕まれていた。

全員が、視線を、時康に、集中させる。

「わしのすすめている洛中、および、江戸表を混乱に陥れる秘計、その秘計の、進捗《しんちょく》に、ついて、皆に、心配をかけてしまった」

「……そうじゃな」

公城が、言った。

隣で身をのり出した二人の公達の、かなり古い継ぎ当てが目立つ狩衣が、揺らめく灯火に照らされていた。

彦根城攻め、大坂城攻めの将となることが決っている者たちだ。

灯火の陰影が揺れる、いくつもの真剣な顔にむかって、時康が告げる。

「当家は古《いにしえ》より……薬草の調合で知られし家」

不敵な光を双眸で滾《たぎ》らせながら——赤い唇がほころぶ。黒い蔓草が描かれた扇が、妖美な唇を、隠す。

「ある特殊な薬草から、薬をつくり……件の薬によって、洛中、江戸を、混沌《こんとん》に陥れる所存」

魔的な説得力が時康が発する声には孕まれていた。全員が、不可視の蜘蛛糸にからめとられた存在《もの》のように……瞬《まばた》きもわすれ時康の話に聞き入っている。

例外が、いた。

壺之井晴季。

晴季だけがさっきと同じ面持ちで、時康を見ていた。

時康が、

「その薬草の種が……なかなか芽吹きませんでな。わしが、翠黛山から、出られなかったのは左様なわけです」

公城が、訊ねる。

「もうその薬草は芽吹いたのじゃな?」

「――うむ」

重厚な自信を漂わせ、時康は、答えた。

*

椿は迷っていた。

茶山寺時康の館に、行くか、どうかで。

重奈雄がもたらした話は時康への不審を椿にいだかせた。

だが、すぐに、打ち消している。

むしろ、

(……氷部)

氷部が何かたくらんでいるのではないか、この憶測が椿の内で急速にふくらむ。もし、氷部が妖草師なら……羅刹紅葉が、狩衣に入っていたのは、氷部が時康の闇討ちをもくろんでいる、証左であった。ちなみに、重奈雄は椿に、「神足通」について、語っていない。

（めずらしい木の話も氷部なら……茶山寺はんから聞ける）

氷部は人参果まで花山から盗《と》っていき不老長生を計画しているようである。

もし、氷部が妖草師なら――事態は、急を要する。

もたもたしていると、時康が氷部に討たれ、下手人たる氷部は――ほとんど不死の体を手に入れるからだ。

だが間違っていたらどうしようという思いも、椿には、ある。

数日、悩んだ。

悩んだ末――舜海の許しを得、翠黛山に行こうと決めた。

時康にこの前のお礼をつたえに行きたいと言うと舜海は快諾してくれた。舜海にとって、時康は――命の恩人だ。ただ、妙な噂が立つと、先方も迷惑するだろうから、下女たちなどには、大原に物詣《ものもうで》に行く、斯様《かよう》につたえておけと、舜海は、口にしている。

かくして、五月一日（今の暦で六月初め）。

与作をつれた椿は、翠黛山にむかった。重奈雄に相談したらという内なる声もあったが、却下する。何となく時康について重奈雄に相談するのを、はばかる自分がいた。

（うちの天眼通で、氷部がそだてとる妖草、全部見破《こっきり》る！　氷部は――追放。人参果は重奈雄はんに引きわたす。一件落着どす）

椿の、胸中だ。

翠黛山に、ついた。

――五月と思えぬほどひんやりした冷気が木下闇の底をたゆたっていた。

太古に芽吹いた樹と樹が、巨軀《きょく》をぶつからせ、腕と腕を、からみ合わせていた。白い肉厚の、カタツムリが静かに蠢動している。

「何や知らんけど、気味悪い場所でんなあ……」

与作が、呟く。

山道を少し登った所で椿が立ち止る。

（――妖気！）

ぎょっとした椿。

左を、むいた。

左方。咲き乱れる九輪草、生い茂る犬ワラビの陰に、何かが――息づいていた。姿は見えぬ。だがそこに隠れたこの世ならざる存在《もの》の息吹《いぶき》を椿は鋭く感じていた。

次の刹那、

（……こっちにも……？）

右方――見上げるほど高い、アラ樫の梢に、何か生えており、かすかな妖気を吐き出した。それは林床に降りて天眼通をもつ椿の皮膚と直接ふれ合った。

――猿《ましら》の妖魔が樹上に棲んでいて、下を通りかかった人間に生暖かい息を吹きかけた。それが、体にぶつかっている。そんな感覚だ。

椿は左と右、両方からやってきた妖気の糸がまじり合う場所に立ったのである。

「む、何奴《なにやつ》」

上方から、男が三人降りてきた。

一人は臥猪《ふすい》に似た頑丈な体格の男で、たしか幾田と言った。もう二人は幾田の子分だろう。

椿に、気づいた幾田は、

「お……先日は難儀でござったな」

無理な愛想笑いが、幾田の大きい顔で生じた。

「これはこれは……。椿殿。よくぞ、おこし下された！　鄙《ひな》びた所ではありますが、どうぞゆるりとくつろいでいかれよ。お父上の怪我も治られて、何よりのこと」

時康は、言った。

茶山寺家山荘、緑苑院。

草山水の庭である。

椿は登ってくる途中に幾株か妖草をみとめたのを時康に話したいと思案している。だが、大小を差した氷部が、神妙な面持ちで時康を警固しているため、なかなか切り出せない。

(この男が――妖草師なんや)

意を決し、

「茶山寺はん。ちょい……お話ししたいことが」

「ん、何だろう？」

椿をともない時康は氷部や与作たちからはなれる。

草深き、庭を、二人で歩いた。古屋敷の方へ近づいていた。

どうもさっきから、椿は気分がすぐれない。

熱く、重く、長く、かと思うと冷たい、訳がわからぬ不愉快なものが、胸や臍《へそ》を内側《うち》から撫でる形で、体中で蠕動《ぜんどう》していた。

黒っぽい松、圧倒的な樫の大樹が、ぐんぐん大きくなってくる。

絶え間なく噴き出る冷や汗で、背中が濡《ぬ》れている。かつてない感覚だった。

(どないしたんや……うち。えらい、気分が——。山、のぼったからやろか？　歩きすぎたんやろか？)

「話とは何かな？　そう言えば、今日ここにくることを、誰かに言いましたか？」

「……家元に。他の人は、物詣に出た、思うてます」

「ん、椿殿、顔色がすぐれんようだが……お気分でも悪いかな？」

心臓が、胸肉を突き破り——出てきそうになった。それくらい、激しく、鼓動していた。

椿がよろめく。

時康が手をつかまえ——転倒は、まぬがれる。

冷たい手だと思った。

刹那、どっと、山風が、吹いた。

颪は古屋敷の方から吹いてきた。

夏とは思えぬ冷えた風に巻かれた椿は——はっと、瞠目している。

……妖気の洪水。

殺気の怒濤《どとう》。

鬼気の、濁流。

それは、そういうものであった。

髪の毛、指先、爪、血管、足、五臓六腑《ごぞうろっぷ》、目、唇、天眼通をもつ、椿を形づくる全細胞が――悲鳴を上げている。

いまだかつて感じたことのない恐ろしい量の妖気に打たれたのだ。さっきから、気分が悪かったのは、途方もない、妖気の渦に近づいていたからである。ただ、あまりにそれが大きすぎるゆえ、妖気と感知するのを通りこし、体全体の気分が、悪しくなっていたのだ。

「茶山寺はん」

椿が、崩れる。膝《ひざ》を、つく。今度は時康は助けなかった。

「何事かな?」

暗い影をおびた声が、返ってくる。

(あれは……一本の妖木違う。そないな、なまはんじゃくなもんやない。……森。妖木の、森や!)

与作が駆けよろうとするも――氷部に押さえつけられる。時康が、合図したのだ。

「我が妖木……気に入っていただけたかな?」

茶山寺時康――妖草師。

茶山寺家が……妖草と出会ったのは、戦国乱世の頃だったという。

都が戦火につつまれ時の茶山寺家当主は、ある西国大名の許《もと》に疎開していた。整理してくれるなら書庫を自由に見ていいという特権をその大名からあたえられている。

かの書庫に――埃《ほこり》をうずたかくかぶった妖草経、妖木伝が、あったのだ！

宝の持ち腐れという奴で、戦に血道を上げる大名は、この書物の重要性、凄味《すごみ》に、気づいていない。

時康の先祖は常世について書かれた書を密《ひそ》かにもち去った……。

都には既に妖草師・庭田家がいた。

時康の先祖は、庭田家に内密で、妖草経、妖木伝を読破、妖しの植物群がもつ類稀《たぐいまれ》なる力を、己の権益や、富をふくらますことにつかってきた。

――隠れ妖草師・茶山寺一門の始まりだ。

相当な野心家である時康は――妖草妖木を駆使し、尋常ならざる力を有する己が、都から出てはいけない、など様々な縛りを幕府からかけられるのが、我慢ならない。そこで――倒幕の考えをもつ式部たちに接近。妖草妖木があたえる力と、富をつかって、いつしか大きな影響力を、彼らにおよぼす形になっていた。無論、式部、公城、晴季らは、時康が妖草師であることを知らない。ただ幼少の頃より時康を知る晴季は……時康が常識では計り知れぬ不思議な力をもつことに、薄々気づいている。

椿は、

(この人が……妖草師やったんか)

時康は古屋敷に黒く茂る妖木の森を眺めながら、言った。

「天眼通という能力《ちから》があるそうだ。そなたが、蓮華王院で内緒にしたのは――天眼通だな?」

答えられない。全身ががくがくふるえ、涙がこぼれてくる。それくらい、まとわりつく妖気の渦が不愉快なのだ。

「椿。天眼通をもつ、そなたと、神足通をもつ、わし。合力すれば――おそらく何でもできる。わしとくまぬか?」

「何をしはるおつもりどすか?」

やっとのことで、言う。時康は、底知れぬ自信と、酷薄さがこめられた、語調で、

「――天下を引っくり返す。徳川の世を終らせる。そしてこの……茶山寺が一切の仕置を

おこなう」

　式部らは朝廷が実権をにぎる世をつくろうとしていた。時康の野望は――それにとどまらぬようである。

「妖草妖木をつかえば、天下万民をこの時康にしたがわせることもたやすい」

　椿の膝は土につき、肩はがくがくふるえている。

「――嫌どす」

　追いつめられた山犬のような目に、椿は澄明な涙を浮かべていた。

「うちは……嫌や。そないな、野心や、欲のために…………妖草妖木つこうて、他人《よそ》さんしたがわせるなんて――まっぴらごめんやっ」

　勇気をしぼって、椿は、

「絶対あかへんっ。あきまへんえ！」

「誰がそんな題目の如き教えをお前に吹きこんだ？　当ててやろう。重奈雄か？」

「…………あん人は……茶山寺はんと違う」

「どう違う？」

「茶山寺はんは……偽者の妖草師。

　シゲさんは、本物や。――ほんまもんの、妖草師どす」

椿の瞳から、一筋の涙がこぼれ、その涙が白く光った。瞬間——椿は護身用にもっていた小柄《こづか》を抜き払い、氷部にとらわれている与作の方に駆ける。

——勝てるとは思っていない。

ただ、手傷を負わせるか、威嚇《いかく》し、与作と一緒に庭木の茂みに駆け込めば、逃げられると踏んだ。

緑苑院と翠黛山は広大。時康はばらまくように山番、乃ち浪人たちを配置しているため、今、草山水にいる護衛は氷部だけだった。

妖気で気をうしないそうだったが、歯を食いしばってこらえた。

汗で歪《ゆが》んだ視界の先——氷部、与作が近づいてくる。

与作を当身《あてみ》で昏倒させた氷部が神速で抜剣。

鮮やかな手並みで——椿に峰打ちをくらわす。

肩に、激しい、衝撃が走り、脳中に、赤い閃光が散っている。

草中に体がぶっ倒れ、叫びと涎《よだれ》がまじったものが口からこぼれ出た。

「こよ」

時康が下知《げち》する。

すると、どうだろう。

古屋敷の方から何かが築地塀《ついじべい》をのりこえ近づいてきた……。

二種類の、音が、くる。

一つは――引っ掻くような、軋《きし》むような音。晴季が聞いた音だ。

もう一つはもっと激しい。

ジャキジャキジャリッ！　ジャキジャキジャリッ！

金属質の騒音の転がりが、殺到してくる。猛速度で、近づいてくる――。

「首紋《くびし》め蔓《かずら》、ダルマ柊《ひいらぎ》」

時康が、呟く。

痛みをこらえながら椿は薄《うっす》らと目を開けた。

「――」

妖木が二種、古屋敷側から、肉迫してきた。

一つは木質の蔓であった。数丈はあろう。龍蛇みたいに、シダを突き破り――滑走してくる。

もう一つの妖木が近づく様は、葉でできたダルマが自発的に転がりながら、やってくる、という図であった。

ダルマ柊という名らしいそいつらは、五体。

――丸い。

球体の妖木だ。

大きさは西瓜《すいか》をこえる。

深緑のまわる突風となって、突きすすんでくる――。

騒々しい嫌な音は、ダルマ柊から、発せられている。

首絞め蔓が足首に巻きついてきた。

恐ろしい勢いで、引っ張ろうとする。

椿は痛みをこらえながら――ツツジに手をのばす。近くにあったツツジに。死にもの狂いでツツジをつかみ引きずられまいとした。

――跳んだ。

ダルマ柊が、一体、跳んだ。

柊に似た、ギザギザした葉を、さかんに蠢かしながら――ツツジに突っ込む。

ジャキジャキジャリッ！

桃色の花、小さな枝、黄緑の葉、ツツジを形づくっていた一つ一つの要素が、無惨に切り放され、四方八方へ飛び散ってゆく――。

妖木・ダルマ柊は――柊によく似た葉をもつ、常世の危険な木である。ダルマ柊の葉は……鋼《はがね》より硬い。そして、動く。球形にそだつダルマ柊は、跳ねたり、転がったりできる。ダルマ柊は、敵とみなした相手に跳びかかり、その肉体を、切りきざんでしまう。

椿が頼りにしていたツツジはあっという間に、無惨な姿になり、椿の手には真に頼りない枝、一輪の桃色の花がのこされた。

首絞め蔓が、思い切り、引っ張ってくる。最早、椿が頼りとすべきものはない。

椿は首絞め蔓に凄い勢いで引きずられはじめた――。

首絞め蔓に、足を引っ張られる椿の左右に、激しい音を鳴らしながら、ダルマ柊がやってくる。

――護送するかの如く、同道してきた。

すぐ横でまわる騒音が張り裂け聴覚中枢が悲鳴を上げている。引っ張られる先で、妖気の深淵《しんえん》が待ち受けており、峰打ちされた肩も、痛い。

シダを押し倒しながら古屋敷に引きずられる椿は——あっという間に、気をうしなった。

椿は知る由《よし》もないが御忌詣の日にも時康の懐中には羅刹紅葉が入っていた。それに気づかなかったのは、あの日の喧騒《けんそう》、蕭白と氷部が起した騒ぎにより、心が大きく動じていたからである。

＊

厠《かわや》の四隅で闇が湿っていた。

青い夕闇が、五台院に迫りつつある。

用を足した舜海は——おそすぎると、思った。

茶山寺時康の館に出かけたのを知っているのは舜海だけで、後の者は大原に物詣に出かけたと思っている。いくら恩人とはいえ、時康は若く、椿は嫁入り前の娘である。妙な噂がたってはいけないと左様な話にした。

だが、それにしてもおそすぎる、使いを翠黛山に走らすかと考えた、舜海だった。

厠から、出る。

飛び石を二つ踏んだ所で呼びかけられた。

「舜海」

したしい知己に呼びかけるような、声色《こわいろ》で、不思議なことに、頭上から呼び止められた気がした。

見る。

舜海は――瞠目している。

庭の上、一丈ほど上の宙を――小雲と言うべきものが、浮いていた。

それが雲ではなく石麺草なる妖草だとは、さしもの花道家元もわからない。

それは花道云々《うんぬん》ではなく、常世の植物にかかわる話だからだ。

一畳ほどの白い小雲の上に男が一人立っていた。

覆面をかぶっていた。深緑の地に、血色の、蔓草が這《は》った覆面だ。

舜海が声にならない叫びを上げようとした瞬間――男は、

「妖草・眠《ねむ》り千鳥《ちどり》」

一輪の美しい花を、ハラリと落としている。

蘭科・白山《はくさん》千鳥は――加賀白山の高峰に多い、花で、その桃色の花が咲く様は千鳥が飛ぶ姿に似ているという。一尺をこす高さまでそだつ、毅然とした佇まいの、山の花である。

妖草・眠り千鳥は、この白山千鳥に酷似する、常世の草である。

桃色の花を咲かせる眠り千鳥は世に妙《たえ》なる芳香を放つ。

この香りを嗅ぎ、さらにこの花びらにふれた者は、永遠《とわ》に出られぬ眠りの牢獄《ろうごく》にとらわれる。

嗅覚、そして、触覚、双方、妖気に当てられた瞬間――魔性の眠りに引きずり込まれるのだ。昏睡に陥った犠牲者は砂糖水をなめさせてやると生きつづける。しかし、何年も目を覚まさず、やがて老い、死をむかえる。人を眠らせる妖草には、眠りツチグリがあるが、それがもたらす眠りは一時的である。眠り千鳥がもたらす眠りは――絶対に解けない。


自分に落ちてきた花を、舜海はほとんど反射的につかんだ。

茎をもった舜海が、甘い匂いに呪縛《じゅばく》される。一種の魔に魅入られし者になった、舜海が、鼻を花びらに近づける――。

次の刹那、妖しい匂いがどっと、体内に入り込んできた。

鼻が花びらにふれた。

舜海の手から——美しい妖花が、ハラリと落ちる。

硬い飛び石と、ふかふかに茂った、杉苔が、崩れてきた舜海の手足を受け止めた。

椿の父は……厠から出た所で、昏睡状態に陥った。

石麺草がすーっと降りてくる。覆面の内側で、果実が如き唇がほころんでいる。——時康であった。

時康は、椿が自邸を訪れたと知る人物、舜海を黙らせるため、天空に遊ぶことができる妖草、石麺草にのり、洛中に現れたのだ——。

時康が舜海の傍らに落ちた眠り千鳥を、つかんだ。勿論、茎をつかんだ。

緑苑院から袋に入れてもってきたし、もつ際も、慎重に茎をつかんでいるから、時康は妖気に当てられていない。

足音がする。

只《ただ》ならぬ気配を感じ、家人が、駆けてくるのだろう。

眠り千鳥をもった時康は、石麺草を上昇させた。

屋根瓦《がわら》を見下ろすくらい上がった時、家人門人が、倒れている舜海を見つけた。

だが——真上にいる闇の妖草師に誰も気づいていない。

時康が、石麵草を、横へ移動させる。

五台院の池の上で——眠り千鳥から、手を放す。

妖しい花は水に没し、証拠は湮滅《いんめつ》された。

「もっと上へ」

時康が、言う。

石麵草が急上昇をはじめる——。

物凄い勢いだ。

青い黄昏《たそがれ》につつまれた京の町が、眼下に展開した。町のそこかしこで灯火がつきはじめ、夕餉《ゆうげ》の炊煙が上っている。黒くつらなる山が、青く沈んだ町をかこんでいた。

「もっと上へ！」

時康が、叫ぶ。

疾風《はやて》の勢いで石麵草は上ってゆく。時康は、振り落とされぬよう、妖草をつかみながら、哄笑《こうしょう》した。

夕闇のずっと上、雲が浮かぶ、高みまで、きた——。

時康の周りで白雲がもこよかに身をくねらせている。

万能感が、火柱となって、体を貫く。

俺は何でもできる、妖草妖木をつかえばできないことはない、この世で手に入らぬものはない、いくつもの声がささやいてきた。

「もどるぞ……妖木館《ようぼくかん》へ」

妖木館。緑苑院を——時康は左様に呼んでいた。

綿に似た体から、白い霧を発しつづけ、空に浮かべる妖草・石麪草が、一路、北へ、飛ぶ。

雲を突き破り、夜が忍びよりつつある洛中を見下ろしつつ時康は、カラカラと笑う。

時康には、京都所司代がかけている行動制限は……ほとんど意味をなさぬ。

時康は石麪草にまたがって、遠く蝦夷地《えぞち》や長崎、さらに琉球《りゅうきゅう》にまで、出むいた覚えがある。

それほどの力をもつ己が表の世界では幕府に強く束縛されねばならぬことが時康には我慢ならない。さらに茶山寺家は、秀忠《ひでただ》の頃に、幕府の怒りをかい、豊後《ぶんご》への流刑者を出したことから、江戸幕府への敵愾心《てきがいしん》をもっていた。

束縛してくる幕府への反発、秀忠の頃にさかのぼる敵愾心、そして——時康が生れもっている巨大な野心。

この三つがからみ合い、江戸幕府を滅ぼし――己が支配する世をつくらねばならないと考えていた。

時康は長崎で清人《しん》から得た情報により、大まかな世界情勢をつかんでいた。

乃ち、英吉利《えげれす》、お露西亜《ろしあ》などの大国が、巨大な財力、軍事力によって、世界の広い範囲を席巻しつつあるのを、知っている。

これは倒幕後の話だが――英吉利、お露西亜は、時康が妖草妖木によって支配する……不思議の国をみとめてくれるだろうか。

みとめてくれないのではないだろうか。

(……だとしたら……英吉利、お露西亜にも……徳川と同じ運命をたどってもらわねばならぬな)

時康は、そう考える。

茶山寺時康、この男の野望は――日本の支配にとどまらない。

文字通り、天下、英吉利、お露西亜、米利幹《めりけん》をふくめた全てを、自分一人が、妖草妖木によって支配する、それが時康の構想である。

戦国時代から隠れ妖草師として活動してきた茶山寺家。

神足通をもつのは、時康が初めてだ。神足通は、己の周囲で蠢く妖草妖木を意のままにあやつる、驚異の力だ。

そのことも……百年に一人と言うべき巨大な野心に、影響しているのかもしれぬ。

時康こそ……氷部たちに命じ、花山から人参果をもちさった者だった。

鉄《てつ》棒《ぼう》蘭《らん》

同刻。

重奈雄は、山科にきていた。風照寺に、きていた。

あれから重奈雄は忙しく動きまわっていた。

石麺草にのせて——人参果をもち去った集団を、東山で追いつつ、水虎藻の所在もさがしていた。

捜索中、重奈雄はふと——風照寺が気になった。

まず池大雅は風照寺の者に、人参果についておしえられている。

さらに、風照寺で感じた、視線。

若い僧が、じっとこちらを見ていた。

あの僧は何か知っているのでなかろうか。そう思った重奈雄は、大雅にしらべてもらった。

すると――

深い森がいきなり開けて、青空が現れたように、一気に、あたらしい段階に事態をすすめてくれるのではないか、そう思えるような、真《まこと》に、重大な、二つの情報が、わかった。

まず――刀剣商、泉州屋の弟が、増円《ぞうえん》という名で、風照寺で、僧をしている。

そして、泉州屋は、式部の門下生だという。

ここで重奈雄は芥川先生の話、さらに兄とあの密林でした、立話を思い出している。

もし、式部一党が、倒幕を計画しているなら……江戸から京へ、軍勢が上ってくることを、考えるはず。

その軍勢は、老中を総大将とし東海道を上ってくるだろう。

ところが、上洛の寸前、老中が、藪《やぶ》から放たれた鉄砲玉で……落命したら？

軍勢は途方もない混乱に陥るはずだ。

（風照寺傍の、藪。あすこからは…………東海道が実によく見えた）

俄《にわ》かに、あの、何処にでもありそうな藪が、兵学上の、意味をもった、場所に思える。

（増円は何かそうした仕度のために、風照寺に置かれた？

人参果も……）

人参果をもち去った集団が、石麵草をつかって運搬した以上、その集団の背後には――

妖草師が、いる。

式部一党と思われる増円からその妖草師に連絡が行ったと考えるなら、

(式部一党の中に……妖草師がいる?)

ここまで考えた重奈雄は、蕭白をつれ、風照寺にむかっている。

ちなみに重奈雄たちは——一連の捜索について、町奉行所の手は一切かりていない。人参果という不老長寿をもたらす妖木がかかわっていた。与力同心の誰かが、悪心を起さぬとも、かぎらない。だから何処にもちさられたか特定するまで、公儀の手はかりぬ所存であった。

古い悪霊みたいな樹々が、生い茂っていた。夜闇と、木下闇が、まじりはじめていた。

「増円殿。ここからは……東海道が実によく見えるな」

重奈雄、蕭白、そして増円は、あの藪に立っている。いつか重熈と話した、藪である。

話をしたいと呼び出したのだ。

他の樹を梢で殴りつけている強面《こわもて》のアラ樫《かし》や、若い幹にツタをからませたコナラは、急速に闇が濃くなる中、佇立《ちょりつ》する黒い影に変ろうとしていた。

「そうですな……今日はどういうご用向きでしょう？」

かすかなふるえが増円の声にはこもっているようだった。

若い僧だ。重奈雄より、おさない顔貌である。

重奈雄は——真っ直ぐに相手を見据えた。

「——うむ。単刀直入に訊く。……妖草師を、御存知ですな？」

「…………」

相手は静黙していた。

重奈雄と、蕭白で、はさむ形で立っている。

「無明尼という名に聞き覚えは？」

「…………無明尼？……知りませんな」

「東山を北に、人参果をもち去った集団。間違いなく、妖草師か、その手の者。石麪草という妖草がつかわれた可能性が高い」

「……妖草師？………何のことやら……拙僧にはさっぱり……」

焦りが起す熱と、かすれが、こもった声である気がする。重奈雄はかまわず、

「増円殿。貴方は、人参果についていかなる話を聞かされた？」

「だから、何の話だか……」

「おそらく、その妖草師は——貴方に真実をおしえていまい。果実を独り占めにするために」

と、蕭白が、言葉で、斬りつけた。

「不老長寿」

「——」

辺りに満ち溢《あふ》れた暗闇の中で、相手の影は大きくふるえた。聞かされていた話と違うゆえ、動揺したと思われる。

蕭白が、何か言おうとした時——増円が、動いた。

小柄が取り出された。

増円は、隠しもっていた、小柄で、重奈雄に突き込んできた。

「——む」

後退してよけようとする。重奈雄に、武芸の心得は、ない。簡単に、手を切られた。血が出ている。

「おのれ！」

蕭白が小さく叫び、後ろから躍りかかろうとするも、増円は倒木か何かに足を取られて転倒した。転びざまに、増円が、石をつかむ。——蕭白に投げた。肩に石が当って蕭白がひるんだ隙《すき》に、跳ねるように起きた増円が、もう一度、重奈雄を突こうとする。

さらに後退した重奈雄は急激な段差で足が宙に浮き、背中から、勢いよく藪に転がった。

下草が、幾本も、体重で潰《つぶ》れる。

転びながら重奈雄の手は下に垂れた樫の枝をつかみとっていた。重奈雄の重みが、着生植物や、蔓がまきついたその枝を——本体から咬《か》み千切っている。

増円が、襲いかかってくる。

「落ち着け!」

強い一喝が、重奈雄の唇から、こぼれていた。同時に、黒蛇に似た草が、茂り、からみついている枝を、自分を守るように、増円にむかって、振った——。

信じられぬ事態が起った。

枝に生えた棒状の草が——勝手に動き——増円を、打ち据える。

懐剣をもった腕を叩いている。

「ギャァーッ!」

魂をもがれたような悲鳴が、増円から発せられた。

短刀が、増円の手から落ちた。

重奈雄の意志とは関係なく、長く、黒い、棒状の草は、増円を襲おうとする。

（これは鉄棒蘭……）

重奈雄が瞠目するや、増円は篠竹《しのだけ》を突き破って、駆けだした——。東海道目指して遁走しはじめた。片腕は、だらりと垂れ下がっている。

妖草・鉄棒蘭は——枝や杖《つえ》などに着生する。人の世に出てきた鉄棒蘭は、その枝か杖を、はじめににぎった人間の意志にそって、蠢《うごめ》く。ほとんどの妖草は神足通がなければ動かせない。だが、鉄棒蘭の如く、何らかの条件がそろえば、万人の意志にそって動く、妖草もあるのだ。

藪に、茂っていた鉄棒蘭。

勿論、偶発に因《よ》るものではない。

この場所に立ち、老中を狙撃《そげき》、幕府軍を潰走《かいそう》させる光景《さま》を胸底に描いていた男たちの——暴力《あらごと》への衝動を苗床とした草である。

乃《すなわ》ち、時康、氷部、右門らの心を苗床としたのが、この鉄棒蘭だった。

彦根、大垣を落とさんと画策していた時康たち。何か歯車が狂ってしくじった場合、東から大軍が殺到する。——その大軍を混乱させる一手を時康は張りめぐらしていたわけである。

泉州屋は刀鍛冶《かたなかじ》は勿論、鉄砲鍛冶ともしたしい。泉州屋が用意した大鉄砲を、増円が、東海道を見渡す藪に隠す。

一刀流《いっとうりゅう》剣士であると同時に、関流《せきりゅう》砲術をも習得している氷部が引き金を引けば——幕府軍大将を討つこともたやすい。

時康の計画である。

増円はこのために配置された者なわけである。埋めた大鉄砲は、掘り返されぬためこまめに見張っておく必要があるからだ。泉州屋は弟からきた連絡で、花山に妖しい木が生じたのを知り、時康に告げたのだ。

鉄棒蘭が——暴れている。故に、増円を、追いかけたくても、追いかけられない。この鉄棒蘭めは、まだ、庭田重奈雄を全面的に自分の主《あるじ》とみとめかねている様子であった。要するに……悩んでいた。

半分、重奈雄を主とみとめているから、さっき増円がいた所を叩いてみたりする。

半分は、重奈雄をみとめていないため、重奈雄を威嚇《いかく》するような動きを見せたり、数尺から——一挙に、一丈五尺にのび——何本もの、篠竹を薙《な》ぎ倒したり、細い、漆《うるし》の木を没《もっ》倒《とう》したりしていた。

鉄棒蘭は全部で三本ある。

重奈雄がもつ、おれた枝に生えている。

荒ぶる三本が、暴れまわっていた。

重奈雄が、念ずる。

(鉄棒蘭よ。——今は鎮まれ！　そして、お前の力が本当に必要な時、俺に手をかしてくれ)

切れ長の双眸から——鋭気が、風となって飛び、鉄棒蘭に当る。

すると荒ぶる三本はぴたりと動かなくなった。

そして、一丈超から三尺ほどにちぢみ、だらりとひれ伏すように、棒状の葉を垂らした。

黒っぽい着生植物にしか、見えなくなった。

落ち武者のように、髪をふり乱した蕭白が、飛んでくる——。

「大丈夫か！　重奈雄」

「おう。思いがけず鉄棒蘭が茂っていて、助かった」

「鉄棒蘭………あの……恐ろしい草か」

蕭白は茫然と立ち尽くす。

「問題ない。俺に、助力してくれるようだ」

「……」

「おい蕭白。行くぞ！　増円を追うぞっ」

白皙《はくせき》の妖草師は、鉄棒蘭が茂る杖を——夜の東海道にむける。

土地勘がある増円は無事に逃げおおせた。

鉄棒蘭が茂る杖をもった重奈雄と、蕭白が、堺町四条にある長屋にもどると、老いた女が一人、紫陽花《あじさい》地蔵の前に立っていた。

日はもうとっぷりと暮れている。夜の底で、青紫の額《がく》紫陽花がひっそり咲いていた。

「庭田はん、庭田はんどすか」

老いた女が、慌てて、駆けよってくる。

椿の家の老女であった。

「椿様は……一緒ではありまへんか？」

「……いや。椿がどうかしたのか？」

椿、与作が、大原に物詣に行ったきりもどらぬと聞いた重奈雄は、愕然《がくぜん》とした。

「何だと……」

「あと、家元が、家元が……」

「落ち着け。泣いてはならん。落ち着いて、話すのだ。家元が、どうしたのだ？」

「厠から出た所で倒れはって…………息はあるんやけど、目を覚ましまへん。一向に目ぇ覚ましまへん」

ずっと重奈雄をまっていた老女は、泣き崩れてしまった。

「——わかった、すぐに参ろう」

一緒に行こうとした蕭白に、

「お前は東山をしらべている仲間から、連絡があった時のために、ここにいてくれ」

庭田重熈、池大雅、与謝蕪村は——今日も、人参果をもち去った連中を追っている。

堺町通を北上、六角通《ろっかくどおり》を左におれた重奈雄は、五台院を目指す。

＊

与作の腹や腕に、荒縄が食い込んでいた。かなり太い縄で、暴れてもはずれない。与作は野太い杭《くい》に厳重にしばられていた。

他に幾本か立っていたが、そこにしばりつけられた人はいなかった。

緑苑院古屋敷。庭内。

——妖しい草原である。

世にも奇怪《きっかい》な草どもが、内にためた闘志を刃に匹敵する葉の、葉先、いや、切っ先にそそぎこみ、危険な葉擦れの音をかなでていた。何処までも、鋭く、鋭く、茂っていた。


銀剣草《ぎんけんそう》という植物が、ある。

日本の植物ではない。

日本から見て、遥《はる》か、東南の大海に浮かぶ島の、高山にしか見られぬ植物である。

銀剣草は銀色の葉を四方へのばしモサモサと叢生《そうせい》する。

その姿はまるで、銀色のウニを岩場に転がしたか、ハリセンボンを植物化させ山岳地に据え置いたようである。

妖草・真剣草《しんけんそう》は、銀剣草に酷似した、常世《とこよ》の草である。

銀剣草は葉を一尺強くらいにのばすが、真剣草は時として三尺くらいまでのばす。

そだつにつれ、真剣草は、葉を硬化させてゆく。植物質から金属質に、変貌してゆく。
二、三尺まで成長した葉は——鞘《さや》をつけるなどして、加工すれば、真剣と全く変わらない。
——そう。この草は全方位に刀を茂らせる草なのだ。

昼、与作をしばりつけた氷部という男は、

『親父《おやじ》。これは、真剣草という草なのじゃ。こいつはな……今はまだ、やわらかい。指でいじくれるのじゃ』

与作は地面に尻をつく形でしばられている。しゃがんだ氷部は、与作の傍に茂った真剣草をさわっていた。

『じゃが、次第に長く、硬くなる。しまいには――刀と同じになる。わかるか?』

ふるえが、全身を走る。

『察したようじゃの。おっ……大丈夫と言いつつ、指を怪我してしまったわ』

氷部の指から、黒い血が噴き出ていた。総髪の氷部は、指から噴き出る自分の血を、舐《な》めた。舌が、赤くなった。もう一人、氷部と共に立つ凶相の浪人者もせせら笑うような目で与作を睨《にら》んでいた。

赤い舌を見せながら、氷部は嬉しそうに、

『やがてのびてきた真剣草は、お前の足や、腹に突き刺さる。次の日にはもっと深く――えぐり込んでくる。……そうやってお前は……少しずつ血を流して、死ぬのじゃ』

『……悪党っ!』

やっとそれだけ、言葉を叩きつける。

氷部たちは生い茂る真剣草の間につくられた小道を通って立ち去っている。

あれから、数刻――

与作は、ここが、真剣草以外にも、危険な植物どもがひしめき合った魔所であることを、理解していた。

緑苑院、古屋敷の、庭。ここはもう……魔界の森と言っていい場所であった。

まず、沼が、ある。

大きい。

古い沼だ。

与作がしばられた杭から、真剣草の原っぱを数間《すうけん》行った所に広がっていた。沼の中で、時折、何か大きなものが蠢く気配が、ある。

ねばつく黒影が、時折、水底で――大きく、蠢く。

沼の水は何となく黒っぽい。硯海《けんかい》にたまった、墨汁を思わせた。

まだ、いる。

それは――蒲《がま》によく似た草だった。

背が、高い。与作よりも高いだろう。根元からわかれた長い葉を、青々とそよがせ、水辺に生い茂っている。

蒲と、二点、違う処が、あった。

一つ目が、葉。葉が槍《やり》に似ているように思える。つまり先端部分は、槍の穂みたいにやゃふくらみ、先端と、根の、間は、丁度、柄《え》のように細くなっていた。

もう一つが花穂の形状である。

凡俗の蒲は——茶色い花穂を、円筒形にふくらませる。この蒲は円筒というより薙刀《なぎなた》に近い形に発達させていた。

葉から槍を、花から薙刀を連想した、与作は正しい。

これは、蒲ではない。

槍蒲《やりがま》、あるいは、薙刀蒲《なぎなたがま》、二種類の名をもつ——常世の抽水植物なのだ。

古事記《こじき》によると、奸計《かんけい》にはまって傷ついた因幡《いなば》の白兎《しろうさぎ》を、大国主 命《おおくにぬしのみこと》は蒲黄《ほおう》（蒲の花粉）をつけて治癒させている。

蒲には古くから、不思議な力があると考えられていたようである。

また古い話には、水辺の植物が……人に思わぬ恵みをもたらした話が、ある。

たとえば、葦《あし》に、米が、実ったという。

妖草・槍蒲（または、薙刀蒲）は、かなり物騒な恵みを人にもたらす常世の草である。

この蒲が実らせるのは槍と薙刀だ。つまり秋になると葉は尖端が白銀《しろがね》色に、中程が黒く変色する。

尖端は、具足をぶち破るほど強靱《きょうじん》な――突破力を獲得する。つまり葉が槍に変化《へんげ》する。また、茎は強くおれにくく、黒っぽくなり、茎についた花穂、刀よりさらに反った花穂は、ものを切断するくらい、切れ味鋭くなる。――薙刀が生れる。

時康のあまりの悪行に怖れをいだき、脱出をはかる家来もいた。時康はそうした者を真剣草に、処刑させていた。

翠黛山に忍び込み、魔の森の秘密を知った者も、同じだ。

与作の周りに立つ何本かの杭は左様な仕置につかわれた杭である。

故に、黒い死霊の蜘蛛《くも》が、幾匹も棲みついたような、不気味な赤黒さを宿していた。

また、時康は真剣草から刀を、槍蒲から長柄の武器をつくり――泉州屋に売っている。

泉州屋にしたら、玉鋼《たまはがね》の材料費、刀鍛冶の作業代など、一切発生しない刀槍、薙刀を廉価で手に入れ、売りさばける。乃ち、暴利を貪《むさぼ》れた。

利益は時康と泉州屋でわける。これが――茶山寺家の巨富の源泉である。

つまりここは、妖草師にして武器の密売商、茶山寺時康にとって、刑場であり、工房であった。

「椿様……椿様ぁーっ」

枯れススキが揺らぐように、細首をふるわし、与作が絶叫する。

椿は与作と別の場所につれ去られていた。安否は、全く定かではない。

夜が翠黛山をつつみ、妖草原は——黒々とそびえる影どもにかこまれた。

樫や、松。巨木が妖草の原を見下ろしていた。与作の直感は、その巨木どもにも只ならぬ気配を覚えている。

(全く……どえらい所《とこ》にきたもんや)

「椿様——!」

何処かで与作が呼ぶ声がした気がする。

気のせいだろうか？

椿が、開眼する。

ジャキジャキジャリッ。ジャキジャキジャリッ……

すぐそこで、嫌らしい音が、した。

金属が歯ぎしりするような、あの音だ。

見る。

左と、右に、奴らが、いた。

ダルマ柊が、いた。

微跳躍しながら不快音を発していた。

逃げようとするも、動けない。後ろ手にしばられ、胴に、荒縄が食い込んでいた。椿は畳の上に転がされていた。

青畳がしかれた、そう広くはない部屋である。

襖《ふすま》が開かれている。

黒い蔓草が、びっしり巻きついた、節くれだった大樹が描かれた、怪しい襖だった。

襖の先に、広い板の間。

中心に――中庭が、ある。

中庭というよりもアトリウム、と言った方がいいかもしれぬ。

上に何もないわけではなく、屋根に、斜めに、明り障子、その外側に、雨戸がしつらえてある。

明り障子と雨戸を開ければ、光と外気が中庭に流れてくる。両方閉じると、豪雨、雪から、植物を守れる。雨戸だけ閉じて障子でやわらげた光をそそぎこませることも、できる。

——半中庭と呼ぼう。

正方形の半中庭には妖しい木が佇《たたず》んでいた。

幹や、葉は、槐《えんじゅ》に似ている。

左程《さほど》大きな木ではない。庭の、池の、畔《ほとり》に立つ、モミジ、ああいうモミジと同じくらいの太さ、高さの木だ。

……妙な実がなっていた。

青い。小さいのが複数、大きいのが一つ。その大きい実は、人間の赤ん坊を小さくしたような姿に見えなくもなかった。頭《こうべ》、腹と思《おぼ》しき部分が、若干、肌色に変じているか……。

驚きの閃光《せんこう》が、椿の目を、広げる。

（……あれが、重奈雄はんの言っとった、人参果）

まだ——熟していない。人参果は、肌色に、熟すまで、数ヶ月、かかる。

人参果の下には小さな草が沢山生えていた。

時康は人参果の向うに立っていた。灯火に照らされ、葡萄酒《ぶどうしゅ》の盃《さかずき》をかたむけている。

背をむけていた。

時康の向うで、障子が開かれており、その先で——夜の沼が、黒く広がっていた。

「水閣《すいかく》という」

時康が、言った。

時康への怒り、時康を信じてここまできてしまった自分への憤り、妖気への抵抗感が、じわじわと冷や汗になって出てきた。縄をはずされれば動けそうな気がする。――強すぎる妖気への耐性が椿の中で生じつつある。

「あちらが、水虎沼」

刹那――水が悲鳴を上げたような、恐ろしい水音がした。

沼の中で恐ろしく大きい魚が動いたのだと、椿は思った。

(牛くらい、牛よりもっと大きいかもしれん……)

そんな、淡水魚が、いるだろうか?

椿はかすれた声をしぼり出している。

「……おるんどすな? 水虎藻が……」

「いかにも」

時康は笑顔で、振りむいた。

巨大な野心と貪欲《どんよく》を苗床とする水虎藻。そうかこの男であったか、この男のかかえし闇が、水虎藻を芽吹かせ、その水虎藻の子供が、鏡容池に出た奴か、と、納得した椿だった。

「与作、与作は何処に？」

時康は謎めいた笑みを浮かべその問いには答えなかった。

今、いるのは、二階で、水閣は沼に飛び出すようにつくられた、建物だった。勿論、古屋敷の、一角に、ある。時康は再び沼を眺め、盃をかたむけている。

「椿、これはわしの家来は、誰も知らぬことだが」

部屋には、椿と時康、ダルマ柊が二体、いるだけだ。他の者はいない。時康は外にもれぬよう、声をひそめ、

「熟した人参果を食べれば、不老長寿を手に入れられる。我が家来には、難病にきく仙薬が取れる実、とおしえてあるが……。この実の力はそんなものではない」

「知ってます。重奈雄はんから聞いたさかい」

「……ほう」

時康は不思議そうな横顔をかたむける。少し下に垂れた、魅惑的に大きい目が、かすかに細められ、果実を思わせる唇が、ほころぶ。

「重奈雄はその実の効能を知りながら、一体何に人参果をもちいようとしていたのだ？」

「重奈雄はんは、公儀に献上する、こう言わはりました。そいで、誰も実ぃ食べず、皮か

何かから疫病を治す特効薬をつくる、と……」

「………」

重奈雄の提案は、時康が手にもつ盃を、しばし静止させていた。

やがて、盃が、小さく揺らぎ、次第に大きく動く。

赤葡萄酒をこぼしながら高笑いする時康に、椿は、

「何がそんなおかしいんどすか？　茶山寺はんは、人参果、一人で、食べるつもりどすか？」

「――勿論だ。わしはここになった実を、全部一人で食べようと思っていた」

「そないな……長い寿命手に入れて、何をしたい、何をしたいんどすか？」

「――いろいろしたいことがある。その長さの寿命でなければ、やりとげられんのだ」

時康は、きっぱりと答えた。

「椿」

時康が半中庭に歩みよる。

――水音が、した。ふと椿はあの水虎藻は何を餌《えさ》として食べているのだろうと考えた。

「人参果の下に、草が生えておろう。まだ花は咲いていないが」

半中庭の、人参果の根元。草が、生えていた。

「この草はもう少しそだつと……ジガバチソウに似た花を、咲かす」

ジガバチソウ——山地の林で見られる、奇妙な花を咲かせる、草である。

ジガバチソウの花は、全く可憐《かれん》ではない。蜂《はち》というより——カンブリア紀の海を生きた、奇怪な生物が、宙で踊っているような、花だ。花色は黒褐色や緑などだ。


ジガバチソウを思い浮かべた椿に、時康は、

「ジガバチソウに似た花だが、漆黒《しっこく》と言っていい色合い。故に、黒蜂草《くろばちそう》という」

「黒蜂草……」

「勿論——妖草だ。

黒蜂草の黒花は、花粉を飛ばす時、うなる。真《まこと》に小さい唸《うな》り音で、聞き取れぬ者も、いる。そんな、小音だが………一つの町の隅々まで、とどく。黒蜂草の唸りを聞いた者には何が起きると思う?」

わからないというふうに、頭《かぶり》を振っている。

「——無気力。この唸りを聞いた者は、恐るべき無気力に陥り、何もする気が起きなくなってしまうのだ」

数ヶ月から数年の、無気力に襲われる。耳に入った音を認識できなくても、聞いたことになってしまう。

「……無気力……」

人参果と、黒蜂草を眺めながら、時康はゆっくり歩みだす。

「そびえ立つ幕府を、滅ぼすことを、そなたはむずかしいと思うのだろう？　だが、どうかな。この茶山寺……水虎藻と、黒蜂草があれば、たやすいと思うておる。

江戸は――水の町よ。まず、水虎藻を、大川《おおかわ》に入れる」

水虎藻を大川に入れる算段だが時康は石麺草をつかおうと考えていた。複数《いくつか》の石麺草で、もち上げる。

石麺草にのせた水虎藻を、南下する雨雲と一体化させる。

そして――熊野灘《くまのなだ》で下ろす。

水虎藻は、乾燥に弱いが、塩水如きでへばったりしない。水虎藻と、それをあやつる時康をのせた船で、海路東にすすみ――江戸入りする。こういう、心胆である。

「大川に水虎藻を、その子供の水虎藻を、神田川《かんだがわ》、日本橋川《にほんばしがわ》、小名木川《おなぎがわ》、水道など、八百八町を縦横無尽に駆けめぐる、全水路に入り込ませる。

毒霧が生じ、水虎藻に引きずり込まれて喰らわれる者も、続出する」

「………」

椿はがくがくとふるえていた。この男のあまりの恐ろしさに。時康は――魔界の妖火を、瞳で滾《たぎ》らせ、

「大いなる混乱が、江戸をつつむであろう。その混沌《こんとん》に陥った江戸に……今度は、黒蜂草の音をまく。

八百八町の町人ども、幕府の旗本御家人《ごけにん》を――無気力が襲う。刀を手に取るのを厭《いと》うほどの、無気力が……。そこを、叩く」

時康の同志が音を聞かない術《すべ》は、ある。

「さすれば、寡兵にて旗本八万騎を討てる、わしは斯様《かよう》に思うのじゃ」

毒霧が生ずる時点で多くの善男善女が命を落とすだろう。

時康はその人たちの命を、何と思っているのか……。

塵《ちり》にひとしいと、思っているのか。

「京でも黒蜂草をつかう。……二条付近でな」

二条城――近辺に、京都所司代、京都町奉行、幕府にまつわる役所が全《すべ》て、かたまっている。

黒蜂草で所司代以下関東の侍が総員無気力に陥り、唸りが鎮まった段階で、氷部たちが

没倒《もっとう》する作戦だった。勿論、竹内式部や公城は時康が妖草をもちいることを知らない。

時康が妖草をつかうのを、知るのは、時康の家来と、式部の周りに時康がつけた浪人——右門だけである。また晴季は時康が妖草師であることを知らなかったが、倒幕以上に恐ろしいことをたくらんでいまいかと本能的に危ぶんでいた。

時康が、

「この下に、水牢《みずろう》という部屋がある。沼の水をみちびき入れられる」

(水虎藻が、入ってくるゆうこと……?)

「わしはそなたを、水牢に入れようと思っておった」

「——」

胃が、ずるずる口にこみ上げてきそうだ。どうやって水牢に入れられた人々が殺《あや》められたか……わかったからだ。

左右で、ダルマ枠が、小さく跳ね、不愉快な音を、発する。

椿はしばられたまま、燃えるような目で、時康を睨む。

「だが——気が変った。天眼通をもつそなたが、わしの許《もと》に現れたのは、何か意味があるように思えてきたのだ……」

「…………」

「椿。お前にも人参果をわけてやろう。そして——不老長寿を手に入れよ！　見るがよい。わしがつくるあたらしい世を」

「……あたらしい世？」

「左様。鎖国をする日本の外を見れば、天下は、争い、戦にみちておる。そうした混迷を鎮めるべく——天下を一つにし、わしが統治する。天下とは、六十余州を言ったのではない」

「わかります。茶山寺はんに、おさめられたくないゆう人や、国は……どないします？」

「そういう古い人や国は、あたらしい天下にはいらない。……妖草妖木で——殲滅《せんめつ》する」

怒りで、目を燃やした、椿は、強く、首を横に振った。

「………あかん。うちにはそれしか言葉が、出てきーひん！……あかんっ」

真実を見抜く目をもっているのに、どうしても言葉を信じてもらえぬ巫女《みこ》が、暗黒の海に船出する人々を止める時に似た悲痛さが、椿の声にはこもっている。

黒い蔓が描かれた扇が取り出され椿を真っ直ぐに差す。

「——えらべ。そなたの前に、二つの道がある。

人参果を食し、わしと共にあたらしき時代を見、天眼通をあたらしき時代の役に立てる道」

「……………」

「水牢に入り――水虎藻の餌食《えじき》となる道。

お前の前には二つしか道がない」

本当にそうだろうかと、椿は思った。三つ目の道があるのでないか。一度、時康にしたがうふりをして……機を見て脱出する道である。

だがたとえ一瞬でも時康にしたがう素振りを見せるのが、椿は嫌であった。

ある一つの希望が、椿に、わく。

――舜海。

時康による舜海襲撃を知らない椿。舜海は、椿が、茶山寺邸に出かけたのを知っている。だとすればあまりに帰りがおそいのを案じた舜海は、町方に相談したりするのではないか。さすれば――町奉行所の人数が、緑苑院に、やってくる。

水牢という選択肢、牢入りという道は、必ずしも完全なる死につながらないと、椿は考える。

町方はこぬかもしれない。町方がつく前に水虎藻に喰らわれる、蓋然《がいぜん》性も、高い。

――死ぬのは、とても恐ろしい。

椿は目を閉じた。

ダルマ柊どもが大きく跳ね、一際がなり立ててくる。

騒音を耳に叩きつけてくる――。

暴力植物どもに、左右からおどされながら、椿は――高鳴る心拍音にだけ、意識をあつめる。

花を立てている気持ちになった。

小さな花ではない。

大きい。

――松だ。青く、すがすがしく、豪快な、松だ。仏前に供える、松、シキミ、まき、その流れの中で生じた立花《りっか》の真《しん》にもちいる、真っ直ぐな松。

その松でなければこの場所で渦巻く妖気に対抗できなかった……。楚々《そそ》たる花では、時康から発せられる暗い圧力で、もみ潰されてしまう。

その松が、胸底にどんと据わった瞬間――ある一人の男の姿を、椿は喚想できた。

重奈雄だ。

(……シゲさん!)

幼馴染《おさななじみ》の妖草師が、隣でしばられている姿を、思い描く。

庭田重奈雄ならこの強大な敵に何と答えるか、椿は考えた。

椿が、目を、開く。

椿は、言った。

「うち………死にたくありまへん。ほんまに、死にたくない！　そやけどうち――茶山寺はんの言いなりになる方が嫌どす。水牢に入ります」

時康は――

毅然《きぜん》たる、態度であった。

「残念だ」

静かに答えると扇をしまっている。背をむけ、

「幾田！　椿を引っ立てい」

幾田直元が、入ってくる。猪顔《いのししがお》の大柄な浪人だ。喧嘩《けんか》と、刃傷沙汰《にんじょうざた》で鍛えた、図太い腕が、椿を引っつかむ。引きずるようにつれ去ろうとする――。

椿は、

（お父はん……今日は、お父はんって呼んで、ええよね？　うちは茶山寺はんにつかまりました。お父はん……お願い……うちがかえらんことを、町奉行所につたえとおくれやす）

そこに一点の望みをかけようとする。時康が、後ろから、声をかけた。

「椿、舜海だが……眠ってもらったぞ。

斬ってはおらぬ。要らざることをしゃべらぬよう——妖草で、眠らせた。これでお前がここにいることを知る者は誰もいなくなった」

つれ去られる椿に、後ろから絶望の鏃《やじり》をこじ入れる、茶山寺時康だった。

＊

京の都につくられた五千三百の木戸が一斉に閉じはじめていた。

あの後、重奈雄は、五台院に直行——。舜海と対面している。

もっとも舜海は、しゃべれる状況ではなく、布団に寝かされ、昏睡《こんすい》に陥っていた。

重奈雄は小者《こもの》から、ある重大な情報を、入手した。

発見した際、舜海の傍で花の香りがしたという。香りを嗅ぎ、花びらにふれた者を——魔性の眠りに引きずり込む、ある妖草の名が、閃光と共に、脳中をよぎる。

『眠り千鳥なら……妖草で治せるかもしれん。——急がねばならん。

ある妖草で、眠りから引きもどせたが…………時がかかりすぎ、狂人になってしまったという話がある』

重奈雄は、言った。

——大原からもどらぬ椿も心配である。

だが、まずは目前の舜海を、何とかしなければならない。

かくして重奈雄は今、蛤御門《はまぐりごもん》傍——庭田重熈邸を目指していた。

兄の屋敷には、蓬扇、韋駄南天などがある重奈雄の長屋より、遥《はる》かに豊富な常世の植物——屈軼草、曼荼羅華《まんだらけ》など——が生い茂っている。その中のある一つの妖草を重奈雄は切実にもとめている。

夜の、烏丸《からすま》通を、北へ走る、重奈雄。

そんな彼の目前で今、木戸どもが己の本来の顔をしめしつつあった。乃ち夜盗をふせぐべく硬く閉じて押し黙ろうとしていた——。

「おい」

木戸番に駆けよる。

「閉じるのが早すぎるだろう」

重奈雄が抗議したのは、烏丸二条の木戸番だった。当時の京では、辻（交差点）ごとに、木戸が、ある。烏丸二条の木戸を突破しても、今度は、烏丸夷川《えびすがわ》の木戸が、次に、烏丸竹屋町《たけやまち》の木戸が……邪魔立てしてくる。立ちふさがってくる。

「何や兄《あん》さん」

木戸番は面倒くさそうな顔を見せた。

「わしなあ………戸締りの竹《たけ》、言われとるのや。三十六年木戸番やっとって、刻限通りに戸ぉしめなかった日、一晩もあらしまへん」

「……」

戸締りの竹は、飛蝗《ばった》に似た顔に、ずるそうな笑みを浮かべた。

「まあ、先立つものがあるんなら、話聞いてやっても、ええんやで」

(こんなことなら、五台院で金子《きんす》をかりてくればよかったっ)

椿の行方不明と、舜海の昏睡が、普段、冷静な重奈雄を焦らせ——正常な判断力をうしなわせている。重奈雄の懐中には寛永通宝が数枚あるきりで木戸を開けさせるには些か軽く弱すぎる陣立てだった。

「……何や、察しが悪いお人やなぁ。そないな、なまはんじゃくなことで、夜の洛中歩きはったら、危ないいん違うかな?」

戸締りの竹は、小さく、手を振って、小屋に入ろうとする。後方、つまり、南にある木戸も閉じられた。五台院にもどるのも苦労する形となった。

重奈雄が、小柄な竹の腕をつかむ。

「な、何を――」

「俺の好きな女の……父親が……病気になり……薬を取りに行く。開けろ」

本能が、感情を塊にして、押し出した言葉であったため、力みすぎて、低い小声になってしまった。

竹はよく聞き取れぬようであった。

目を、しばばたたかせている。

重奈雄は、大喝した。

「俺の好きな女の父親が病気になり――薬を取りに行かねばならん！　開けろぉぉっ！」

「そないなことなら開けさせてもらいます。え、えらい……せいたはったみたいで……すんまへん。わし、次の木戸番にも話させてもらいます。そ、そら、大変やっ……兄さん！」

木戸が、開け放たれる。戸締りの竹が、次の木戸番に、次の木戸番が、次の次の木戸番に話し、次々に木戸が開いてゆく――。

こうして重奈雄は立ちふさがる木戸を全て突破。

蛤御門南、兄の屋敷の門前に立ったのである。

水《みず》　牢《ろう》

夜の閑寂を壊し——重奈雄の手が重い門を叩いた。

やがて、門が開き、提灯《ちょうちん》を下げた老いた雑掌《ざっしょう》が、顔をのぞかせる。事情を話す。勘当された身ゆえ、一度は重熙に取り次ぐかと思ったら、違った。直接、通された。

「こちらにございます」

と言った時、老僕は、皺《しわ》深き顔をやわらげ、温《ぬく》い視線で重奈雄を眺めている。重奈雄はもしかしたらこの老僕は妖木を兄弟で一緒にさがしている話を聞いているのかもしれないと思った。

先に立って、暗い廊下を歩く老僕は、何も言わない。だが、木綿の粗衣《そい》をまとった背中から、上手《うま》く言い表せぬ暖かさをにじませている気がする。

重熙、重奈雄兄弟の、距離がちぢみつつあることが、この寡黙な老翁を喜ばせているのかもしれぬ。

椿の行方不明、舜海の昏睡、増円の遁走《とんそう》……様々な危難に襲われた重奈雄は、今、自分にこの場所があることがありがたいように、思えた。

不意に——椿の神隠しが、丹波や、近江で頻発している神隠しと、関連しているように思った。

すぐに走り出し椿が何処にいるか突き止めたいという衝動に駆られる。

だが——自分をおさえた。

重奈雄は、妖草師である。

人の世に仇《あだ》なす、常世の草木から——この世界で平和に暮す人々を、守る者である。

今、妖草・眠り千鳥の妖力によって、魔の眠りの深淵《ふち》に沈んでしまった人がいた。その人を早く助けねば、一生眠りつづけるか、たとえ目覚めても、物狂いになってしまうかもしれない。

もし椿が明日かえってきても——もう二度と、その人と話ができないかもしれない。

だから今、何よりもまず舜海を助けねばならぬのである。

蕨手《わらびて》が苔むした石灯籠《いしどうろう》が笹《ささ》や柊南天を照らしていた。井戸の傍に立つ、ムクロジは、枝《し》垂《だ》れた影を闇と一体化させている。

兄は、家人と歓談していなかった。

一人の男と会っていた。


重奈雄が、ムクロジをのぞむ、座敷に、通される。

しみこんだかと思うと、後退して影をつくる、燭台《しょくだい》の光が、重熙ともう一人の男を照らしていた。

「兄上。来客中、すまぬ。火急の用件で参った」

切れ切れになった息が、声と飛び出す。

重熙は、勘当中、とか、咎《とが》めることも、なく、

「重奈雄。丁度よい処に参った。こちらは前関白・一条道香様であらしゃる」

はじめて見る一条道香は、年齢が読み取りにくい男であった。

狩衣を着ていなければ、公卿にも見えまい。

何故か……日焼けし、鬚《ひげ》が濃い顔に、気さくな笑みを浮かべている。前関白というより、野良仕事にむいていそうな男であった。体は、小さい。

「お初にお目にかかります。庭田重奈雄と申します。堺町四条で、草木の医者をしております」

「おお、これが名高い、市井の妖草事件を解決する、妖草師か……。お会いしたいと思っておったぞ」

一条道香が、白い歯を見せ、笑う。

「重奈雄。火急の用件で参ったのであろう。恐ろしい妖草が、出たのであろう。わしに遠慮せず、兄と話すがよい」

「――はっ」

滝坊舜海を襲った悲劇を簡単に説明する。

「楯蘭《たてらん》を所望ということじゃな？　楯蘭で煎《せん》じた茶を飲ませて、いくつかの妖草の毒害をふせいだという話が……妖草経にしるされておる」

重熙が、言った。

「その中には――眠り千鳥がふくまれる。三、四割の者しか、目を覚まさなかったというが……」

妖草・楯蘭は――人の世の葉蘭《はらん》と、全く形状が同じ、常世の草である。他の妖草に襲われると楯蘭は異常の硬度に変貌、楯となる。その楯に当った妖草は、枯れる。

楯蘭にはこうした力の他に、葉から茶を煎じて、他の妖草の害をふせぐという効能もある。


「兄上、楯蘭はまだあるか？」

「お前が頻繁にもちさり、一時はどうなることかと思ったが……その後、少しふやしたゆえ、大丈夫じゃ。舜海殿の昏睡、すておけぬ。好きなだけもってゆけっ」

「――かたじけない」

重奈雄が、楯蘭をつみに、退出しようとする。

「まった」

一条道香から制止がかかった。

道香は、旅人をもてなす、山の親父のような笑みを浮かべ、

「重奈雄、そなた舜海殿の御息女……椿殿と申したか？　椿殿の行方が知れないと申したな？」

「……はい」

「椿殿はそなたにとって特別な女人なのではないか？」

「…………」

「わしは椿殿を知らぬが、その名を口にした時の……そなたの目の色でそう思ったのじゃ」

深い洞察力が、道香の相好にたたえられていた。

「そなたは、椿殿を一刻も早くさがしに出たいのではないか？　だとすれば、重奈雄だけでなく、重熙も一緒に行った方がいい。明朝、舜海殿が目を覚まさなくても……重熙が茶を沸かしつづけ、重奈雄は木戸が開くと同時に、椿殿をさがしに出られるではないか」

——恐ろしく頭の回転が早い男であった。

「たしかに……そうですな。兄上、俺はそうしてもらった方がよい」

「わかった。一条様は？」

「問題ない。というか……わしも一緒に五台院に行ってよいか？　何故なら……わしはまだ話が終っていないゆえ」

かくして——栢蘭をもった重奈雄、重熙、老僕の衣をかり供の者に変装した一条道香は——さっき重奈雄が通った木戸を、全て逆にくぐり抜け、夜の五台院に疾走している。

木戸番たちは重病人に薬をとどける重奈雄を次々に通したし、木綿の粗衣に袖を通した道香は……誰がどう見ても重熙の従僕にしか、見えなかったのである。

楯蘭で、茶を煎じる。

呑ます。

舜海に変化は見られない。こんこんと眠りつづけていた。

楯蘭も力が強い妖草だから、あまり頻繁に呑ますわけにはいかない。少し様子を見ようという話になった。

舜海の許に、滝坊家の老女をのこし、別室にうつった。

重奈雄はさっきからある一つのことを考えつづけている。

——椿の行方。

(大原に出かけて……かえらない……大原)

水虎藻をさがす過程で、重奈雄も大原に出むいていた。

大原で、重奈雄は、一人の男に、会った。

——茶山寺時康。

妖しい気配をまとった男であった。

閃光が、海馬から起り、意識の隅々まで、冴《さ》え冴《ざ》えとしてくる。椿は蓮華王院でたのもしき御仁に助けられたと語っていた。何か事情があり、名は、言わなかった。——それは、誰であろう。予感の細波《さざなみ》が、血中で、湧き起る。

さっきの部屋に、もどった。

老女に、問いただす。

老女は口止めされている、それが、たのもしき御仁の意志なのだと、前置きした上で……口ごもりながら告げている。

「茶山寺中納言様に助けていただいた、あん日供した者から、そないに聞いとります」

「茶山寺……時康……！」

全てが時康を中心につながってくる気がする。

大原に行った椿が消え、大原を見下ろす形で茶山寺邸があり、茶山寺邸を訪れたのは式部一党の壺之井晴季だった。

倒幕をもくろむ、と思われる、式部一党に妖草師がいる可能性があり、その妖草師が人参果をもち去ったと考えられる。人参果が消えた方角に……茶山寺邸があった。

また、椿と、時康に、接点が、あったという——。

(俺はとんでもない考え違いをしていた……。若王子山、山伏装束……この二つを、あま

りに気にしすぎ、無明尼の一党などと)

この、難解、奇怪なる方程式に、ある一つの条件がくわわれば——答はみちびき出し得ると考えられた。

条件とは、

(時康が、式部の門下生であること)

みちびき出される解は——椿も人参果も、時康と共に在《あ》る、という答である。

(茶山寺時康……何をたくらんでおるっ)

完全な確信とは言えない。だが、十中八九、時康が下手人と見て間違いない、と重奈雄は踏んだ。

(前関白は、誰が式部一党だか知っているのではないか。今日もその相談で……)

兄、そして、道香がいる、部屋に、行く——。

障子を開ける寸前で重奈雄は静止した。

道香の声が、する。

「わしが、公城らの神書進講を、近衛、青綺門院様らとお止めしてきたのはそなたもよく存じておろう?」

「はい」

道香が崎門と対立しているのは、風の噂《うわさ》で知っている。

道香は押し殺した声で、

「我が手の者によると……徳大寺公城、西洞院時名、正親町三条公積……」

「議奏の姉小路様、岩倉尚具、壺之井晴季などもその与党ですな？」

兄の、声だ。

重奈雄が外にいるのを知らず、道香は言った。

「——うむ。この者ども、武器をあつめ、不逞《ふてい》の浪人と語らい……容易ならざる企てをはりめぐらしておるようじゃ」

「…………」

「天下万民、泰平を謳歌《おうか》しておる。関東との弓矢の取り合いなど……もっての外。もし、それが、事実なら、よいか、もしそれが事実ならば…………所司代、町奉行に通報し、彼ら一党を蟄居、閉門、流罪に処さねばならぬ」

「……はい」

「だが、窮鼠猫《きゅうそ》を噛《か》むの例えもある。追いつめられし者たちが、突拍子もない暴挙に出て、主上の身に危難がおよぶことを我らはふせがねばならぬ。重熙、ここでそなたに相談がある」

「何でございましょう?」

「──争いを止める妖草は、ないのか?」

長い沈黙の後、深い悲しみと、歴史を鳥瞰《ちょうかん》した時に生ずる大いなる憂いを孕《はら》んだ、兄の声が、した。

「一条様……………争いを止める妖草は……ございませぬ。

そのような妖草があれば、本朝でも、唐土《もろこし》でも、あるいは、さらに遠国でも、多くの人の血は流れなかったのではないでしょうか?」

「左様か。では、彼らの謀略を、やわらげたり、くじかせたりすることに……」

「重熙の妖草をつかうことはできません。妖草師とは──常世の草木が起す災いから、人の世を守る者。妖草をつかって、災いを起したり、妖草をもちいて調略、戦に参画するのは……妖草師が決してこえてはならない、一線にござる……。どうかこの重熙めの妖草を、妖草師の職分をこえぬ何かに、おつかい下さい。

勿論、権大納言として……争いを止めるために、全力をつくしたく思います」

ここまで兄が話した時に重奈雄は障子に手をかけた。

一気に、開く。

二人がはっとする。重奈雄は、颯爽《さっそう》と部屋に入っている。

「兄上。どうも――調略や戦に、妖草をもちいようとしている妖草師が、おるようだぞ」

研ぎ澄まされた鋭気が、切れ長の両眼から放たれ、道香に当る。

「一条様。さっき名前が出た者の他に、式部に学んだ公達《きんだち》を、おおしえ下さい」

「高野隆古《たかのたかふる》、中院通維……」

「――茶山寺時康は、おりませんでしょうか？」

「……茶山寺中納言……ああ、あの者は公城としたしいゆえ、式部の塾に幾度か顔を出したことがあるらしいな……。ただ近頃は顔を出していないとか」

よくしらべている道香に、重奈雄は、

「近頃は顔を出していない？」

「緑苑院は――翠黛山にあろう？　近頃は、あの山荘に病気と称して籠《こも》っておるようじゃ。もしかしたら式部たちについていけないと感じ距離を置いているのではないか……？」

重奈雄は、きっぱりと首を横に振った。

「――いや。そう考えるのは早計でしょう。何か……甚大な力をもつ、妖草妖木を芽吹かせるべく、山荘に籠っているのかもしれない」

重熙は驚いた鳩《はと》のように顔を上げた。

「重奈雄、それはつまり――」

「俺は、茶山寺時康が妖草師だと思っています」

五台院の一室。

若々しい聖徳太子《しょうとくたいし》が掛け軸の中で、曲尺《かねじゃく》をもっていた。掛け軸の前には、蒲《がま》をつかった生花がかざられていた。

(椿が生けたものかな)

聖徳太子の涼やかな目と、重奈雄の切れ長の瞳が、一瞬、見つめ合う。重奈雄は時康が妖草師と思われる根拠を語る。

「まだ、確たる証拠があるわけではない」

無難に生きてきた兄は、瞑目《めいもく》している。

「勿論、そうだ。一度たしかめるつもりだ。だが……時康が、隠れ妖草師で、椿をとらえているなら、正面から訊ねても無駄だろう。――忍び込むしかない」

「無明尼の一党、というそなたの説は?」

「あれは、俺の間違いだった」

「いつ、やるのじゃ?」

重熙は、不安げである。

「明日の夜、いや、今晩、と言った方がいいのか。翠黛山に、妖草妖木が茂っている怖れがあるため、昼の間にいろいろ仕度し――赴く」

明り瓢《あかひさご》、という妖草が、ある。

外見は瓢簞《ひょうたん》と変らない。が、青い実をさすると、発光する。

明り瓢さえもっていけば重奈雄は仰々しい松明など用意せずとも夜の山を歩めるのだ。

仕度というのは、他にも護身に役立ちそうな妖草妖木を用意していくという、意味だった。

「時康が妖草師で……倒幕戦に妖草をもちいようとしているなら……由々しきことぞ。おそらく、本朝の歴史の中でも……はじめてのことではないか？　重奈雄、たのむぞ。しかと、たしかめてきてくれ」

道香が濃い鬚を緊張させ、念を、押す。重奈雄は、

「わかりました」

「重奈雄、椿が茶山寺邸にとらわれているとわかっても……すぐに、助けてはならぬ。必ず、わしを通し、町方の手をかりて、救出するように。茶山寺は……隠し家産でもあるのじゃろうか……このご時世に、不思議なほど、羽振りがよく、あまたの家来をやとっておるようじゃ」

用心してかからねば——斬られるということだった。

「存じております」

「当家も……この処の、米価の下げ止まりには、困っておってな……。汁の実にもことかいて……。だから、わしは、庭の半分を潰して畑とし、茄子《なす》や瓜《うり》、大根などを育てておる」

「一条様は、都の貧者への施しや、三十石取りの公達の家に、米俵や塩などを……」

「よいのじゃ、重熙。畑仕事は楽しい。日には焼けるがな」

雑掌の装いをした前関白との差し向かいが、椿をすくうべく、闇の妖草師の妖館に行かねばならぬ重奈雄の、緊張をときほぐす。

重奈雄は、束縛の都で、一度は関白をつとめた男に訊ねた。

「武家がきませんでしたか？『法度《はっと》に違反する』、『学問に専念せよ』と」

「一回きたの」

道香はうなずいている。

「所司代の使いで、西町奉行の……蝮《まむし》の行部が。わしが丹精こめてつくった畑を、一しきりほめそやした後、『やはり学問に専念された方が……』こう言って参った」

「それで、どうお答えになりました？」

「うむ。『農学という学問があろう！　わしは、農学の探究をしておるのじゃ』……一喝してやった。二度と……行部はたずねてこなくなった」

　重奈雄と重熙は、小さく笑っている。椿が、九分九厘《くぶくりん》、茶山寺時康にとらわれている、もう少し間をあけて楯蘭茶を飲ませてみるが、舜海もいまだ快復の兆しを見せない、そういう、危機的状況であったが——道香には、緊張を悲壮的なものにしない、力があった。

「庭の半ばを畑にしたことで、庭木の育ちが悪くなった。また、田園の向うに森がある……こういう雰囲気にしたいのじゃが……どうも、そうならず、椿やサザンカの木立と、畑が、おのおのをぶつけ合い……収拾がつかぬ騒ぎになっておる。

どこをどう直せばいいか、お知恵をおかりしたい」

　急に真剣な面持ちになった、道香は、

「故に、重奈雄。——死ぬな。……そなたにたのみたい仕事がまだ沢山あるのじゃ」

「はっ。その仕事をやるために、生きてもどって参ります」

　木綿の粗衣を着た、道香に、答えた。

　楯蘭茶を夜明けまでにまた二杯口にふくませた。が、椿の父は——目覚めていない。舜海が快復するかどうかも、気になる。一方、重奈雄は、翠黛山、茶山寺邸に行かねばならなかった。

しののめの予感に、鳥が鳴く。木戸が、開きはじめる。

重奈雄は舜海を重熙にまかせ、曙光《しょこう》に照らされた堺町通を自分の長屋へ走った——。

(まず、俺の長屋でつかえる妖草を……。次に兄上の書付をもって、庭田邸へ)

つく。

長屋では驚きがまち受けていた。

——秋成。

上田秋成が、重奈雄の長屋で、寝ている。

「秋成さん」

揺すり起すとびっくりした様子で一気にはね起きた秋成は、

「おぉ、重はん。やっとかえってきたんか！　大体のことは蕭白から聞いたで。大変なんやっ」

「一体、何事だ。こっちも……昨日から大変でな」

「初音はんがなっ、初音はんて、芥川先生の所《とこ》の初音はんな、静原の初音はん」

「わかる」

「……一昨日から姿が見えんのや！」

「………何だと」

「——気持ちはわかるが、静かに話せ。近所迷惑じゃ」

ぼさぼさ髪の隣人、乃ち曾我蕭白が、眠気で潤んだ目で、入ってくる。


——上田秋成の話はこうであった。


昨日、秋成は白話小説の会に出るべく、また、都に出てきた。ところが芥川先生の姿はなかった。夕刻、秋成たちは、水滸伝《すいこでん》について語り合う内……白熱化している。丁度その時、芥川先生の使いを名乗る男が、やってきた。男は、初音がヒノキワラビを採りに出たきりもどらぬこと、先生が里人たちと共に捜索に出て、会に出られぬことを告げた。

皆、一様に驚く中、もっとも大きく動揺したのは——秋成だ。

一旦は北へ駆けた秋成だが途中で方向を転じた。

ある一人の男の許に、初音が行ったのではないか、その男に近づくことを芥川先生から禁じられた初音が、家出をしたのではないか、こう考えたのだ。

壺之井晴季。

初音が強い情念をこめた目で晴季を見ていたのを秋成は知っていた。

そこにいてほしいという思いと、そこにいてほしくないという思いが、心臓でぶつかり合い、火花を散らす。

どうにでもなれ、という気持ちで、秋成は――未知の壺之井宅をもとめて、禁裏方向に駆けた。公家屋敷というのは、たとえば重熙の二軒南に、徳大寺公城が住んでいるように、御所の近くに密集している。

耳隠森の北にある徳大寺別館や、翠黛山の、緑苑院が特別なのだ。

その近くで聞けばわかる、と秋成は思案した。

さがした家は、すぐにわかった。戸を叩いた秋成は、晴季との面会にまでこぎつけた。

晴季は、初音はきていないと答えた。

既に暗くなっている。

深く憂慮した晴季は、

『……よいことを思いついた。わたしの友人に……大変な知恵者がいるのです。余人がとけぬ難題を……思いもつかぬ鬼謀《きぼう》で解決したりする。…………その人は、洛北に住んでいる。初音殿をさがせるかもしれない。

今日は、もう暗い。明日の朝――行ってみます』

神隠しにあった初音の捜索を「洛北に住んでいる知恵者」にたのむと、約束した。

晴季の言は、秋成にも――怪事件を解決してくれそうな男を、思い出させる。

妖草師・庭田重奈雄。

重奈雄にたのめば、妖草の力で、初音を、さがしてくれるのではないか。希望が熱いうねりを産み、肌がざわめく。

秋成は当方にも助太刀《すけだち》をたのめそうな男がいると告げ白皙の妖草師の長屋を目指した――。

が、その時には、もう、重奈雄は五台院に出ていて、行き違いになり――蕭白に言われた秋成は、寝てまっていた次第である。

桜桃《ゆすらうめ》に似た唇をきつく閉じた重奈雄は、深く考え込んでいた。やがて、言った。

「……二人は同じ場所にいるかもしれん。椿は、一連の神隠しに巻き込まれた恐れがあり、初音殿もその可能性がある」

「何処に二人は、おるんやっ」

秋成が叫ぶ。

格子戸で赤い筋にわけられた外光をあびながら、緑の小袖が、北にむく。

「翠黛山。……緑苑院」

「わしも行くで」

晴季は、洛北に住んでいる人が誰なのか、秋成に語っていない。

「俺も行こう」

朝日を眩《まぶ》しげに睨んだ、蕭白も助太刀を約束してくれた。

「……かたじけない。たのもしい限りだ」

答えた重奈雄であったが、この三人で——無事に翠黛山に忍び込めるのかという、黒雲が如き不安を、胸中にいだいていた。

＊

恐怖。悲しみ。不安。怒り。苦痛。

左様な感情が渦巻いている。

椿は、水牢に入れられていた。

水牢は、水閣の下に、あった。

つまり水虎沼と同じ高さなのだ。

水門を開くと、水が浸入する。水門を閉ざし、下部にある排水口を開くと、水は出てゆく。排水は沼にもどるのではないだろうか。

水牢と言いつつ普段、水は抜かれていた。

水を入れる時は――かの妖藻《ようそう》を入れる時だけである。

椿の他に娘が三人いた。

丹波、近江、そして、静原でとらわれたと語っている。娘たちは一様に、山に草刈り、山菜取り、あるいは川魚を捕りに行った処――覆面をした浪人どもにつかまって、此処につれてこられたのだった。

杭が、何本か立っていた。

両手を高く上へのばした状態で手鎖をされ、その杭に接続されていた。

手首に鎖が食い込み、酷《むご》い傷ができていた。

娘たちのかんばせは一様にやつれている。村や、町にいた頃、輝くばかりに咲きほこっていた顔貌は、今――萎《しお》れた花のようになっていた。

――一連の神隠し。ここそが、震源地であったか、全ては……水虎藻の、餌食とするためであったか、と椿は理解した。

一つ腑《ふ》に落ちない処がある。

水虎藻のためならば、どうして、人の娘でなければいけないのだろう。

鹿や猪、犬猫では、どうしていけないのだろう。同じ人でも……子供や、もう少し年かさの男女ではいけないのだろうか。

何か、娘である理由があるはずだと、椿は考える。

静原でとらわれた娘は初音と言った。

初音は、限りなく丹波に近い山林で——魔手に落ちたという。

時康の命を受けた、氷部や、幾田、浪人どもは、京都町奉行所を警戒。丹波国、近江国で、凶行におよんでいた。父に食べさせる、ヒノキワラビをもとめて……危ないと知りつつ、初音は、山城だか丹波だか、樵《きこり》でもわからぬ奥山に迷い込んでしまった。そこで、とらわれている。

全ては、芥川先生に好物のヒノキワラビを食べさせたい、この一心によった。

賢明な面差しをした娘であった。

昨夜、椿が入牢した時——他の娘は黙りこくっていた。

椿を見る元気も、うしなわれている。

初音は、違った。

椿より一日早くきただけだったが、初音は、ここがどれだけ危険な場所か、今から何がどういうふうに起るか、真剣な表情でおしえてくれた。

初音によると──食事は、日に二回。食事の時だけ、浪人たちがきて、手鎖がはずされる。牢という場所から想起される簡素な飯ではない。

──豪華な飯だ。

白米や雉飯《きじめし》。餅。塩鮭《しおざけ》や巻鰤《まきぶり》。茄子や三つ葉の味噌汁。時にはお菓子まで。娘たちが見たこともない、美味なるおかずが、漆塗《うるし》りの綺麗《きれい》な膳《ぜん》にのって出される。

一体、古今東西……これほど残酷なご馳走《ちそう》が、あっただろうか。

このご馳走は娘らの喜びを考えて、愛情をもって、供されているわけではない。

──逆である。

この豪華な飯は、娘らのためでなく、彼女らを捕食する者のために、丹精込めて、つくられていた。

初めは食べていた娘たちだが、この食事の意味を知るにつれ、箸《はし》が活発に動かなくなり、中には吐き出す者も現れはじめたという。

（あん人の手にかかると……白いご飯、塩鮭、お菓子………こないなもんまで、こないな美味《おい》しいもんまで……人を苦しめる道具になるゆうことか。うちは、あんたがどれだけ力が強い妖草師でも、許さん）

椿の、胸中だ。

初音によると、

『昨日の……夕餉《ゆうげ》の後や。水が、入れられたのや。水と一緒に……でっつい何かが』

その話を聞いていた近江の娘が、絶叫した。

目玉をこぼしそうになりながら、絶叫した。

娘は、もう何人もの仲間が、水と共にくる、何かに食べられるのを、見ていた。

入ってきたそれは無作為に娘を一人えらび取りつく。

水は、胸の高さまで、ある。その水が、血で、赤く染まる。

それが出ていくと排水口が開く。

水が全てなくなると……必ず娘が一人、消えていた。着物も、骨も、何ものこらない。

丹波の娘は河童《かっぱ》だと言い、近江の娘は藻が生えた巨大な魚だと言い、初音は、あれこそ蛟竜《みずち》というものだと怖れをこめて語っている。

昨夜、それを聞いた椿は、ゆっくりと頭《かぶり》を振った。

『――違う』

呟きながら、椿は、不愉快と怒りがまじったものが、己の中で、右に左に暴れまわり、胴に穴を開けて外に飛び出しそうになるのを、感じた。舜海がもっている地獄絵図に針口《しんく》虫という蛆が描かれていた。一抱えもある、蛆で、人の体を突き破る、長い針をもっている。椿は今、自分の中から出ようとしている感情は針口虫の形状《かたち》をしているものではないかと、思った。

椿は、言った。

『それは………藻や』

『藻？　藻ってあの、田んぼや沼にある藻？』

目がぎょろりとした、近江の娘が、おずおずと言う。

『そや。ただの藻やありまへん。人を、喰う、藻。

この世界とは別の、常世ゆう所からきた藻なんや。

こちら側におったら、あかん、藻なんよ』

『………』

『水虎藻ゆう』

そこまで、椿が口にした時、

『おい、椿。余計なことをしゃべるでない！』

見張りが、怒鳴った。

頑丈な格子の向うから見張りがいる廊下の灯火が、ぼんやりと差し込んでくる。椿の頭上で、鎖がガチャガチャ鳴った。無意識に腕がわなないている。

あれから椿は――まんじりともしていない。

どう、脱出するか、考えつづけていた。

だが、白みはじめた外の光が、水門の上のわずかな隙間から入りはじめても、妙策は浮かばない。

食事時になると手鎖がはずされたが、帯刀している男たちが配膳するため、糸口をつかめない。氷部の面に、朝の味噌汁を引っかけるなどの奇策が浮かぶも――あっという間に斬りすてられ、遺骸《いがい》は、水虎沼に放り投げられるのではないだろうか。

そう思うと、ふるえながら味噌汁を飲むしかなかった。

時康が「水虎藻」のために仕度させた味噌汁だが、椿は「自分」のためとして、呑む。

(逃げるにも、力が必要)

雀《すずめ》たちが幸せそうに囀《さえず》るのを聞きながら……四人の娘は言葉少なに、食べた。こんな妖草妖木が茂る山に雀が食べるものがあり鳥たちが幸福を甘受しながら生きられるのが椿は不思議であった。

と――人がくる、気配が、ある。

時康が、格子の向うに現れた。

「椿……一晩水牢ですごし、気持ちは変ったか？」

「………………」

一切視線をおくらず、椿は、味噌汁をすすりつづける。時康はじっと椿を観察している。箸を、置いた。鉛でつくった山みたいな拒否感を、頬に漂わせ——意地でも時康を見まいと決めた椿は、顔を、水門側に、むけた。明後日《あさって》の方向をむく形になる。水門の上にはわずかな隙間があり、そこは光の横線になっていた。その白光の横線の向うで、小鳥たちが幸せそうに囀っていた。椿は、ひたすら、ひたすら、白い光の線を睨んでいる。

根負けしたのか。

時康が、鼻で笑う。

と、

「茶山寺様！」

誰か、駆けてくる気配があった。

椿は、連中の話を背をむけて聞いていた。

「いかがいたした？」

「来客です」

「……ほう」

「増円が、きました。腕をおられております」

「……腕を？」

時康らが、去ってゆく。

食事中はずっと見張りが立っていたが、膳が片づけられ、再び手鎖がはめられると、ほんの一瞬、誰もいなくなっている。

二人いる見張り。

牢は鍵がかかっており、娘たちは手鎖で動けない。——どうしても、緩みが生じる。

一人が膳を片づけている間に、もう一人が厠《かわや》に行ってしまった。だから誰もいなくなった。

格子の向うに誰も立っていないのをたしかめた椿は、囁《ささや》き声で、

「なあ、みんな。よう聞いて。……水虎藻には一つだけ、弱点がある。

それは腕ゆう処《とこ》なんやけど、何やろ……本体とは別に動く、細く長い、茎みたいな処や。

そん腕を、引っこ抜けば、あいつはやっつけられるんやで」

「……そんなん無理や。どないして、その腕ゆうものを、抜けばええの？」

丹波からきた娘が、手鎖を大きく鳴らした。

娘は目を開けようともしなかった。

灰色の面《おもて》は、生気をなくし、疲れ果てていた。もっとも古く、水牢にいるこの娘は、もう何度も水が入り、仲間たちが消えてゆくのを見てきた。何回も、水につかったため、衣と帯に黴《かび》が生え、唇は紫がかっている。この娘は一際、無口で椿が入牢してからほとんど言葉を発していない。今、久しぶりに唇を開いたのである。

近江の娘が、

「そやっ、手ぇ動かせんのやでっ！」

ぎょろりと血走った眼を最大限に開き、感情を同調させた。

もう一人の娘が、静かに、言った。

「なあ……そんなこと言わんと。椿はんはな…………うちらを助けたい思うて、言うただけなんやで。あれを倒《いわ》さんと……うちらみんな……食べられてしまうんやで。ほしたら、どないすれば腕ゆうもんを抜けるんか、みんなで考えるんが、筋道ゆうもんと違う？」

それを言った初音は椿を見て微笑した。

「初音はん……」

早春、人は冷たい雪の下から、ふきのとうを見出《みいだ》す。今、椿は氷雪の下からふきのとうを見出した人の気持ちを、初音という娘がここにいたことによって、得た。

幾田が一度見にきたため、もうその話はできなくなっている。

手鎖された椿は考えつづける。

どう――水虎藻を駆逐するか。

また、何故、時康は、娘をここにあつめているのか。

（この上は、水閣）

半中庭には人参果と黒蜂草がうえられていた。

土天井を、あおぐ。幾田が、去った。

（妖草は、人の心を苗床にする。――黒蜂草。…………どないな心、苗床にする妖草なんや？）

もしかして黒蜂草の苗床をつくるための水牢ではないかと椿は思案した。青菜の下に、畑があるように、黒蜂草の下に、水牢がある。

（鹿、猪、犬や猫、鶏……そないな鳥獣、水牢に入れたら、どないなる？）

おそらく、自分の置かれた状況を、理解し切れぬのではないか。そして――水虎藻が入ってきた時だけ、怒りや、恐慌に、襲われる。

（怒りや恐慌。これはきっと……黒蜂草の、苗床にならへんのや）

――人の子供はどうだろう。

（うちが、十歳くらいの子で、氷部や、幾田に、ここにつれてこられたら、どないな気持ちに……？

……きっと、怖い、これだけや。

怒る子もおるかもしれん。そやけど、怖い、こん気持ちでいっぱいになる子が一番多い思う）

恐怖も——黒蜂草の苗床にならない。もっと年かさの人間が水牢に入れられた場合を椿は考える。子をもつ、男や女は、のこされた子を思って、深い悲しみに陥るだろうし、さもなければ——時康を怨《うら》むだろう。

老人たちはどうか。

この水牢にとらわれた、翁《おきな》や、媼《おうな》の中には……生への諦《あきら》めを覚えてしまう者もいるのではなかろうか。

怒りや恐慌。恐怖や悲しみ。怨みや諦め。

これらは——黒蜂草を芽吹かせない。

時康と黒蜂草は、別の感情を渇望するがゆえに、若者たちが水牢にあつめられていると思われた。

（若い男でなく、若い娘狙うのは、苗床の話と違う。さらう時の問題）

では、時康はいかなる感情をさがしているのか……。

娘三人がにじみ出させた困憊《こんぱい》や苦悶《くもん》を椿はまっすぐに凝視してゆく。

灰色の面を歪めた娘は、決して目を開けようとしなかった。

血走った眼を、思い切り開いた娘は、追い詰められた小動物みたいに、落ち着きなく、辺りに視線を走らせていた。

もっとも沈着な、初音の睛眸でも、彼女が内にいだいていた、明るい望みが悉《ことごと》く砕かれ、暗いがらんどうが、広がりつつある。

――椿自身の胸をさぐってみてもそうだ。

急速に底知れぬ黒い感情《もの》が広がりはじめている。

椿は、理解した。

全て、わかった。

(黒蜂草……人の世に無気力を引き起す恐ろしい草。

お前たちが………何を苗床にして芽ぇ出すか、うちはわかった。

茶山寺時康。あんたが何考えてるか、わかった)

椿は、小さな声で、言った。

「……絶望……」

妖草・黒蜂草――人の世に無気力を引き起すこの草は、深き絶望を苗床にして人間界に芽吹く。

あらゆる方面の希望をかつてない強さで燃やす、娘たち。妖草・黒蜂草をもとめる、時康は、その希望を冷酷に潰すことで……黒い絶望を引きずり出そうともくろんでいた。

そして、絶望を放出し、抜け殻となった娘たちの肉体を、今度は水虎藻に喰らわせることで、江戸を壊滅させる、二種類の凄まじい妖草を培養せんと、考えている。

だとしたら――時康がもっとも困窮するのは、椿らが絶望の正反対の感情……「希望」をもつことである。

それこそが、時康の計画を揺るがせ、黒蜂草の芽吹き、成育をさまたげる、深刻なる一手になるはずだ。

「みんな、聞いてほしい。

うちは鏡容池で、水虎藻ぉ倒した覚えがあるんよ。ああいう妖しい草、妖草ゆうんやけど、妖草については――みんなより、うちは、知っとると思う。そやさかい、今からうちが言うこと、真剣に聞いてほしいねん」

「…………」

初音が、椿を、見つめる。やわらかい光にみちた眼差《まなざ》しであった。椿から目に見えない温かさが発せられ、それが初音に当り――初音は自分の温かさをそえて、こちらに返したのである。

血の奔流が、活性化する。

何かが生れつつあった。

「お佐伊《さい》ちゃん」

自分より、おさない、近江の娘に、声をかける。

「お佐伊ちゃんは……薬師草《やくしそう》ゆう花、知っとる?」

「あの、秋に、森の、小川の傍とかで、よう見かける、黄色い花?

一輪だけやない。仰山咲いとる。楽しそうな花や」

「そう。お佐伊ちゃんて………薬師草みたいな人やな」

おどおどと落ち着きなく動いていたお佐伊の眼が椿に焦点をさだめている。

「薬師草、みたいな人?」

「そう。在所におった頃は……いつもみんなの中心で、周りを楽しくさせとった、きっとそないな人なんや、とうちは思った」

涙が、どっとお佐伊の頬にあふれている。お佐伊は声を上げて、泣きじゃくった。

「好きなだけ……泣いてええんよ」

椿は、やさしく、言った。

「そやけどお佐伊ちゃん、泣き終ったらな……胸の中を、黄色い薬師草の花でいっぱいにしとぉみ」

「黄色い、薬師草の花でいっぱいにするん？」

涙がからまった声が、こぼれる。

「……そや。今、胸ん中にある、暗く、打ちのめされた気持ち。それを――あん茶山寺時康ゆう男はほしがっとる。

だから、あかん。それをあたえたら、絶対にあかん」

「――わかった」

「おあきちゃん」

丹波の娘に声をかけた。

無口な娘は、薄く目を開けただけだった。

「おあきちゃんはホタルブクロみたいな人」

「…………」

「古い森の底の、笹の中に、よく一輪だけで咲いとる、綺麗な、紅の花や。おあきちゃんは白いホタルブクロもあるゆうことを、知っとる？」

「……うん」

かすれた小声で、答えた。

「ホタルブクロがあると、ただの笹原が、ただの笹原でなくなる。……特別な場所になるの。

丹波の村におった頃のおあきちゃんは、この紅のホタルブクロみたいな人やったんやろな」

奔出しそうになる熱いものをおあきは懸命にこらえている。

「おあきちゃんは今、白いホタルブクロみたいになっとる。白いホタルブクロも綺麗やけど……うちはやっぱり、紅のホタルブクロに似たおあきちゃんが好き。

水牢がもたらす、暗い気持ち、胸ん中から押しのけて……一輪でええの、ただ一輪、紅色のホタルブクロを咲かせるのや」

「一輪でええの？」

「一輪でええんよ」

「わかった」

はじめて目を大きく開いたおあきは、硬かった相好《そうごう》を心なしかほころばす。

「うちの花も……おしえて」

手鎖をされ、少しやつれた初音が、微笑《ほほえ》んだ。

椿の胸底ではじめて初音を見た時に思い浮かんだ花が、咲く。それは、青い花である。

「青い花やで」

椿は、言った。

「青いん?」

目を光らせながら初音が問う。

「うん。青い。その花が凛《りん》と佇む前に出るとな——どないな人も……ああ背筋を正して生きなあかんゆう気持ちにさせられるんやで。

……そう。竜胆《りんどう》や」

「竜胆……うちは、竜胆を思い浮かべれば、ええんやな」

「そう!……うちの花は、何やろ?」

椿は目を丸《まろ》げて、宙をあおぐ。

「椿はんは、椿に決っとるやんっ」

お佐伊が元気を取りもどした声で叫ぶと、おあきが、

「赤い椿やない。……もっとやさしい、桃色の椿」


いつの間にか、かくも絶望的な水牢から……笑い声がもれていた。

実はこの笑い声、明るい気持ちこそ、上ですくすくと育っていた妖草・黒蜂草をしぼませてしまう、力をもつ、心の働きだった。

江戸八百八町を混沌に陥れる力を秘めし黒蜂草。

――明るい希望は、あたらしい黒蜂草を芽吹かせぬばかりか、既に芽吹き、そだっていた黒蜂草を、萎れさせる力をもつのである。

＊

そんな変化が水牢で起きているのを……時康はまだ知らぬ。

時康は、増円と会っていた。

新館で、会っていた。

古屋敷は、時康の本拠地で、妖草妖木が鬱蒼《うっそう》と茂る場所。だが人と会うのは、新館であ

る。

昨日、鉄棒蘭に打擲《ちょうちゃく》された増円は、北へ走り去っている。幾度か、藪で休み、今、時康の館にたどりついた。

増円は、老中狙撃のためだけに、風照寺に、置かれたわけではない。

沢山の寺院に隣接する花山はその寺院に訪れた人々の心を苗床に妖草妖木が芽吹きやすい。

増円は、花山に現れためずらしい草木を、時康に報告する役目もになっていた。

仏道に興味がなかった、増円が出家したのは――妖草師になりたいという、野心に因る。

刀剣商・泉州屋の弟たる増円は、時康が妖草師であることを知り得る立場にいた。

花山に現れためずらしい草木（その中には、妖草妖木でないものも、あった）を、隈《くま》なく、時康に報告する、こうした修行を何年かつんで、見所があれば……妖草師にしてやる、と、時康は増円に囁き、この若者を風照寺に置いたわけである。

庭田重奈雄と曾我蕭白が、人参果について寺でなく、増円に糺問《きゅうもん》しにきたこと、重奈雄が増円の知り合いに「妖草師」がいることを疑っていたこと、これらのことは、直接、時康に報告せねばならぬ重大案件でないのか、増円はこのように考え、今、緑苑院に現れたのである。

雨に打たれたように、青く剃《そ》られた増円の頭は汗で濡《ぬ》れていた。

医術にくわしい、浪人者に、応急的な処置をほどこさせる。

時康は——三十六人の浪人をやとっている。

剣術、槍術《そうじゅつ》、医術、鉄砲、など何らかの道に秀でし者たちだ。

包帯を巻かれた増円は一通り報告がすむと、

「茶山寺様……まだ、傷が痛みます」

「そうであろう。お前を打った妖草は——おそらく、鉄棒蘭。金棒に打たれたような衝撃が、体に走ったのだ」

「茶山寺様、花山で、懸命にはたらいてまいった増円……この増円を、不憫《ふびん》とお思いになるのなら……どうか頼みを聞いていただけないでしょうか？」

「何じゃ？」

ずるい影が、一瞬、増円の目を走る。

「人参果、あれは…………万病に効く仙薬がつくれる妖木なのですな？　茶山寺様はそうおっしゃいました」

「うむ」

「ならば——この増円の怪我を治す働きも、あるのではないでしょうか？　一口、ほんの一口でいいのです。……一個を食べたりはしませぬ。どうか、一口だけかじらせていただくわけにはいかないでしょうか？　怪我が、痛すぎて」

時康は、思案している。

重奈雄らは人参果について何らかの情報を増円にあたえたのではないか。増円は人参果が不老長寿の木だと知っているのではないか。

この場合、増円の頭の中には、二つの可能性がある。

一つ目が――

時康は人参果について「万病に効く仙薬」という間違った認識をもっており、そのあやまった認識が、茶山寺一党に共有されてしまった、という可能性。

この可能性に増円が依拠するなら――今、増円は時康を出し抜き、己だけ不老長寿になろうとしている、と考えられた。

二つ目が――

時康は、人参果が不老長寿の木だと知っていて、その事実を伏せ、家来たちには偽情報が流されていた、可能性。

おそらく増円は一つ目であれと願っているに相違ない。が、二つ目もすて切れず――その判断を、時康の反応によって……つけようとしているのではないか。

斯様な思案を隠れ妖草師は稲妻がきらめくような須臾《しゅゆ》の間になしとげていた。

時康は……言った。

「……儂《こなた》としたことが。よくぞ、気づかせてくれたっ」

「……」

「まだ青い実ではあるが、そなたの怪我を治すくらいの力はあるのではないか。……すぐに、食べに参ろう」

「……あ、ありがとうございます！　本当によろしいのですか？」

「うむ」

躑躅《つつじ》が咲いたように、増円の顔が、輝く。

時康と増円が立ち上がろうとした時、氷部がきている。

「茶山寺様」

「いかがいたした？」

「また、来客です。壺之井様が面会をもとめておられます」

「晴季が？」

時康が、双眸を曇らす。

「増円、痛みが辛《つら》かろうが、晴季と会ってから、人参果をもぎに参ろう。ちょっとまっていてくれ」

少し残念そうな増円を別室に下がらせ、晴季と会うことにした。

得体の知れぬ不安がしたたり落とす、どろどろした苦汁が、晴季の胃の腑で渦を巻いていた。

氷部と幾田、この二人の視線の交錯が——晴季に左様な気持ちを、掻き立てた。

話しはじめた直後であった。

晴季は、初音という娘が、丹波に近い山に、ヒノキワラビを採りに行ったきりもどらぬこと、自分は初音を助けたいことと、時康の知恵をかりたいことを、熱をおびた声調でつたえている。

時康は、真剣な面持ちで晴季の話を聞いていた。

晴季は語りながら初音に惹《ひ》かれている己に気づいた。庭木のモミジの緑が、目に痛い。

モミジは、初音が消えたという、渓谷を連想させたし、何よりも命のみずみずしい色が……晴季の胸に突き刺さる。

そういう気持ちの晴季が、ふと視線を、氷部に走らす。

氷部と幾田は見つめ合っていた。

――嫌らしい目つきであった。

……ドロリとした、目で、一瞬、見つめ合っている。

(何だ……今の目は)

嘲笑《あざわら》うような、目だった。総髪の氷部と、猪顔の幾田は、今はもう神妙な面持ちになり、少しうつむいて、晴季の話を聞いていた。だがこれは本当の氷部、幾田でなく、さっきの目こそ彼らの本意がにじみ出たものである気がする。

――心外である。ここからそう遠くない所に住む娘が神隠しに遭い自分は何としてもさがしたい一心で緑苑院にやってきた。笑われる理由が、見当らない。

顔から、火が噴き出そうになる。

と、時康が、

「晴季。……その初音という娘、善良な娘であるようじゃの。……わしも気がかりじゃ。ただ人は、多くの人手をかり、さがさねばならぬ」

青侍としてやとっている、浪人、氷部、幾田に、顔をむけ、

「当家の青侍の中から、健脚の者をえらび出し、初音の捜索にむかわせよう」

搜索隊にこの二人だけは入れないでいただきたい――喉から、怒りをともなう言葉が、塊となって出そうであった。

緑苑院から出ても、全く、気持ちは晴れない。時康の家来は翠黛山のそこかしこに配されているため、健脚の者をあつめて搜索隊を編成するにも時間がかかる。

それをまつ気にもなれず――一刻も早く、静原に行き、初音をさがしたい――と告げ、退出している。

故に、晴季は今、老いた青侍と共に、早足で、山を降りていた。

初音は無事だろうかという焦燥と、氷部たちが掻き立てた怒りが、渦巻いていた。

唐突に――晴季の足が、止る。

山頂を、顧みる。

氷に似たものが背中に張りついていた。

「あの目……」

(わたしのさっきの話を聞き、わたしを馬鹿にするという気持ちになる者は……どれくらいいるのか?

……仮に、そういうねじまがった者がいたとして……その者は、己の内側の、嘲《あざけ》りを……表に出すだろうか？）

——出さぬのではないか。

だが、氷部と幾田は、嘲りを共有し合っていた。

これはつまり——二人は初音の消息について何かを知っている証左ではないか……。晴季は、こう考えた。

「わたしは……中納言とは……長い付き合いなのだが、一度も、ない」

「……何がないのですか？」

ただならぬ主君の様子におののいた老青侍が、問う。

「——古屋敷に入ったことだ。……あそこには、何があるのだ」

晴季は燃えるような目で山頂を睨んでいた。晴季は式部の門下生であったが、挙兵の日が近づくにつれ……本当に左様な大事を起していいのかと、懊悩《おうのう》していた。その懊悩が芥川先生の庵《いおり》にむかわせたりしている。

今、挙兵云々よりも、別の疑いが、一気にふくらんできた。

（古屋敷……）

腕をおられた増円は……時康から声をかけられ、その古屋敷に、誘《いざな》われている。

幾度か、緑苑院にきたことがある、増円。

古屋敷は初めてだ。

時康は供もつれず、先に歩いてゆく。

庭を歩いていた。

荒れていた。

密林、と言ってよかろう。

樫や、松が、大きく佇んでいた。定家蔓《ていかかずら》が何本もの樫に巻きつき、ぐるぐる這《は》いのぼって、樹冠を目指していた。白い花を咲かせているのもあれば、咲かせていないのも、ある。

故に――幾本もの樫の幹が、定家蔓の葉と咲き乱れた白花におおい隠されている。

この庭の見所は、甘くかぐわしい匂いを発する定家蔓の花くらいで、後はもう、雑多な草木が、剣呑《けんのん》、と言える勢い、密度で、茂り狂っていた。

左様な庭を、どうやら沼にむかって歩いているらしい……。

（……本当に、ここに、人参果が？）

不安が増円の心中で膨満してきた。

あまりにも、無防備ではないだろうか？　人参果は、きわめて価値ある、妖木なのだ。

「茶山寺様。人参果はこちらに……」

「ああ」

答えた時康が、振り返る。心配するような曇りを、妖美な面に浮かべて、

「増円、傷はまだ痛むか？」

「……は、はい」

ズキリ、と、痛みが駆け抜ける。

「そうか。もう少しの辛抱だ」

包帯を巻かれた腕に走る激しい痛みと樹の間から突き刺してくる夏の厳しい日差しが、たえがたきものに思えてきた。時康が、木質の蔓、定家蔓が、縦横無尽にからみついた、樫の古樹に、歩みよる。

白い花に指でふれた。

「人参果の前に、そなたに見せたい、木がある」

「…………」

樫を中心に、回転するように上昇する、芳香の雲気を、時康は、愛《め》でながら、

「清三郎を知っておるか？」

「……いえ」

痛む肩に、手をそえた。

「同学の、刀鍛冶でな」

「麩屋町通のご同学ということですな？　つまり、兄も知っている」

「――うむ」

けたたましい烏《からす》の声が降ってきたため増円はびくりとしている。得体の知れぬ冷気が――時康から漂いはじめている、気がする。

　生唾がからまった声で、

「その清三郎が何か？」

「生真面目《きまじめ》な男でな。儂と、そなたの兄で、あのことへの助力をたのんだのだが……どうしても首を縦に振らない」

　時康と泉州屋は、真剣草から刀をつくっていた。だが、どうしても刀鍛冶をたのまねばならぬ局面があった。

　まず、無銘の刀ばかり量産していると……どうにも怪しいため、時には銘を入れる必要がある。さらに、真剣草から生れる刀は、形が不恰好《ぶかっこう》な場合も多く、そういう時は、刀鍛冶が火を入れねばならない。

　斯様なからくりで――翠黛山でわさわさ茂った剣が、市場に出まわっていた。

協力する刀鍛冶は、金に困っていたり、脛《すね》に傷があって他の町から流れてきたり、腕が悪く仕事にあぶれたりしている者たちだった。

清三郎は職人としての誇りを強くもつ人物だった。

時康の申し出を、かたく、ことわっている。

清三郎は、芥川先生に相談に行った人物でもある。


「清三郎は……どうなったのでございますか？」

不安と、おののきがまじった、増円の声だった。時康は答えない。定家蔓を、撫《な》でつづけていた。

「清三郎が最後に見た木を……お前も見たくないかと思ってな」

「あの、茶山寺様……腕の痛みが……薄らぎつつあるようです。やはり、わたし如きが、人参果を食べるなど……」

「――何を言いだす。増円」

魔界の森を統《す》べる、妖鳥の王に似た、恐ろしい眼光が――双眸で滾《たぎ》っていた。

増円が、一歩、しりぞく。

時康が、近づいてくる。

本能的に増円は、後ずさっている――。

「どうして急に遠慮しはじめた？」

何かが、背中に当った。

樫だった。

違う。

正確には、樫に、ぐるぐるからみついた、定家蔓の、蔓、葉であった――。

声にならない呟きが、増円の口からもれ出す。

時康が、

「増円、人参果を食し、不老長寿にならんとしたのであろう？　それが殊勝にも、遠慮するなど……似合わぬ」

背面を巨木にふさがれた増円は、首で否定した。

「わ、わたしは……貴方のためにはたらいて参りました。懸命に……。どうか、お許し下さい。これからもはたらきつづけます」

時康は、言った。

「――首絞め蔓」

「あっあっあぁぁ――……！」

その昔、藤原定家は……式子《しきし》内親王への狂恋から、死後、木質の蔓となり、彼女の墓にからみついたという。

その木が、定家蔓である。

妖木・首絞め蔓は——人の世の定家蔓と全く同じ姿の、常世の木である。

人の世の定家蔓は、樹や、墓石にからみつく木蔓だが……首絞め蔓は、動物に巻きつき、縊《くび》るのを、好むようである。


絞殺妖木、と言うべき、首絞め蔓。

増円の背にふれたのは実は定家蔓ではなく、定家蔓にそっくりの常世の木蔓であった。

芳香を漂わせる白花を咲き乱れさせた凶器が、後ろから抱きつく形で増円を巻き、首をしめてくる——。

時康が指で合図すると首絞め蔓は力をゆるめている。

神足通——時康は、己の半径二十間以内に生育する、あらゆる妖草妖木を自在に動かせる。

妖草師が百人いたとしたら一人にしかない能力で、重奈雄、重熙には、ない。

「何か言いのこすことは?」

「……鬼、羅刹《らせつ》っ!」

「しめよ」

妖草師になろうとした、哀れな青年は、魔の森の底で、息絶えた。

茶山寺時康……この男はどれほどの悪行をつみ重ねれば、気が済むのであろうか。

激闘の夜

黄昏《たそがれ》の帳《とばり》が――大原の里に降りていて、翠黛山は既に影となり夜とまじろうとしていた。雨蛙《あまがえる》の声が、分厚く生暖かい圧力となって、耳におおいかぶさってきた。とにかく、匹数が多すぎて、可憐とか、詩情とか、そういう言葉は、該当せぬ。――物凄い圧力となって蛙が喉をふくらませ噴出させる音が、鼓膜に入ってきた。

露草や、タデが、紫蘇《しそ》畑の傍を音もなくすすむ、四人の男の足で、ばったりとくずおれる。

重奈雄と蕭白。大雅と秋成。

大雅は、蕭白が、呼んだ。

まだ、明《あか》り瓢《ひさご》をもちいるには、早い。四人は青くぼんやりした夕闇の中を慎重に歩いている。

蕪村ははずせぬ句会があり、この四人で、重奈雄の長屋、重熈の屋敷で必要な妖草妖木を調達。——やってきた。

　重奈雄は、先頭を歩んでいた。

（兄上はまだ、屋敷にもどっていなかった）

　ということは——舜海の意識はまだ、もどらぬのである。

　田で鳴く蛙の声が少しずつ遠ざかる。

　——山に近づいていた。

　と、誰か人が、前方から、くる気配が、あった。

　警戒感が四人をつつんだ。

　——早くも、時康の家来が、現れたのだろうか。

　重奈雄は鉄棒蘭が着生した杖《つえ》、蕭白は愛用の棒、重奈雄と同じで、武芸の心得がない、秋成は庭田邸でかりた短刀を何本か、大雅は知人からかりた刺股《さすまた》を所持している。

　その他に必要であろうと思われる常世の植物を各自が隠しもっていた。

　杖をにぎる力が、強まり、鉄棒蘭が、蠢《うごめ》く。

　不安を孕《はら》んだ影が、前方で立ち止った。

　老いた男であるようだ。松明《たいまつ》も提灯《ちょうちん》も、もっていない。

「貴方《あなた》は……」

男が、近づいてくる。

「静原でお会いした……」

誰だか、わかった重奈雄は、

「ああ、あの時の」

現れたのは——壺之井晴季につかえる、老いた、青侍だった。

茶山寺邸をたずねることになった経緯が、重奈雄につたえられた。

老青侍の話によると、あの後、晴季は、古屋敷に忍び込むと言って、密林にわけ入った。

……それきりもどらぬという。老青侍は、

『お前は山を降りた所でまっていよ。……翌朝までわたしがもどらねば、それは何か災難に巻き込まれたということ。その場合、町奉行所に、駆け込んでくれ』

と、言われていた。

話を聞いた重奈雄は、白き相貌をかしがせて考え込んでいた。

やがて、

「——どうして急に山を登る気になったんだろう？」

「初音、という娘のことを甚《いた》く気にかけておいででした」

自分が晴季をここにこさせてしまったことが、わかった秋成が大きく身をわななかせる。

青侍が、

「初音が……古屋敷にいるとお考えになったのではないでしょうか？……ああ、お止めするか、わしも同道すればよかったのじゃっ」

「――その古屋敷について詳しくおしえてくれぬか」

重奈雄が、新館《にいだち》には何度か行ったことがある、青侍から、緑苑院の構造を聞き出す。

重奈雄は今日の昼、庭田家の雑掌、乃《すなわ》ち、あの老僕を走らせ……茶山寺時康邸についてしらべさせている。

しかし目ぼしい成果が得られたとは言い難い。

まず、時康としたしい公城や、その家中の者から、聞くわけにはいかない。そうなると時康の交際関係は、限られる。その限られた人に訊ねても……時康と会うのはいつも洛中で、緑苑院に行ったことはないという場合がほとんどで、かの山荘については――謎の霧につつまれていたわけである。

古屋敷、新館について、老人が知る全《すべ》てを聞き出した重奈雄は、

「成程《なるほど》……では、古屋敷に行くには、もう少し北へまわり込んだ方がよさそうだ」

強い決意の光が、瞳から放たれる。

「椿、初音、他に神隠しにあった娘たち……。全員が古屋敷にいると見て間違いない。晴

季も、そこを目指した」

そして、人参果《にんじんか》も……。

（……もしかして水虎藻も、そこにおるのやもしれぬ）

――移動する。

渓流沿いに、北西へ、動く。

暗い森である。日はすっかり暮れたため重奈雄は杖から紐《ひも》で下げた瓢箪《ひょうたん》をさすった。

大雅と秋成も、手持ちの瓢箪をさする。

――するとどうだろう。

黄緑色の、ぼんやりした光が、瓢箪から放たれ、檜《ひのき》の高木や、低木どもを照らした。

明り瓢だ。

妖草・明り瓢を頼りに、生い茂るシダを踏み、急流の音を聞きながら、さらに、歩いた。

不意に、立ち止った、重奈雄は、

「待賈堂さん。この人とここでまっていてくれまいか」

大雅と、老青侍に、言う。巨神が如き桂《かつら》が黒々と立つ下であった。

「夜の間は、この森の中に」

もし夜の人里に……二人が突っ立っていたら、どうなるだろう。村人たちが騒ぎ、その騒ぎが緑苑院につたわり、浪人どもが殺到するのではないか。

「夜が明けたら、森の中にいる方が怪しいから……里に動いてもらってかまわない。川を下れば、寂光院、さらに人家もある」

「わし山登る気持ちで、ここまできました。庭田はんには……いろいろとご恩がありまっさかい」

「……気持ちは嬉しい。だが――誰か下にいて、いざという時、町奉行所などへ走らねばならん。待賈堂さんにやってもらおうと思っていたが…………時康の家来がきた場合を考えると一人では危ないと思っていた。この人がいてくれると、大変心強い」

「…………」

まだ何か言いたそうな大雅の手を強くにぎる。

「待賈堂さんには……まっている人がいる。……お町さんだよ」

「…………」

蕭白が、

「俺は天涯孤独じゃからの」

秋成は、

「わしは、義父義母はおるが……妻子はない」

「……俺をまっている椿は、山の上に、いる」

切れ長の双眸が、鬱蒼《うっそう》と暗い、草木が生い茂る、翠黛山を睨《にら》み上げる。

「だから、山の下を受けもち、全体を見極め、己の判断で時と場合によっては——公儀の出動をみちびく。この重大な役目を、二人にやってほしいのだ」

「……ようわかりました。庭田はん、蕭白……いや、曾我はん、上田はん。どうか、どうかご無事で」

大雅はきっぱりと、言っている。


——入った。

翠黛山に、入った。

夏の白昼の森はなまなましい暴の気が横溢《おういつ》する。

一転——夏の、夜の森は、凄まじい鬼気が、満ち溢れる。黒々ともだえるアラ樫《かし》や、椎《しい》の梢の一つ一つや、奇怪《きっかい》なシダ植物の葉の一枚一枚に、幽鬼や魑魅魍魎《ちみもうりょう》、妖《あやかし》の虫が、こびりついているような気配で、溢れ返る。

——当然、道なき道を、行く。

あの、見張りがいる道を登るわけにはいかない。

ヤマコウバシの茂みを掻きわけ、九輪草や犬ワラビに足を撫《な》でられながら、凄まじい樫類の巨木や、桂、イロハモミジ、荘厳な針葉樹に見下ろされつつ、山を、登った。

頼りは明り瓢の朧《おぼろ》な黄緑光だけである。

どれくらい、登っただろう。登りが落ち着き、一回、下りになる。また、登りになる……。

蕭白が立ち止った。

「重奈雄」

放浪生活で、暴漢から身を守るため、自《おの》ずと棒術が鍛えられた、無頼の絵師は厳しい面持ちで、辺りを見まわす。

「さっきから、同じところをぐるぐるしておらぬか?」

「わしも、そない、思うとった。この、九輪草の原っぱ、さっき通ったで」

秋成が、言った。

「…………」

湿原に立つ重奈雄の明り瓢が辺りをゆっくり照らしてゆく。

「二人の言う通りだ」

妖草師は、首肯している。

「俺としたことが……」

椿をすくいたい一心から――子供騙《だま》しの妖草に引っかかってしまった。

「きっと……戯《ざ》れ豆《まめ》だ。葉に黒い斑点《はんてん》がある、常世の草だ」

妖草・戯れ豆――方角を狂わす習性をもつ、常世の蔓である。

「見つけたら、葉を千切り、口中に放る。そして、嚙む。吐き出す。――もう迷わない」

「黒い斑点のある蔓。……見つけたで！　お前かぁ戯れ豆ぇ！」

興奮した秋成が、吠《ほ》える。妖草退治の経験が少ない秋成は戯れ豆を見つけたことで鬼の首を取ったような気持ちになってしまった……のである。

「落ち着け、秋成」

戯れ豆を千切り口中で咀嚼《そしゃく》して吐き出した蕭白が注意した。

「きっと……山の上には、戯れ豆よりもっと恐ろしい妖草妖木があるのじゃ。その元気、そいつらを前にするまで、取っておいた方がよい……」

「すんまへん」

蕭白の警告は、当っていた。

実はこの時――人間の声に、異常の感知力をもつ妖木が、秋成の声に気づいてしまったのである。

攪乱《かくらん》されず、少し登った。と――重奈雄は、汗で濡れた、頬の産毛《うぶげ》をこわばらせ、横へ視線を流している。押し殺した声でつたえる。

「……もう一度、明り瓢をさすれ。その叢《くさむら》に、身を隠す」

――何か近づいてくる気配を感じたのである。もう一度、さすると、明り瓢は暗くなった。

夏の蒸された山の底。夜とはいえ、決してすごしやすくない。苔原にあいた無数の穴や、香菓泡《かくなわ》に乱れた蔓草の暗がりを、発生源とするのだろうか。

――小虫。

小虫が、どんどん目に入ってきて、角膜から涙がにじむ。鼻にも虫が入ってきて、そいつが鼻孔を内側からいたぶり、たまりかねて、口を開けば……舌先にも、異物が激突し、苦みが広がった。

頭上では、ムササビが、引っ切りなしに、樹から樹へ跳びうつり――草いきれが汗と一緒にべとべとと体をくすぐってくる。周りにあるシダが痛いし痒《かゆ》い。

少し山頂側に犬走りみたいな小道が走っている。

つまり、斜面と平行に、幅一間《いっけん》程度の、見張り用の小道が、あった。

そこを何者かがやってくる気配があった。

重奈雄らは――シダの海底で息を殺し、うつぶしていた。しばらくすると松明の火が近づいてくるのが見えた。

浪人者だ。人数は、一人。

(時康の用心棒か)

大小を差し、黒い眼帯をした、なかなか屈強な男である。男は赤々と燃えた光で、うろんな者はいないかたしかめながら、歩き去って行った。松明が見えなくなりしばらくしてから、重奈雄は小声を出す。

「行こう」

――再び登りはじめた。

恐ろしいトゲをもつイラクサの大群生を、迂回《うかい》、ヤマコウバシの茂みに、腕で掻きわける形で、入り込んだ時である。

……奇怪な音が……三人の耳にとどいている。

今まで聞いたことのないような音であった。

「…………」

――金属が、唸《うな》りを上げて、近づいてくるような音なのだ。

音は、複数。

未知の獣か、何らかの常世の植物が、迫っているのだろうか。とにかく急いだ方がいいように思えた。

藪《やぶ》を行く三人の足が、早まる。

焦りに駆られた明り瓢の光が足元だけでなく梢を照らしたり夜空にぶつかったり千々《ちぢ》に乱れた慌ただしい動きを見せる。

五つの騒音が、下方、犬走りのような、小道に、差しかかる。

硬い壺《つぼ》に、いくつもの刃の破片を入れ、高速で振ったような音だった――。

ジャキジャキジャリッジャキジャキジャリッ！

(このまま通りすぎてくれ)

重奈雄らは夢中で、ヤマコウバシの枝を押しのけた。怪奇音は、刹那の静寂の後――斜面を登ってくる。乃ち、重奈雄らを、正確に追っている。

「くるぞ、こっちに」

蕭白が押し殺した声で囁《ささや》く。

「おい、秋成、大声を出すなよ。叫ぶなよ」

「そう言うおまはんの声が大きいわ、蕭白」

夢中で、前進する——！

物凄い音がひびいた。

森が、根こそぎ削られ、枝葉がもみくちゃにされ、大地が、悲鳴を上げる音だった。

何と追ってくる騒音はヤマコウバシの茂みに突っ込んだ。

そして、枝葉を削り、破砕し、押し倒しながら、強引に道を切り破り、追ってくるようである。

——突き抜けた。

藪を、突き抜けた。

三人は……。

その三人の前に、運が悪いことにイラクサの草地が広がっていた。

しかしもう、イラクサの棘《とげ》などは、気にしていられない。

——駆け入っている。

鋭い、棘をもつ、草どもの世界に、わけ入っている。

それでも……後ろからくる者どもにくらべれば、このイラクサの方が、遥《はる》かに良質な存在、友好的な隣人に思えた。

イラクサによっていくつもの傷が、足に生じた。それでも、鉄棒蘭を振って——イラクサを薙《な》ぎ倒すような真似を、重奈雄はしない。イラクサの中に岩があった場合、鉄棒蘭に損耗が走るかもしれぬ。

「ここで——迎え撃つしかないようだ」

重奈雄は振り返った。

突破音、貫通音は、どんどん大きくなっている——。

明り瓢を灯《とも》した丈夫な樫の杖で、鉄棒蘭が三本うねりだす。

「二人は——楯蘭の用意を」

蕭白と秋成が、楯蘭を取り出した。重奈雄一党は重熈邸で、貴重な楯蘭を一枚ずつわけてもらった。己を襲わんとする妖草妖木を前にすると、俄《にわ》かに硬化して楯となる楯蘭は、人の世の葉蘭と全く同じ姿である。今、楯蘭を反応させるまで、妖気がとどいていないらしく、件《くだん》の妖草は、どうにでも撓《たわ》められる葉蘭のように、ぐにゃりとうなだれていた。

「重はん……こんなんで、大丈夫なんか？」

「もう少し敵が近づけば——楯となり得るはず」

秋成から奔出しそうになる不安を重奈雄は押しとどめた。

白鷺《しらさぎ》のそれに似た首を、生唾が、下る。

その重奈雄から見て右に、片手に棒、片手に楯蘭をにぎった、蕭白、左に、両手で大切そうに楯蘭を構えた秋成、という陣立てで、後ろからくる——怪奇音を迎え撃つ。

一際、恐ろしい音がひびいている。

直後——

間髪いれず、きた。

(何だあれは)

重奈雄は、瞠目《どうもく》した。

黒い西瓜《すいか》、あるいは、黒い毬《まり》に見える、かなり大きい球体が——物凄い勢いでヤマコウバシの藪を突き破り、出てきた。

(そうか、あの妖木か)

妖木伝で知った知識が脳中を駆けめぐる。

全、五体。二体は様子でも見ようというのか藪から出た所で、はたと立ち止り、二体は地面の上をごろごろと転がり、一体は——びょーんと跳ね、重奈雄にむかって、宙を驀進《ばくしん》してくる。

疾風となって襲ってくる。

重奈雄は、

「これは――ダルマ柊《ひいらぎ》だ！　ダルマ柊より、硬い何かで打ち据えるか、楯蘭で何度か叩くしかない」

妖木伝に――左様に書かれていた。また、妖木伝は……

ダルマ柊は、恐るべき聴覚をもつらしく、初めて聞く人の声に、鋭敏に反応する。ただ、頻繁に聞く声には、なれてくる。

と語っている。時康はこの習性を利用。緑苑院の警固に、もちいたのであろう。

「何度か叩く？　まだ、やわらかいぞっ」

蕭白の怒鳴り声に重奈雄は答えられなかった。

球形の、殺気が、宙を、迫っていた。

鉄棒蘭を――横振りする。

重奈雄は鉄棒蘭で、ダルマ柊を薙いだ！

強い硬度をもつ妖草・鉄棒蘭と妖木・ダルマ柊の接触。

夜の翠黛山で、火花が散った。

一体のダルマ柊に対し……三本の鉄棒蘭がぶつかっていた。

強い念を込める。

ダルマ柊が——吹っ飛ばされる。

鉄棒蘭のように神足通をもたぬ人の言うことを聞いてくれる妖草との対話も念を通じおこなわれるのである。

だが、ダルマ柊も手強《てごわ》い。早速、もち直し、また重奈雄に跳びかからんとしている。

また、跳躍した。

再び、鉄棒蘭で打ち据え——それを曾我蕭白の足を目指し地面をごろごろと黒風となって疾駆していた、また別のダルマ柊めがけて、叩き落とす。

しびれるような衝撃が両腕を走った。

ダルマ柊と、ダルマ柊が、重なっていて、その上に鉄棒蘭がのしかかっていて、一番下に、ダルマ柊によってくずおれたイラクサが突っ伏していた。

地面を転がっていたダルマ柊は走りを止めている。

二度、鉄棒蘭に打たれ、今、仲間のダルマ柊ともぶつかった、重奈雄に跳びかかったダルマ柊は、完全に動きを止めた——。

下にいたダルマ柊を、ある異変が、襲っていた。

高い所から落としたネズミは、一時的に前進ができなくなり、異常の跳躍力で、上へ、ひたすら上へ、跳ねつづけ、しばらくすると治る、ということが、しばしば見られるが、このダルマ柊は同じ状況に陥っていた。

つまり蕭白へ猛進するのを止め、力なく上へ跳ねつづけていた。こいつが跳ねたことにより、上にいた仲間の屍《かばね》は、下に落ちる。

「蕭白、しばらくするともちなおすだろう。今の内に」

「楯蘭で叩くのじゃな？」

さすがに硬化した、楯蘭をもった蕭白の声を背中で聞きながら——重奈雄は、秋成方向へむかう。

相貌を緊張させ、四肢をしゃちほこばらせて、楯蘭を構えた、上田秋成にむかって——

三体目のダルマ柊が、豪速で転がっていた。

鉄棒蘭が、間に合わない。

「秋成さん、楯蘭でふせげ！」

妖草師の叫び声が、飛ぶ。

足を襲うと見せかけていたダルマ柊が——急激に、跳び上がる。腹辺りをめがけて突進した。

刹那——強靭《きょうじん》化した楯蘭を秋成は腹を守るように動かしている。

金属と、金属が、激突する時に生じる赤い閃光《せんこう》が、散った。

耳をおおうような大音と共に、西瓜をこえる、大きさの、ダルマ柊が——たった一枚の、薄い楯蘭に、吹っ飛ばされる。

人の肉体を、切る、突く、叩く、というやり方で襲いかかってくる、妖草妖木。斯様な常世の植物群をふせぐ真《まこと》に硬い楯となる、草、楯蘭。この妖草、普段はひらひらして危なっかしいが、いざという時は……頼もしいのである。

無論、楯蘭は、毒気を当てるとか、幻を見せるとか、風を起すとか、左様な妖草には対抗できない。

はねのけられたダルマ柊は——叢に落ちた。何本ものイラクサの茎、葉を煙のように巻き上げて、数間《すうけん》後ずさるや、こちらを、うかがうかの如く、静止した。

「——その調子だ」

重奈雄が、言った。

秋成の激しく動く首には、玉の汗が浮いている。秋成が、うなずく。

「こっちはやっつけた」

蕭白だ。

顧みると、蕭白に幾度か楯蘭で叩かれた、ダルマ柊は、活動を止めていた。急速に枯れはじめたように見える。

残りは、三体。

一体は秋成に打ち据えられて後退し二体は藪を出た所で当方をうかがっている。

妖気をふくんだ山風が吹き、草地をかこむ、タブや、檜の、黒影《こくえい》が、わさわさと肩を揺すった。イラクサによって傷つき、幾筋か血が流れた重奈雄の足。草鞋《わらじ》から突出した、母趾《おやゆび》の爪に、ぐいっ、と力が入る。

――声が、した。

「おい！　ダルマ柊が、誰か、追って行ったようじゃぞ」

「晴季か。彼奴《きゃつ》めっ、こんな所に隠れておったか」

浪人どもだ。こちらに、くるらしい。

まずいと感じた重奈雄は、

「かかってこい」

ダルマ柊に、告げた。

――反応している。

こっちに、くる！

黒い、三つの、まわる、殺気が、三人の周囲を、ぐるぐると駆けまわりはじめた――。

人間の応援がくるとわかっているのだろうか。

ダルマ柊は、重奈雄たちを軸とする大円を描くように、イラクサの原を疾走する。三人が出られないように、三つの、高速に動く影が、周囲を疾駆する。

明日、ダルマ柊について知らない旅人が、この山をおとずれた場合……どうやって、この怪奇な円は、草地にできたのだろうかと、首をかしげるような図形を描きながら、奴らはまわっていた。

――かなり厄介な状況である。

浪人どもが殺到している以上、ばらばらの方向に逃げるわけにはゆかぬ。かたまって動く。妨害してきた、ダルマ柊を、鉄棒蘭、楯蘭で、打ち据えながら、逃げるわけだが、その一体目のダルマ柊で難儀をしている途中に、次の順番でまわっているダルマ柊、次の次の順番でまわっているダルマ柊が襲いかかってくると――三人は切りきざまれる危険《おそれ》があった。

重奈雄はどう切り抜ければよいか思案した。

「おい、重奈雄」

蕭白である。騒音がつづく中、蕭白は、

「……こんな時のために……韋駄南天《いだなんてん》をもってきたのではないか？」

三人の懐中には、韋駄南天の赤い実が入っていた。神速と言うべき、疾走力を手に入れられる――妖木・韋駄南天。重奈雄の長屋には鉢植えの韋駄南天があり冬にとれた実を取っておいたのである。

「じゃが、突き抜けた後が問題か……。走り出したらなかなか止らぬゆえ、樹にぶつかってしまう」

蕭白の目にこもった不安が、草地をかこむ、鬱蒼たる樹林を眺めている。

「――いや。韋駄南天を噛むしかないようだ」

重奈雄の声には、硬い決意がこもっていた。白い手が、紙につつんだ妖草を懐中から取り出す。

「何じゃ、それは？」

「うむ。何か役に立つのではないか、と兄の屋敷からもってきた妖草で……枕莧《まくらひゆ》と言う妖草だ」

滑莧《すべりひゆ》は——日本の日当りのよい場所に、必ず見られる雑草である。畑、空き地、道端などに、さかんに、出没する。

蛸《たこ》の足のような赤っぽい茎を、地面に這《は》わせ、丸い葉を茂らせる滑莧。

ただの雑草と思われているが、食すと意外に美味《うま》い。東北地方ではこれを食べる風習があり、琉球《りゅうきゅう》ではニンブトゥカーと呼ばれ、夏の食べ物として重宝される。

妖草・枕莧は——人の世の滑莧に似た、常世の草である。

この草は、日当りのよい場所でなく、枕の中を生息域とする。

心の疲れ、を苗床として芽吹く、枕莧。これが枕に芽吹くと激しい体の重みを引き起し床からはなれられなくなる。

数日前——関白・近衛内前の枕に、公城らとの対立による、心の疲弊を苗床として枕莧が芽吹き、それを重熙が解決するという事件があった。

重熙は何か使い道があるかもしれぬと、木箱に入れて枕莧を取っていたのである。

「木箱に入れる分には問題ない」

　重奈雄は、言った。

「また、これを舐《な》めると……枕に生えたのと同じ効果、つまり、体を重くする働きがあるという」

　韋駄南天を噛むと——人はひたすら疾走する。時がたったり、何か大きな原因《きっかけ》があったりすると静止するが、自分で自分を制御できぬ。重奈雄は、枕莧に、この制御装置、制動の役割を期待している。各自、細縄で手首に、枕莧を巻いた。

「韋駄南天噛んで、樹にぶつかりそうになったら、枕莧なめるゆうことやな？」

　上田秋成が、武者震いする。

「そういうことだ」

　——浪人どもの気配が近づいてくる。

　足音が、殺到してきた。

　赤い実を口に入れ、

「行くぞ」

　噛んだ。

吹っ飛ぶように——走りだす。

閃光が、筋繊維の一つ一つに走り、物凄い勢いで、足が、動きだした。

ほとんど引っ切りなしに薪《たきぎ》をくべた竈《かまど》から、発せられた煙が、建物の中をめぐるように、ありあまる活力が——重奈雄、蕭白、秋成の、体の隅までうなりを上げて駆けめぐる。そういう感じだった。

疾風を起しながら、猛速度で走る、重奈雄に、ダルマ柊が、襲いくる。

——吹っ飛ばした。

先頭を駆ける重奈雄は、鉄棒蘭で吹っ飛ばした。

走りの勢いもくわわっていたためダルマ柊は凄まじい勢いで空《くう》を飛んでゆく——。

次の奴がくる前に、もう三人は囲みを突破。

今度は、ぐんぐん、黒い樹々が近づいてきた。

後ろからは、二体のダルマ柊が追ってくるのを感じる。この妖木も、速い。そうは引きはなせない。もっと、韋駄南天を嚙んだ状態で走り、振り切ってしまいたい。

だがそうも言っていられず——巨木どもの雄渾《ゆうこん》な黒い影が、すぐそこまで肉迫している。

早く止らねば、ぶつかって、死んでしまう。

「枕覓！」

重奈雄が、叫ぶ。

なめた。

手首に固定した枕莧を、なめた。

が——止らない。

樫と思われる偉大な黒い影が、顔のすぐそこまで迫っていた。

噛んだ。

重奈雄は、枕莧を、噛んだ。

刹那——

ギシャッ……

骨が、悲鳴を上げる音がひびき、足が棒のようになる。

（止った）

と思う間もなく前へ行かんとする上半身の勢いが強く、重奈雄は前のめりに突っ伏した。

顔を土にこすりつけながら、

「噛むんだっ」

後ろを走る二人に、おしえる。

沢胡桃《さわぐるみ》の黒く大きな影にぶつかりそうになっていた、蕭白が、枕莧を噛むも——まだ体が止らず、大分勢いは減じたものの、大木に突っ込んでいきそうになったため、愛用の棒をつっかえ棒の形で、沢胡桃と、己の、間に突き出し、辛くも立ち止った。

「ほら……この棒も必要じゃろう」

秋成については……悲惨であった。秋成の行く手には、大木ではなく、篠竹《しのだけ》の藪があった。

人の背丈くらいの、矢などをつくるのにもちいる奴だ。

そういう細い竹が何百本も乱立している。

そこに、韋駄南天で勢いづいた秋成が突っ込んだのだから……たまらない。

バキバキバキバキバキ――――ッ！

何百本もの篠竹を、押し倒しながら、突き進み、止れないという状況に、秋成は陥った。

顔を血だらけにしながら前進しつづける。

「強く嚙め！」

言った重奈雄だが――すぐには助けに行けない。

ダルマ柊。

起き上がろうとした重奈雄の、顔面に襲いかかろうと、ダルマ柊が跳揚する。反射的に、重奈雄は、また、うつぶした。

勢いあまったダルマ柊は――重奈雄を跳びこす。

重奈雄を切り刻もうとさかんに激動していたギザギザの葉が、重奈雄の向うにあったイチイ樫の堅い樹皮に突き入れられる。

イチイ樫から樹が削られる時に出る粉の霧と苦しげな呻《うめ》き声がもれ出した。

故に、このダルマ柊、自分で自分を、動けなくしている。

イチイ樫も苦しかろうが、ダルマ柊もこの状況から抜け出せないのである。

重奈雄の鉄棒蘭が、このダルマ柊を――打ち据えた。

一体、鎮圧された。

もう一体が、蕭白に、襲いかかる。

夜気と、山草を、さかんに動く、鋭い葉で嚙み合わせながら――地面近くを蕭白にむかって、驀進するダルマ柊。

ぎりぎりまで引きつけた蕭白は、動物を斬り殺してしまうこの妖木に、楯蘭を振り下ろす。

当った。

ダルマ柊はすくんだようになった。

もう一度、叩く。

楯蘭には他の妖草妖木を枯らす力が、ある。

二体目のダルマ柊も——退治された。


一方、秋成である。

まだ、止っていない。

篠竹の乱立を貫き通りながら、重奈雄の言葉を思い出している。

(強く嚙むんやな)

手首を、顔に、もってくる。

嚙もうとするも、自分の足がおった篠竹が頰肉をえぐってきたため、痛みにたえかねて、手をはなす。——嚙めなかった。

秋成は篠竹の藪を突き抜けてしまった。

シダが少し茂った先に——巨大な黒い影が立っていた。

樹だ。

このままでは、樹にぶつかってしまう。

藪を駆け抜けた直後の秋成が自分のすぐ後ろに生えた篠竹をひっつかむ。

猛烈な力で、引っ張られ、引っこ抜かれようとする、篠竹と、そうはさせまいとする土、この両者に生じた格闘が、わずかな時を、秋成にあたえた。

その隙を、つかむ。秋成は枕覓を噛んでいる。

——ギシャッ。

骨が軋《きし》み音を発し体が止ろうとする。

同時に、つかんでいた篠竹が思い切り引っこ抜け、秋成の体はタ、タ、タと何歩か前に出た。

そこで、停止した。

だが止る寸前、

「——痛《い》……！」

秋成の体は、前に厳《いか》めしく立った、樹齢何百年かという、槐《えんじゅ》に、強く激突した。だが九死に一生を得た。

「秋成さん、大丈夫かっ」

重奈雄と蕭白が、駆けよる。

栖蘭を帯に差した秋成は小刻みにふるえながら槐に抱きついていた。顧みる。

明り瓢に照らされた秋成の、額や頬、手の甲ににじんだ血の、赤が、目に痛々しい。

「……世の中には、やってええこと、あかんことがある。森ん中で、韋駄南天嚙むんは……やったらあかんことの部類や」

「わかった。もう、秋成さんは、韋駄南天を嚙まなくていい。栖蘭で戦ってくれ。だが——俺と蕭白は、時には韋駄南天を嚙まねばならぬ局面も、あると思うのだ」

「……砂浜では楽しかったんや」

もう、後方で——

「こっちにはおらぬぞ！」

時康の家来どもの声がする。——早くも、さっきの草地に殺到したようである。

「逃げ足の速い奴め」

「安全な場所に行ったら、傷を治す妖草の汁を塗ろう」

三人は素早くうなずき合い、すすみはじめている。

人を疾風の速度で走らせる韋駄南天。

体を重くし動けなくしてしまう枕莧。

韋駄南天の力の方が、強いようである。何故なら、三人は今、足早に歩いていた。しかし、少ない粒の韋駄南天を嚙んだ状態で、枕萸を強く嚙みすぎれば、体が重くなり全く動けなくなる場合もあろう。微妙な匙加減《さじかげん》、これはもう、経験で獲得してゆくしかないと思う重奈雄、蕭白だった。

藪をくぐりながら重奈雄は、

(浪人どもは、晴季を追っているようであった……。忍び込もうとして、ばれてしまったが、まだつかまっていないということか)

怜悧《れいり》なる双眸から、冷光を放射している。

敵から遠くはなれた重奈雄。秋成に、芝草《しそう》の汁を塗るとみるみる血が止った。

延喜式《えんぎしき》に、云う。

形は珊瑚《さんご》に似て枝葉連結し、或《あるい》は丹、或は紫、或は黒、或は金色、或は四時に随《したが》って色を変ず。……之《これ》を食へば眉寿《びじゅ》せしむ。

斯様に書かれている芝草は健康を維持し体を養生させてくれる妖草だったことがわかる。

＊

時康は――晴季を追わせていた。あの直後、晴季が妖草に苦しめられながら山上を目指しているとの報を、浪人たちから、受けたからである。晴季は浪人たちを振り切り何処かに潜伏し、まだつかまっていない。

故に——晴季に約束した、静原にむかわせる捜索隊は、まだ出していない。もっとも初音の居場所は時康が一番よく心得ていた。捜索隊を出すと約束したのは、晴季に時康への疑念をいだかせぬためである。

だが——晴季は何らかの方法により、時康が怪しいと看破。単身、山上を目指したようである。

(何処におるのか)

黒蔓が描かれた扇で唇を隠しながら時康は思う。

(もしや既に、古屋敷の何かを嗅ぎ取り、山の下に降りているのではないか)

様々な思案の破片、可能性の渦が、胸中を駆けめぐる。

(だとしたら、山上に展開する人数の半数を、山の下の方にまわす必要が、ある)

などと、思案しながら、半中庭に歩みよった。

「——」

全身が波打つほどの、驚愕《きょうがく》が、時康の総身を走っている。

「どういうことだ……」

思わず言葉がもれた。——黒蜂草の、元気が、ない。

朝まではすくすくとそだっていた。ところが今見ると、水気をなくした葉は、土に転がり、力なき茎は真上ではなく、斜め上に、ひんまがる形で、うなだれていた。

「………」

絶望は、これを芽吹かせるだけでなく、大きくそだてる働きがある。

養分たる絶望《それ》は真下の水牢から、着々とおくりこまれているはずだ。今日と、昨日の変化を、思い浮かべる。

（椿）

椿が水牢に入るという変化があった。椿は、何か、重大な変化を、水牢に、およぼしたのだろうか。

足が、ドシドシと荒い音を立てる。

時康は階下にむかっていた。

あまり声を出して会話すると、牢番に叱られる。だから、娘たちは、ほとんど声を発していない。だが——目で話している。

椿は朝餉《あさげ》の後、誰も見張りがいない一瞬を突き、妖草のこと、妖草師のこと、時康が何をたくらんでいるかを、簡単に、説明していた。

故に娘たちは、どうすれば時康が一番困るか、知っていた。

それはつまり、彼女たちが暗黒の深淵《しんえん》の如き感情に陥らぬことである。

心の中に花を咲かせ、江戸八百八町を混沌《カオス》に陥れる妖花を、これ以上、芽吹かせず、そだたせない、これこそが、時康がもっとも困窮する逆襲の一手のはずである。

だから娘たちは、手鎖をされた状態で、目ではげまし合い——闇の妖草師と懸命に戦っていた。

荒い足音が近づいてきた。

何らかの異変が生じ、時康がやってきたのではないかと、椿は感じている。

水牢前にやってきた時康が、牢番に二、三、訊ねる。

牢番は簡潔に状況を説明した。その後で、時康が、格子越しに顔をのぞかせた。

——妖美なかんばせであった。

奸譎《かんけつ》さというものを、初めて会った娘はみとめられぬかもしれない。無垢《むく》なる少女が見たら——体中の産毛をふるわせてしまうような、美貌であった。

だが最早《もはや》、時康がもつ美は、椿の心に一つの小波も起さぬ。

それは香《かぐわ》しい匂いと可憐《かれん》な花びらで人々を楽しませ夏には食用となる実をもたらす梅花

の美しさとは根本的に違う。

たとえて言うなら、烏頭《うず》の花の、美に近い。高原で、烏帽子《えぼし》に似た紫色の優美な花を咲き乱れさせる烏頭は、毒花と知らぬ者の目には、真に清楚《せいそ》なる印象をあたえる。だがこの花から何がつくられるかと言えば……暗殺者が矢や、剣に塗る、致死性の猛毒である。

時康がまず椿、次に初音、そして他の二人を、順繰りに観察している。

「夕餉は美味《おい》しく食べられたか？」

「…………」

椿は、唇を真一文字に閉ざしたままだった。

「そうやって、黙りつづけていれば……何かが打開すると思っておるのか？　椿」

「…………」

「苗床、という言葉を——そなたは重奈雄から聞いておったのか？」

椿の頬が、微弱な反応を、しめしてしまう。時康は——それを見逃していない。妖光を瞳から放ちながら、

「そなたなりに苗床が何か考えてみた。そんな処、であろうか？」

椿の頬が、熱くなっていた。時康の凄まじい洞察力が椿の体温を上昇させていた。

「——面白い。そなたの計策の一切が、この茶山寺中納言家では無意味であること、緑苑

院では……一切通用しないことを、思い知るがよい」

牢番に、

「水を入れよ」

きっとなった椿が、

「茶山寺はん！」

ようやくしゃべる気になった椿を、時康が見つめる。

椿は顔を真っ赤にし目を爛々《らんらん》と輝かせていた。今、水を入れられれば——もっとも古くいるおあき、近江のお佐伊、あるいは初音か椿、誰か一人、水虎藻の餌食となるだろう。自分一人であれば、椿の秤《はかり》は時康の言いなりになりたくないという方に、かしいだかもしれない。だが椿は——初音や、おあきや、お佐伊が、水虎藻に喰われる光景をどうしても見たくなかった。昨日会ったばかりの仲間だが、初音たちの血で水牢に入ってきた水が赤々と染まるのを椿は見たくない。

可憐なるかんばせが、歪んでいる。

椿の内で、初音たちの血を見たくないという思いと、時康にしたがいたくないという情念が、龍虎《りゅうこ》の如く、ぶつかり合う。だが今、初音たちを助けたいという思いがまさった。

悔しさが目に刺さり角膜が熱くなるのを感じながらふるえる声で言った。

「うちの天眼通を、茶山寺はんの役に立てる言うたら……水牢に、水ぶち込むん……やめてくれまっしゃろか？」

時康は、

「……他の娘を助けるため、わしの役に立つというのか？

だが、椿、それは――昨日のそなたの申し出、どうしてもこの時康の言うことを聞きたくないゆえ、水牢に入れて下さい、というそなたの存念と矛盾するのではないか？

……我が決断は揺らがぬ。

水を入れよ」

黒い、絶望の薙刀が――椿に斬りつける。顔をこわばらせた椿は、目を見開き、絶句した。

それをたしかめた時康はほころばせた唇を黒蔓の扇で隠している。

と、

「茶山寺様」

幾田が、やってくる。

「――晴季が見つかったか？」

時康の声を聞いた初音が――一瞬で表情を変え、時康を睨む。

「そうか……。晴季と、そなたは、何か縁《えにし》があるのじゃったな。晴季め。この時康の恩を忘れ——まるで、夜盗か、凶賊のように、この緑苑院に忍び込もうとしておるようじゃ。当家は夜盗には断固たる処置を取ることにしておる。そちも、共に、ことの顚末《てんまつ》を聞くがよかろう。

幾田……晴季が見つかったのじゃな？」

「いえ…………晴季はまだ見つかっておりませぬ」

「——何？」

時康が、相貌を曇らせる。

「実は……晴季以外に、新手の侵入者があるようなのです」

「……」

「草の踏み具合から、三人。ダルマ柊が五体、潰《つぶ》されました。どうも、妖草によって叩かれ、一瞬で枯れたようです」

「——妖草師がおるということじゃな？」

妖草師、という言葉に、椿はびくんと、体をふるわす。

（重奈雄はんや。重奈雄はんが……助けにきてくれたんやっ）

椿の面は一気に輝いた。

時康は魔魅が浮かべる――凄まじき笑みを浮かべ、

「……奴が、きたということか。いつかは始末せねばならぬと思っておったが自らくるとは……。

椿、初音。重奈雄と晴季の首級《しるし》をここにもってくれば…………そなたらは黒蜂草を咲かせてくれそうじゃの」

わなないた椿と初音から、強い、怒気、鋭気が放たれるも――時康が身にまとうただならぬ、妖気、殺気の壁にはばまれる。

妖しの中納言、隠れ妖草師・時康はからからと笑いながら階段を上がっていった。


同じ頃――

初音が、時康邸にいる、と考え、山上を目指した晴季。晴季は樹洞に潜伏していた。

複数の荒ぶる松明が、晴季を追い――夜の山を駆けまわっていた。

晴季が登りはじめた時、日はまだ高かったはずである。だが強い妨害が入り、こうも時間《とき》が経過している。

――妖草妖木。

はじめに晴季を苦しめた樹は鬼胡桃《おにぐるみ》に似ていた。葉と、衣が、接触した時、悲劇は、起きた。異常の粘稠《ねんちゅう》度をもった葉が衣をはなしてくれぬのだ。はなれようと思っても、粘液が糸を引き——どうにも引きはがせない。

鬼胡桃というのは、元々べたつく樹である。

ケヤキや山漆《やまうるし》において、複葉をたばねる中軸、乃ち、整然と配列されたいくつもの葉の、中心に通っている軸は、木質である。硬い軸である。

鬼胡桃は違う。真ん中を通っている軸は緑色で、樹というより草の茎に近い。この緑の中軸、横についた大きな葉ども、先端に一つだけついた葉、どれもがべとべとする。

だから夏山で目をつむって鬼胡桃にふれたとする。その人は、植物というより、異界からきた、やけにべとべとする、やわらかい、無脊椎《むせきつい》動物にふれたように、思うはずだ。

妖木・べったり胡桃は——人の世の鬼胡桃の、数十倍の粘稠度をもつ、常世の木である。夏山でこいつに出会い、体が葉にふれようものなら、後の祭りだ。べとべとと粘液の糸が引き、なかなかはなれられない。

晴季は知る由もないが、鬼胡桃ではなくべったり胡桃に苦しめられたのだった。

べったり胡桃に苦しめられた晴季を、さらにハリガネ人参が襲っている。

足元に蛇《じゃ》の鬚《ひげ》やらシダやらにまじって、何食わぬ顔で佇んでいたハリガネ人参めが、不意に動き、晴季の足を拘束しようとした。不快音を花が奏でながら。

木の間から、夏の日差しが突き刺してくる山林で、晴季は……衣にくっついて絶対にはなしてくれない樹と、足首にからみつき、ぐいぐい食い込んでくるハリガネ並に硬い草によって、悪戦苦闘した。

――浪人どもの気配が近づいてくる。

こんな処を見られたら、とらわれてしまうだろう。

べったり胡桃の、枝はべたつかない。これに気づいた晴季。

晴季は夢中で短刀をつかい、べったり胡桃の枝を切り落とし、足首とハリガネ人参の間に何とか刃をこじ入れ、汗だくになって隙間《すきま》をつくり、危難を脱した。

ただ悪戦苦闘する姿を時康の家来に見られてしまった。

これにより――緑苑院全体に、警戒が走っている。

何とか藪に潜り込んで追手を逃れた晴季だが、また別のべったり胡桃や、局所的な豪雨、雹《ひょう》などを引き起す天変竜胆《てんぺんりんどう》なる妖草に襲われ、散々な目に遭っている。警戒の破れ目をさがして山林をさ迷う内、方角も見うしなってしまった。

こう行けば古屋敷に出られるとわかった時には既に日が暮れていた。

夜の山を行く途中、荒々しく波打つ松明をみとめた晴季は、老木の洞《ほら》に入って、やり過ごしたわけである。

晴季は庭田邸を訪れた経験もあるから、妖草師という言葉は知っていた。だが、どうも、妖草なる存在《もの》を信じ切れていなかった。

今日までは。

い、い、い、べったり胡桃や、ハリガネ人参を目《ま》の当りにした晴季は、これこそ、話に聞く、妖草妖木だと思ったし、時康は妖草師ではないのかと、考えつつあった。

足音が聞こえなくなってから、久しい。

(先刻……夥《おびただ》しい鉦《かね》の音が、上方でした。やはりここを登って行くのが正しい)

洞から、出る。

断碑《だんぴ》らしきものに、ぶつかる。

晴季は明りをもっていない。月光がない夜で、真にかすかな星明りをたよる他ない。

這うように笹原を登ると、高い所で光るいくつかの、妖しい黄緑色が見えてきた。

その黄緑光が――塀が如きものを照らしていた。

(古屋敷。……しかし、あの光は。……松明でも、提灯でもない)

古屋敷の築地塀《ついじべい》をこえた先に、冥府《めいふ》の森に似た、黒い、樹林の影が視認できた。

黄緑光は樹から放たれている。

ある一定の間隔を置き、築地の内側に立つ樹の梢が……淡く光っていた。この世ならざる、妖《あやかし》の火に思える。

慎重に近づく。

先程、重奈雄侵入を聞いた、時康は、全浪人を、古屋敷と、新館にあつめた。さっき晴季が聞いたのは、その合図であった。

左様な動きは知らなかったが、己の闖入《ちんにゅう》が緑苑院を厳戒態勢にしたのを晴季はわかっている。

足音を出さぬよう心をくばりながらすすむ。

――妙であった。

照明はあるが、見張りの気配はない。

やけに……静かなのである。

築地塀の前に立って左右をうかがうも、状況は変らない。晴季は倒木を見つけた。太い。

キノコが生えた、栗《くり》の、倒木。

倒木を、築地塀に斜めに立てかける。無論――音が出ぬよう細心の注意を払った。

「……」

左右を、うかがう。

誰も飛んでこない。

晴季は、倒木を、登った。

築地塀の上に行った所で、

「――」

晴季は瞠目した。

男が二人、光苔《ひかりごけ》のような黄緑光につつまれて、倒れている。黄緑光の光源たる樹の下に弓、鉄砲をもった浪人が昏倒していた。見張りであろう。斬られてはいない。何か、強い、衝撃を受けて、気絶しているようだ。

晴季は誰にも咎《とが》められず――下草に飛び降り、古屋敷に入った。

(茶山寺殿は……古屋敷は何年もつかっていないと言った)

だが明らかに樹上で見張っていたと思われる男二人が樹下に落ち昏倒していた。

何年もつかっていないどころか、余程、時康にとって大切な場所と思われる。

――歩み出す。

すぐに、立ち止った。

晴季に公城のように武芸の心得は、ない。だが、もしここに……初音がいて、彼女を救出せんとするならば、刀剣を振るう局面もあるのではないか。

昏倒した浪人者を見る。

一人目はかなり近い黄緑光に、もう一人は少しはなれた黄緑光に、照らされていた。緊張が冷たい液体となって血管を駆けめぐっている。

歩みよる。

一人目は、大小をもっていなかった。

――抜き取られたようだ。

二人目に、歩みよる。

この男は大小を所持していた。何かに打ち据えられたようで、白い泡を噴いて、昏倒し、呆《ほう》けたように口を開き、下草に顔を転ばせていた。そっと、大小を抜き取った。

帯に差す。

そして晴季は――古屋敷のさらに深奥に、歩みはじめた。

重奈雄、蕭白、大小を帯に差した上田秋成は、古屋敷内の密林を、潜行している。明り瓢が行く手を照らしていた。

少し前——築地塀の外に重奈雄たちはついた。

重奈雄はすぐに、塀の内側で光っているのは、明り瓢だと、理解した。

時康は明り瓢の蔓を所々の樹に、からませている。その樹の、股などに、弓鉄砲の者を置き、警戒に当らせた。見張りがおらず明り瓢だけがからんでいる樹もある。

見張りがいるか、いないか、容易には侵入者に、うかがい知れない。

見張りはうまく、葉群《はむら》に隠れているからだ。

以上のことを察知した——重奈雄は、悠然と、黄緑光に己の姿をさらした。

見張りは、いた。

弓鉄砲が構えられる。

刹那、目をつむった重奈雄は——

「妖草・天人花《てんにんか》」

黒い袋から、瞑目した状態で、一輪の花を取り出す。

その花は桔梗《ききょう》と全く同じ姿をしていた。だが、桔梗が、あと一月ほど後に花開くのを鑑《かんが》みれば、これはやはり、桔梗ではなく、何か恐るべき力をもつ妖花なのであろう。

取り出された天人花は——世にも眩しい閃光を放射した。

六道の一つ、天道では、瑠璃《るり》が大地となっているという。

鈴鹿《すずか》の物語によれば、源利宗《みなもとのとしむね》が鈴鹿山で入り込んだ、仙境には、金銀水晶の池があった。その池には、五色の波が立ち、燦然《さんぜん》と五色に輝く、蓮《はす》もそよいでいたという……。

斯様な仙境は、常世にもある。

瑠璃が土になり金銀水晶が池になるのだからそこに咲く花も当然まばゆい光を放つようになる。

妖草・天人花は——常世に咲く桔梗である。

常世では常に輝いている天人花だが、人の世では、まるで命を燃やし尽くすような光の狂奔を、たった、一度、くり出す。光の狂奔は、黒い袋か、筒の中に入れておいて、さっと取り出した瞬間——かなりの確率で起るという。

大寺院の参拝客の心を苗床に、妖草妖木が芽吹きやすい、花山を、重奈雄は人参果をもち去った謎の集団を追い、逍遥《しょうよう》していた。

左様な逍遥の中で重奈雄は、天人花、そして、もう一種類別の妖草を見つけ、手に入れている。

固く目を閉じた重奈雄がもつ天人花から、光の怒濤《どとう》がくり出されていた。ひたすら眩しい。あらかじめ注意されていた蕭白らも目をつむっていた。大量の豆銀を、ばらまいたような、あるいは、光り輝く米粒をぶちまけたような、眩しさだった。一つの光ではない。いくつもの、小さい、閃光が、桔梗に似た花から、放出されたのだ――。

閃光で目がくらんだ見張りが二人、樹からころげ落ちる。その衝撃で昏倒した。重奈雄が鉄棒蘭を伸張させ、塀の向うの樹に、からませる。今度は、ちぢませると、その、収縮力によって、重奈雄の体は、上へ引っ張られた。

蕭白と秋成は塀の上に立った重奈雄が鉄棒蘭を垂らし、それにつかまる形でよじ登っている。

瞬間、気絶していた見張りが一人、蘇生《そせい》、重奈雄に斬りかかるも、鉄棒蘭が打ち据え、再び昏倒させた――。

秋成はその男から大小を抜き取った。

故に、少し後にこの場所を通った晴季が見た時、見張りの一人は刀をもち去られていたのである。

今——重奈雄たちは、松や樫が深く茂る、密林同然の、庭を歩いていた。

定家蔓が白い花を咲き乱れさせ芳香がたゆたっている。

大木の下には、背が高い雑草や篠竹が、生い茂っていた。

左様な木立を、重奈雄、秋成がもつ黄緑光が、揺れながら、照らしてゆく。

と、
ギィィッ……、ギィィッ……イッッ。

引っ掻くような、軋むような音が、する。

何かが森で蠢いているようである。

黒い殺気が、白い芳香をまき散らしながら——高速で、動く。

アラ樫に巻きついていた定家蔓が猛速で動いて蕭白の首をつかまえた。

(首絞め蔓か)

面差しを引きしめた重奈雄が、鉄棒蘭で助けようとする。

さっき聞いた軋み音は、今から蕭白に巻きつこうという、首絞め蔓の、準備行動が起した音だった。

駆けよらんとした重奈雄だが、

「――」

体が不意に浮き上がる感覚に襲われた。

何者かが、後ろから肩をつかみ、恐るべき力で体を丸ごと、もち上げにかかったのだ。

秋成は見ている。

黒鬼みたいに、ずんと立っていた樫の巨木が、俄かに動き、重奈雄を後ろからつかまえたのを……。

重奈雄はぐんぐん、森の上の方へ引き上げられてゆく。そして、すぐ近くでは蕭白が襲われていた。

白い花を咲かせた、木蔓が、絵師の首に、巻きついていた。蕭白は面貌を歪め、剝《む》き出しにした歯で、苦しさと、夜気を、噛んでいた。

(蕭白が殺される)

と感じた、秋成。

抜刀する。

剣を――木蔓に振り下ろす。

硬い。

首絞め蔓は、なかなか頑強であった。もう一度、振る。

白い花を何枚か落とし——木蔓は切断されている。

蕭白は大きく息を吸い、しゃがみこんだ。——助けられた。

一方、重奈雄は……


高速で上へ引き上げられてゆく。

蕭白と秋成は、どんどん小さくなる。

（木魂《こだま》か）

引き上げられながら重奈雄は、思った。

木魂というのは、常世の木ではない。

何百年も生きた人の世の樹が妖気を獲得するのを、妖木化、というが、妖木化の典型的な例が木魂であろう。

樹種は問わぬ。

ただ長い歳月を生きた樹に霊が如きものがやどり、動けるようになったり、斧《おの》を入れようとした者に災いをなしたりするのを、木魂と、呼ぶ。

中国大陸には、ある権力者が老樹を剣で切った処、血と見まがう樹液が迸《ほとばし》り、その権力者は危篤に陥った話がつたわるが、これこそ正に木魂のなせる業《わざ》である。

また、近くに妖草妖木が茂っている場所にも、木魂は生じやすいという。

古い樹が密生し、妖草妖木が生い茂る「妖木館」は、真に木魂が生じやすい環境にあった。


肩甲骨の奥に木魂と化した樫の枝、いや手が、くわえる強圧が、ひびく。

木魂は二本の太枝《ふとえだ》を腕の如く駆使して重奈雄をつかまえていた。

重奈雄が、鉄棒蘭が生えた樫の杖を——上へもち上げた。

鉄棒蘭が自分をつかまえる枝に振られる。

——!

節くれ立った太枝が、ぶちおれ、体が一気に——下に落ちた。

猛速度で地面が近づいてくる。

重奈雄は、目についたムクロジの樹に鉄棒蘭がからまるように念じている。

鉄棒蘭が、黒風と化して、動いた。

物凄い風が、下からきて、体が大地に激突しそうになる。

黒い棒状妖草が、ムクロジにからまった。

再び、体が浮く。

ムクロジが宙に枝を投げかけていて、その太い枝に鉄棒蘭が巻きついており、重奈雄の体は、そちらに、高速で、風を裂きながら――引っ張られる。

地面に茂った篠竹の枝葉に、草鞋がぶつかってゆく。

同時に鉄棒蘭が断ち切った木魂の太枝が落ち、ギザギザした葉の群れが大地を力強く叩いた。

ムクロジの枝の下にできた空間で、重奈雄はその音を、聞いた。

重奈雄は鉄棒蘭にほどけるように指示、着地している。

蕭白、秋成と、合流した。

刹那――細い殺気の雨が、三人に、降りそそいできた。

鋭利で、速い。――多い。何百本も降ってきた。

逃げる。

灌木の陰に入ろうとする三人を追い、放射されているそれは、松葉である――。

だが、シダの葉や茎を容易に貫き、地面にビーンと直立する形で突き刺さっている処から見て、並の松葉より遥かに強靱な松葉なのは、明らかだ。

「……悪松《あくまつ》か」

灌木に隠れた重奈雄は、呟いた。

妖木・悪松――黒松に似ているが、黒松より樹皮は黒く、葉も黒緑色だという。その葉は並の松葉と比較にならぬほどの、強さを、もつ。悪、と呼ばれる所以《ゆえん》は、悪松が旅人などに、この松葉を雨の如く降らせるからである。

「何本か肌に刺さっただけで、深手を負いそうだな。何百本か一気に刺さったら……討たれるやもしれぬ」

重奈雄は分析している。

重奈雄と蕭白は、緊張の面差しで、悪松を見ていた。

後の読本作者、秋成は……怖れと興奮がいりまじった、複雑な眼色で、悪松を眺めていた。双眸は潤んでいた。もしかしたら聳《そび》え立つ妖木の巨大な影がこの青年がもつ豊かな想像力の泉に大きな波を掻き立てたのかもしれない。

傷ついた面《おもて》できらきらと輝く二つの潤みは、そんな心の働きを物語っていた。

白い芳香が近づいてくる。

さっき倒したのとは別の首絞め蔓が、静かに地面を這って、そっと近づいてきた。

花を咲かせたまま、近づいてきた。

蕭白が、楯蘭で打ち——追い払う。

悪松が何処に逃げたというふうに枝を振っている。

また、針葉が、どっと飛び——それに当てられた野草どもが、一気におののき、ひれ伏す。

白皙《はくせき》の妖草師は、ある一本の妖草を取り出した。花山で見つけたもう一種類の妖草である。

秋成が、

「重はん、それは、妖草……」

「勿論、妖草だ」

灌木に隠れながらも、秋成は強い興味をしめす。

「どないな、妖力を?」

「うむ。見てのお楽しみだ。行くぞ」

——三人が、立つ。

悪松が引き起す殺気の旋風の中に、入る。乃ち、別の木を目指して全速で駆けた。厳めしい悪松の大木が、枝を、振った。

――――――!
凄い、針葉の嵐が、襲来している。
重奈雄は、
「妖草・知風草《ちふうそう》」
手にもった妖草にふっと吐息をかけた。
重奈雄が手にもったのは、白い綿状の花を咲かせた、浅茅《あさじ》に似た草である。
妖草・知風草は息を吹きかけると突風を引き起すのである。
悪松が放った針葉の雨と、知風草の風がぶつかる。
――知風草の風がまさった。
何百本もの針葉どもが、噴射した悪松自身に、はね返されてゆく。
一気に速力を上げて、走る。悪松はひるんでいた。
走る秋成は、歓喜をおびた目で、その光景《さま》を見ていた。
後に、秋成が……怪奇小説にのめり込むきっかけとして、この翠黛山の一夜があったということは、考えられないだろうか。

秋成が執筆した雨月物語には、
雷《らい》に摧《くだか》れし松の聳《たて》え立るが、雲間の星のひかりに見えたるを……

という、一文がある。

秋成は当然、妖草妖木について他言無用という注意を受けていたはずである。にもかかわらず、この松の一文は只《ただ》ならぬ凄気《せいき》が漂っている気がする。妖草妖木の記憶が、妖気の汁となり、墨汁に垂れてしまった気配が、ある。

ちなみにこの松の描写がある短編は「浅茅が宿」である。


今の悪松が攻撃できない所まで逃げた。

と、今度は前から、また針葉の雨が降ってきた——。

前にも、悪松が、立っていた。無論、さっきの悪松と別の悪松だ。

重奈雄は、二本目の知風草を取り出している。

やわらかい綿雪に似た花が、夜気に、ふるえる。

——吹いた。

物凄い風が起き、針葉を悪松に叩き返す。

悪松が別の枝を振った。もう、知風草はない。重奈雄が、

「伏せよっ！」

三人は下草に突っ伏し、攻撃をかわした。何百本もの針葉がすぐ上を唸りをあげて飛んでゆき、頭皮や肩に掠《かす》り傷ができた。

また、枝が振られる。容赦ない止《とど》めの一手が計画された。

くる。

三撃目の針葉が雨となって降りそそぐ——。

重奈雄は鉄棒蘭を、水車のようにまわしている。

一度、念じると、三本の鉄棒蘭はぐるぐると高速で回転し——次々に、襲いかかる、悪松の鋭気を、火花を散らしながら弾《はじ》き飛ばした。

汗だくになりながら、鉄棒蘭で、針の雨をふせぐ重奈雄。

と、

「こっちで声がしたぞ」

「何やら、騒がしいぞ」

声が、する。

（……時康の家来か）

しかし悪松の攻撃が終るまで、走り出すわけにはゆかぬ。それが隙となり――一気に悪松に討たれるだろう。

針の雨が弱くなり、そしてすぐに、止《や》んだ。

悪松が枝を振る。空回りしている。

もう葉は、落ちてこなかった。まだ葉は茂っているが、枝からは落ちない。つまり発射するまでそだっていない葉ばかりになった。

重奈雄たちが、腰を、上げる。

だがその時にはもう――二人の浪人がかなり近くまできていた。

提灯をもった男と、槍《やり》をもった男が現れた。

いずれも主家を幕府に滅ぼされ、倒幕するという時康に強く共鳴、戦乱の世を今か今かとまっている男どもだ。

「何をしておる！」

「こ――」

ここにいたぞ、と叫ぼうとした男を、鉄棒蘭が激しく打擲《ちょうちゃく》――鎮圧する。

提灯が転がった。

もう一人、槍をもった男が――ありったけの剛力を、穂先に込め、突き込もうとする。

しかし、宝蔵院流《ほうぞういんりゅう》槍術の使い手たる、この男の腕力によって動く槍よりも、念力によって動く、鉄棒蘭の方が……遥かに速い。

豪速で打ち下ろされた鉄棒蘭が、柄を、上からぶちおる。

穂が、下草に転がっている。

はっとした男が抜刀する間もなくまた別の鉄棒蘭が直線的に動き鳩尾《みぞおち》を突く。

——昏倒した。

また、前進した。

木立が開け、妖しい草地が重奈雄たちの前に現れた。そこに茂る、怪しい姿形の草を見、妖草であるとすぐにわかった重奈雄は、

「……真剣草。葉が刃になる草だ。さわらぬよう注意してくれ」

押し殺した声で、囁く。

真剣草の草地を注意して移動する。

（……沼があるようだな。成程《なるほど》——ここに大本の水虎藻がおったか）

重奈雄は、全てを理解した。冷気の光芒《こうぼう》が切れ長の瞳を、走る。

（茶山寺時康……百年に一度の野心で、水虎藻を芽吹かせし男）

沼が、鳴った。黒く大きなものが蠢いたようである。

(その水虎藻のために……娘たちをさらっていた男。椿も、初音殿も、おそらくさらわれた中にいる。

……一刻も早く止めねばならぬ男のようだな)

と、

「重はん」

秋成が、肩を引いた。

秋成の明り瓢が妖草原を照らしている。

杭《くい》が、あるようである。

その杭に人らしきものがつながれていた。

弱々しく、乾燥した声が、しぼり出された。

「……助け……助けて」

――こうして与作は、重奈雄たちに助け出された。

竹筒で水を飲ますと、とらわれた経緯を話している。

「椿は何処にいるのだろう?」

重奈雄が問うと、

「つれてこられる途中、沼の向うに建物、見えました。もしかしたら……椿様、そこにいてるかもしれまへん」

「沼の向うの建物……」

与作を、ともない、沼に近づく。

(槍蒲《やりがま》か。一体、時康は……何のために斯様な妖草を)

真槍になりつつある葉で傷つかぬよう注意しつつ黒い水の広がりに足をはこぶ。

「沼の向う、あん辺の樹だけ、昼間見るとようわかるんですが……枯れとります」

「ほう」

椿と水虎藻を倒した日、龍安寺にいた与作は言った。

「水虎藻言いましたか？　あん藻が、もしかしたら、おるん違《ちゃ》いますか？　あん辺りが棲《すみ》家《か》なんでっしゃろ。そいで、毒気が……」

「それはありうるだろうな」

重奈雄は、首肯した。

枯れた林からかなりはなれた所に——その建物は、あった。

水閣である。

赤々と灯火が灯り、幾人もの者が厳戒をしいているようだった。

分厚い火柱のような熱い感情が重奈雄の内で滾《たぎ》る。

生きていてくれ、椿——という思いだ。

その時である。

林から——男たちが出てきた。

三人。

松明や提灯をもたず明り瓢で道を照らしてきたため、林を移動している時はわからなかった。

さっき、悪松に襲われた林と反対側、水閣に行く手前にも林があり、男たちはそこから現れている。

時康につかえる浪人たちがいきなり出てきたため、重奈雄たちが一瞬、面食らう。

猪《いのしし》に似た大男が黄緑光をこちらにむける。

「何をしていた？　お前ら」

「……」

「——おったぞぉ！　者ども、出合え、出合えぇぇ——っ！　ここにおったぞぉぉ」

現れた男——幾田は大喝した。

時康は、重奈雄が与作救出に現れる場合もあると判断。二人の者に、与作を守らせた。さっき重奈雄が打ち据えたのは、この二人である。二人だけでは心もとないと思いなおした時康はさらに幾田ら三名をつかわした。

この三人に、重奈雄らは、見つかっている。

二人が抜剣。一人が、鉄砲を構える。

鉄棒蘭はとどかないが——鉄砲の弾はとどく距離だった。両者の間には、真剣草が生い茂っていた。

もう間もなく、さらなる増援がやってくると思われる。

まさに引き金が引かれようとする。

重奈雄が、

「妖草・天人花」

引き金が——引かれた。

夏の銀河を眩しくして地上にこぼしたような、妖花の閃光と、種子島《たねがしま》銃が噴いた赤い火が、同時にきらめいた。

射手が閃光で目を叩かれたため、大きく狙いをはずした鉛弾が——重奈雄からかなりはなれた、真剣草に当り、あたらしい火花が、散る。

幾田ら三人は、閃光で、目が、くらんでいる。重奈雄と蕭白、秋成は瞑目し、与作の眼には蕭白が手を当てていた。

「——逃げるぞ」

向うに何人応援がくるかわからない。弓鉄砲の者がいる以上、鉄棒蘭を頼りに無理に突破するわけにはいかない。

一度退き、密林に身を隠す必要があった。

さっきの林に、入る。

そこで——

「こっちに逃げたぞー！　真剣草の原から、林に入った」

視力をとりもどした幾田が叫ぶ声が聞こえた。

林を、少し走った。

蕭白が、言う。

「のう重奈雄」

走りながら、

「何だ？」

「さっきの建物からも、きっと応援が出たはず。だとしたら……あの建物は手薄になっているのではないか」

「……」

「俺達が、連中を引きつける。お前は手薄になったあの建物に行き——椿殿を助けよ」

重奈雄が、急激に静止する。蕭白も止った。秋成と与作も、足を止め、こちらを真剣に見ている。

「……本当にやってくれるのか？　危険だぞ」

鉄棒蘭がない状態で、武芸に秀でた用心棒たちを引きつけるということだった。

蕭白は、言った。

「大丈夫じゃ。伊勢《いせ》で放浪していた折、何度か酒に酔った浪人に追われた覚えもあるのじゃ」

流れ星が落ちた。

——妖気にみちた山であった。だが、澄み切った大気の遥か果てには、満天の星がきらめいている。

黒い梢で、複雑に区切られた星空を、今一条の流れ星がすっと落ちてゆく。

荒い、足音が、近づいてくる。

重奈雄は蕭白を真っ直ぐに見つめ、

「――たのむ」

「ああ。達者でな」

「蕭白……お前もな。死ぬなよ」

二人は、肩を、叩き合う。

そして、重奈雄と蕭白たちは――別々の方向に走りだした。

重奈雄が、藪椿の茂みに、身を隠す。

すぐに、きた。

幾田らが。

「我こそは妖草師・庭田重奈雄！　妖草師・茶山寺時康と話をすべく推参したっ。雑魚《ざこ》と話す暇はない。

時康を、呼べい！」

わざと場所をおしえるべく、蕭白が大音声《だいおんじょう》で叫んだ。

「お前に雑魚と呼ばれた者の剣が——お前を斬ってくれるわ！」

怒気の嵐をまとった幾田らが、声がした方に、ばたばたと疾走してゆく——。

幾田らが大分遠くへ行ってから重奈雄は水閣への潜行を開始した。

乃ち、椿がとらわれ、時康がいる建物を目指した。


幾田がこちらにいると叫んだ時、時康は水閣にいた。いそぎ五人の者をむかわせている。

内一人には、

『そなたはまず、新館にむかい、そこを守っておる者の中から四人つれ、重奈雄の捜索にむかってくれ』

と、下知《げち》した。

既に三十六人の家来は古屋敷と新館にあつまり、おのおの持ち場をかためていた。

特に重要な水閣には、十四人の家来がおり、その内、四人は水牢を守っていた。

この四人は動かせない。

時康はそれ以外の者から、五人をえらび——重奈雄捜索に急派している。

人参果がうえられた部屋に立つ、時康。

時康の傍に、狛犬《こまいぬ》のように、二体のダルマ柊がいた。またげっそりと痩《や》せているが相当な剣力をもつ氷部と、二人の手練れが同じ部屋にいた。

時康の手には黒い杖がにぎられていた。

黒い杖で、黒い影が、七本、蠢く。

――鉄棒蘭。

時康の杖では……七本の鉄棒蘭が闊達《かったつ》に蠢いていた。

時康が人参果に視線を動かす。

――まだ、青い。

肌色に色づいた所は前よりも広がり、胎児に似た実は明らかに大きくなっていたが、全体として見ると、まだ、青い。今、食しても不老長寿は得られないと考えられた。

人参果は泰平の世を喜ぶ沢山の人々の心を苗床に芽吹いている。

その果実をつもうとする……時康は、泰平の世を壊さんとしていた。そして、己が統《す》べる暗黒の世をはじめようとしていた。

その時康を倒すべく、妖木館に忍び込んだ、重奈雄。

重奈雄がもつ、鉄棒蘭は、時康かその一党の、荒事をのぞむ心を苗床としていた。

……何とも不思議な矛盾であった。

水閣の傍まで、きている。

水閣は沼と同じ高さに一階が、ある。二階が沼にせり出すような構造になっている。

刹鬼《せっき》が漂うような、萱原《かやはら》が、重奈雄を隠していた。

林立する、細い茶色が、重奈雄と、水閣の間にあった。何百本という、去年の萱が、刈り取られず、立ち姿で枯死していた。その下で若々しい今年の萱が親世代を圧倒すべく青く茂っていた。

左様な原っぱに隠れながら――水閣を、目指す。

水閣の入口――二階に通じる――に、見張りが、二人、いた。

屈強な浪人で、槍を所持している。

ゆっくりと近づく。

水閣の守りは蕭白の計略で、大分手薄になっていた。時康は――妖草師としての己の技量に強い自信をもっていた。重奈雄一党が現れても、自分一人で返り討ちにする自信がある。故に水閣の防御力がいちじるしく落ちたとは、思っていない。

「――む」

何かに気づいた見張りが一人、槍を構えこちらに歩みよってくる。

重奈雄も足音を殺し接近した。

鉄棒蘭がとどく所まで、きた。

重奈雄は——一気に姿を見せた。

相手は、瞠目している。

槍が動くより先に、槍より、長い、一丈五尺まで鉄棒蘭が伸張し——

ビシィッ！

相手の肩をぶっ叩く。骨がおれる音が、した。命こそ落とさなかったが、戦力をなくした見張りは萱原に崩れた。

もう一人が、

「敵襲です！」

警告する。

仲間につたえながら、そ奴《やつ》も槍を構え突進してきた——。

武芸の心得がない重奈雄。

だが、鉄棒蘭は、腕力より、念力に、対応する妖草だ。

相手が肉迫するより前に——神速で横に流れた鉄棒蘭が槍をふっ飛ばす。

はっとした相手の足を、返す鉄棒蘭が払う。

勢いよく、転がった見張りの胸に、また、別の、鉄棒蘭が打ち落とされ——鎮圧している。

その瞬間である。

飛ぶ黒き、殺気が――重奈雄に襲いかかった。

さっきの一声を聞いた、屋内にいた浪人が抜刀、物凄い勢いで跳び出し、駆け、大跳躍して一気に間合いをつめてきた――。

(氷部)

重奈雄の、武芸のつたなさが……この局面で出た。

頭が一瞬茫然《ぼうぜん》としてしまい、どう対応してよいかわからず、鉄棒蘭を動かすという正常の指示を飛ばせていない。

総髪が、宙で、揺らぐ。

氷部はもう剣がとどく所まできた。

反射的に重奈雄は、後ろへ大きく跳んだ。

氷部が着地。

凄い、剣風が、さっき重奈雄がいた位置を――吹きすぎる。

戦慄の粒子がひりひりとした痛みをまきながら体中を駆けめぐっていた。

――鉄棒蘭を動かす。

重奈雄を斬り殺さんと刀を動かしてきた氷部の手首を、鉄棒蘭が叩いた。

小さく叫んだ氷部は、すかさず脇差《わきざし》を抜こうとするも、その脇差も、別の鉄棒蘭が素早く巻き取り――遥か遠くへ投げ飛ばしている。

無刀になった氷部は恐ろしい眼光で重奈雄を睨み、鉄棒蘭がとどかぬ地点まで後ろ跳びした。

「そこまで」

時康の声が、した。

そちらを、見る。

黒杖《こくじょう》をもった時康が水閣の前に佇《たたず》んでいた。背面から照らす灯火が、時康を漆黒《しっこく》の影としていた。表情は、うかがい知れぬ。時康は、右手で杖をもち、左手で、重奈雄の鉄棒蘭を指す。

もう一度、

「そこまでだ」

呟いている。

(俺に言ったのでも……氷部に言ったのでもない?)

鉄棒蘭に語りかけたように、重奈雄は感じた。

次の刹那、驚愕が、重奈雄の、総身を、駆け抜ける。

鉄棒蘭が蠢きだした——。

重奈雄の意志と無関係に、ぐにゃぐにゃと動きだす。

勝手に動きだした鉄棒蘭を、懸命に封じようとする。

(そうか………これが神足通)

脂っぽい汗が体中から噴き出してきた。

時康の神足通——己の周囲二十間以内にある、妖草妖木を自在に動かす、驚異の力。

超絶の力が今、重奈雄の鉄棒蘭を動かそうとしている。

鉄棒蘭が、重奈雄を、叩こうとした。

(俺が敵ではない。相手は、彼奴らだ)

という念をおくり、何とか鉄棒蘭の打撃をねじまげ、当らなくする。

また、別の、鉄棒蘭が、動きだした。

——強い念を込め、封じる。

三本の鉄棒蘭は、神足通にしたがうか、己が着生した枝をはじめににぎった者につかえるという、固有の本性にしたがうか、板挟みとなり、蛇の如くさかんに蠢いていた。

氷部が歩きだした。

口元に、冷たい笑みを浮かべている。

萱原に落ちた大刀にゆっくりと歩みよる。

鉄棒蘭は、まだ去就を決めかねていた。懸命に――俺の言うことを聞けと、念じるも、なかなか思うように動かず、重奈雄の足を叩こうとして思いとどまるなど、不規則な、動きを、見せていた。

水閣の前に佇む時康は重奈雄の鉄棒蘭で重奈雄を打とうとし、重奈雄はそれを必死に食い止める。

――二人の妖草師の念力のぶつかり合いが、目に見えぬ火花を散らしていた。

氷部が、刀をひろう。

鉄棒蘭は、まだ、言うことを聞いてくれぬ。

氷部が一気に走りだす――。

(鉄棒蘭……たのむから力をかしてくれ。俺は、どうしても……椿を助けねばならぬのだ!)

数年分の精神力を一気にかたむけるくらい強烈な気持ちを三本の鉄棒蘭におくった。

鉄棒蘭は――動いた。

颯爽《さっそう》と、高速に、まわる形で、動いた。

三本の鉄棒蘭は一思いに旋回――一挙に氷部の大刀にぶつかるや、火花と共に、ぶち折り――愕然とする氷部に、瞬《まばた》きの暇《いとま》もあたえず、胸を打ち据えて、数間向うまでふっ飛ばした。

総髪の浪人は、したたかに大地にぶつかり、のびてしまった。

鉄棒蘭は神足通ではなく、重奈雄の意にしたがう方をえらんだのである。

時康は、

「……ほう」

口元を、ほころばせている。味方が一人やられたにもかかわらず、重奈雄という強敵とまみえたことを楽しんでいるようである。

重奈雄は、時康を睨む。

余裕の微笑を浮かべた時康は背をむけ、水閣に入りながら言った。

「人参果はここにあるぞ。少し話をしよう、重奈雄」

お前と話すことなどない――と思いながら、水閣に歩む。

「……春は何処だ？」

水閣に入りざまに、険しい眼火を灯した重奈雄は訊ねた。

時康のすぐ横に半中庭があり人参果がうわっていた。人参果の樹下に、少し元気がない草がみとめられた。

時康の奥に浪人が二人いる。抜き身を、引っ下げている。

さっき時康と一緒にいた……二体のダルマ柊は見当らない。重奈雄から見て、右側が沼、そして時康、時康の左に半中庭、そのさらに左に、閉ざされた襖《ふすま》が、あった。襖の向うは——以前、椿がとらわれていた部屋である。

重奈雄に天眼通はなく、部屋は一見清麗に片づけられていたけれど、柱の一本一本や、床板の一枚一枚に、歪んだ妖気がまとわりついている気がした。目で椿をさがす。——痕《こん》跡《せき》は、ない。早く助けてやりたいという思いで胃や肺が重く収縮してゆく。

時康が手にもつ杖で、七本の鉄棒蘭が蠢いていた。

「重奈雄」

時康は、

「お前にとっても悪い話ではないと思うのだ。我が話というのはな……。お前は話す気もないという心情であるらしいが」

「……」

「せっかくここまできたのだし、話だけでも聞いてみたらどうか？」

「………」

「――場合によっては、椿を助けてもよいという話なのじゃ」

余程、注意してかからぬと……この男が仕掛ける、策略の袋小路に迷い込む気がする。だが椿の生命を時康がにぎっている以上、話だけは聞いておこうという気に、重奈雄はなる。

「……その話というものの内容によるが。いいだろう、話だけは聞いておこう」

時康が妖美な唇に――冷笑を浮かべる。時康の冷笑が重奈雄の眼火を益々《ますます》熱く滾らせる。重奈雄の視線に気づいた時康は、冷たい笑みを隠すように、黒蔓の扇を取り出す。

「人参果の効能については、存じておろう？」

「うむ」

「単刀直入に言おう。

我が副将となるなら――お前にも人参果をわけ、椿の命も助けてやろう。椿とも人参果をわけ合うがよかろう。どうじゃ？」

「……副将だと？」

「わしは天下を引っくり返そうと思っておる」

「──天下を引っくり返して、どうするつもりか？」

「わしが、一切を仕置する世をつくろうと思っておる」

重奈雄は、冷光を瞳から放ち、

「お前にしたがいたくないという者は、どうする？」

「……死んでもらう。そのための、妖草妖木じゃ」

「妖草妖木を天下万民を、威嚇《いかく》するためにつかうのか？」

「お前がそういう反応をしめすのを、この時康……見こしておった。

じゃが、聞け。重奈雄。万民は──この時康に感謝しなければならぬ。万民とは、この六十余州の民を言ったのではない。天下の、全ての民よ」

「どうしてお前に感謝しなければならん？」

「六十余州に戦はないが、その外には戦に苦しんでいる人々がおる。そうした人々に……戦のない世……泰平という果実をもたらすのだから……その功により、時康に感謝の念をいだいて当然であろう？」

「だが、お前に逆らう者、お前に異を唱える者は……許さぬのであろう？」

「──勿論だ」

重奈雄は強く、頭《かぶり》を振っている。

まず時康が語るものが本当に「泰平」であるかを重奈雄は疑問に思った。

戦とは、自分や、自分の家族の命が、突然に奪われるという悲劇を引き起す。

それは、戦の一部である。

時康が統べる世は成程、目に見える戦闘はないかもしれない。だが、時康が統べる世は……時康に逆らった者が、妖草妖木で殺《あや》められる世である。時康のことだから、自分に逆らった者の家族も妖草妖木の餌食《えじき》とするだろう。

……それが、泰平であろうかと重奈雄は考える。

むしろ、隠れた戦、冷えた戦が、ずっとつづいている状態と見るべきではないだろうか。

時康が創る世は目に見えぬ「戦」が内側にふくまれているのである。

だとしたら、彼が創る世を泰平と呼んでしまうのは、時康一流の、詭弁《きべん》ではないかと、重奈雄は考えた。


重奈雄は、きっぱりと言った。

「……お前の副将になったら、椿を解放する？　おそらく、お前は、天眼通の持ち主たる椿にも……同じような妖言を囁いたのではないか？　違うか？　時康」

「…………」

椿はことわった。だから今、とらわれている。違うか？」

　時康は落ち着き払った様子で、扇をしまった。

「俺がお前の申し出を呑んでも…………あの娘は決して、喜ばぬ。それが俺にはわかる。

――お断りする」

「随分と信頼し合っておるのじゃな」

　時康が面白そうに、言う。

「重奈雄。

　椿はこの直下、水牢にいる」

「水牢だと？」

「その水牢に水を入れれば、乃ち、水虎藻が入るということ。お前は左様な状況に追い込まれても……同じことが言えるのかな？」

　重奈雄の相貌から火が噴き出そうになる。

「最後の――猶予をあたえる。

　重奈雄、わしには……夢がある。妖草師として生れた以上、ある妖木をこの目で見てみたいと強く願うのだ。……何だと思う？」

「…………」

「扶桑《ふそう》」

「――扶桑だと？」

重奈雄が、目を、見開く。

扶桑――山海経《せんがいきょう》によれば、はるか東の海上に、扶桑なる巨樹があったという。只の巨樹ではない。おそらくその樹上に――町などをつくれてしまうほどの、化物のような大木である。

西洋には、世界の上に大枝を広げる世界樹の伝説があるが、これは扶桑のことを語ったものかもしれぬ。

時康が、

「お前は扶桑がいかなる心を苗床にするか知っておるか？」

暗い浸透力をもつ声で骨に直接ひびいてくる気がした。

重奈雄は、それを振り払うような強い声で、答えている。

「天下万民の畏怖《いふ》。偉大なる帝王への、畏怖」

「――左様」

狼に似た眼火を時康は灯し、

「さらに、わしは長く生きる内……」

人参果で得られる長寿を、言っているのであろう。

「蟠桃《ばんとう》も手に入れたく思っておる」

蟠桃——西王母《せいおうぼ》の果樹園にあると言われる、伝説の仙桃である。その実を食した者は不老長寿ならぬ、「不老不死」を手に入れられる。

人参果を食した者は恐ろしく長い寿命を手に入れるが、やがて死がおとずれる。だが蟠桃を食べた者は不死身になる。

ギリシャ神話に出てくる、神々の果物、アンブロシアは蟠桃のことなのであろうか……。

(つまり時康は……永遠《とわ》に生き、永遠に君臨するつもりなのか)

わななきが、重奈雄の、全身を、襲う。

眼前に立つ男のあまりに巨大な野心に、一瞬気圧《けお》されかけた。だが、すぐに重奈雄は——椿を思った。丹波や近江の神隠しも、水虎藻の餌食とすべく、時康がさらわせたものと思われる。左様な娘たちを思った。

ふるえが、静まっている。

時康が引き起そうとしている巨大な戦乱でうしなわれていくであろう沢山の命を思った。

この国の人も、異国の人もいるだろう。

男や女、子供もいれば、老人もいるだろう。

闘気が——手にもつ杖につたわり、鎌首をもたげるように、三本の鉄棒蘭が、動きだす。

「俺は、扶桑にも、蟠桃にも、興味がない」

重奈雄は、言った。

「あくまでも戦うと？」

「ああ。時康、公城たちはお前の計画の何処までを知っておるのか？」

鉄棒蘭を構える。

「公城たちは幕府を倒し朝廷が統べる世を、お前は自分が統べる世をつくろうとしている、斯様な違いがあるのではないか？」

時康は、冷えた笑みを浮かべたまま質問に答えぬ。おそらく時康は公城たちを倒幕戦のために利用しようとしているのだと、重奈雄は感じた。

「お前の味方になる気はない。お前に、利用される気もない」

ここまでやってきた重奈雄を得難い人材と思っている時康は、

「本気なのか。重奈雄。

お前の鉄棒蘭は三本、当方は七本。

お前に神足通はなく、わしにはある。

お前は今、単騎。……お前の味方もあまり頼りになる連中ではないようじゃ。わしの周りには、意のままに動く妖草妖木と、浪人たちがおる。

……それでも、やると？」

「俺は――妖草師。

常世の草木が引き起す災いから、人の世を守る者。……妖草妖木をつかい、災いをもたらそうとしているお前の味方になることが、どうしてできようか」

「だから、災いではなく、泰平と言っておろう」

「お前が引き起すものが泰平だとは……俺には、どうしても思えない」

妖木館の主《ぬし》の顔で妖しの言葉をつむぎ出す赤くやわらかい扉が閉ざされる。

時康は、じっと重奈雄を見ていた。

やがて、打って変った冷然たる、深息を発し、

「――残念だ。水牢に水を」

少し顧みる形で、部下に命じる。

浪人二人が動こうとした。時康が部下に振りむいた隙を突き、重奈雄はある一本の妖草を取り出した――。

「妖草・天人花」

最後の、天人花が取り出されるや、時康は目をつむっているが、家来たちには注意できていない。また、時康が、神足通で、閃光を発するなと命じる前に――白銀《しろがね》色の光の怒濤《どとう》が、くり出されている。

「あっ」

「……！」

光に目を打たれた浪人どもがうめく。

同時に、階下――乃ち、水牢の方で、修羅道の戟音《げきおん》かとうたがうほど、凄まじい、闘争音が轟いた。

音のきっかけは、晴季によってつくられた。

晴季は侵入後――いくつかの妖草に苦しめられつつ、無事に水閣までたどりついた。

途中、見張りたちが蕭白に引きつけられていたこと、晴季が通った所にあった悪松が、重奈雄に葉を放射し尽くしていたことなどが、幸いした。

水閣までたどりつくと話し声がしている。

注意深く、藪に潜んだ、晴季は、別の側面に、まわる。

そこは丁度、沼と反対側であった。

闇の藪が、急速に何かにえぐられたような、高さ一丈くらいの、崖《がけ》、ないしは、急斜面があり、それを降りた所から水閣に入れた。

重奈雄が入った入口からは二階に入れたが、そこより低い場所にあるこの入口からは、水牢がある一階に直接、入れた。

見張りは目につく所には二人いる。

まだ、いるかもしれない。

茂みに隠れた晴季は本能的にこの建物の中に初音がいるのではないかと感じている。

理屈ではなく、そう思った。

晴季がもつ剣は、ふるえていた。

——人を斬った経験はない。腕に、覚えも、ない。

右手の甲で血管が、尺取虫みたいに極限までふくらんでいた。

なかなか屈強な浪人が二人、立っていた。

この男たちと戦わねば……初音を救出できないようだった。

秘策を胸に、右手に剣を、左手を背に隠した晴季は、滑るように斜面を降りる——。

見張りはすぐに気づいている。

白刃を振りかぶり、襲いかかってきた。

晴季が、投げる。

左手にもっていたものを、投げる。

それは妖木の枝である。

地面に落ちたそれを——猛進してきた見張りが、踏む……。

「あ——れ」

前へ、すすめなくなった。

見張りは前傾する形で、ぶっ倒れた。

そこに二人目がきたからたまらない。二人目は一人目の体に足がからまって転倒し、二人目の刀が一人目の尻を傷つけ、悲鳴が上がる。

晴季は倒伏した二人の見張りを——斬っている。

晴季が投げたもの——それは妖木・べったり胡桃の枝葉である。庭で、またべったり胡桃を見つけた晴季は、何かの役に立つかもしれぬと思い、刀で、何本か枝を切り、隠しもってきたのである。

べたつかぬ枝を、左手で、もっていたのだ。

重奈雄が聞いた物音は、これであった。

水閣は、また二人の見張りを——吐き出す。

水牢の前で守っていた者たちで、外の異常の物音を聞いて出てきた。

また、一人目が、転ぶ！

晴季は夜闇に隠す形でべったり胡桃を置いていた。それに、左足の草鞋が、粘着——右足を大きく浮かせる形で崩れた。

体をしたたかに地面にぶつけた、見張りは、胃液を吐きながら呻く。べったり胡桃の葉は地面に付着しているため、それを踏んだ男の体も粘液で地面につながれてしまうのだ。

二人目は、用心深い。

「成程」

と呟くや刀で地面をさぐる形で近づいてくる。

小兵だが、得体の知れぬ凄気を漂わせた、浪人であった。全くの細腕で、二人を斬り、一人を戦えなくした晴季が、後ずさる。小柄な浪人は土を刀で掻きながらぐいぐい間合いをつめてくる。

しゃがれた問いを、発した。

「庭田重奈雄も侵入したと聞いたが、一味であったか？」

（では、塀の傍で見た二人の気絶した者は……）

得心した晴季だが、黙している。

距離をつめながら晴季の剣力をはかっていた小柄な浪人が勝てるという確信で瞳孔《どうこう》をカッと広げた。

「中条流《ちゅうじょうりゅう》・江堀新之進《えぼりしんのしん》、参る」

凄い猛気と化して――跳躍してくる。

突っ込んでくる。

ひるんだ晴季は、大きく後退した。足が、地面から突出した石に当り体の平衡が崩れる。

晴季は尻餅《しりもち》をつく形で――転がった。

しかし、この尻餅によって……九死に一生を得た。何故なら江堀新之進を称する浪人の一閃において、晴季の転倒は想定外だったからである。

電光石火の一閃は晴季の肩肉を切るに、とどまっている。

血が、散った。

晴季は熱鉄を肩にこじ入れられたような感覚に陥る。

いそいで、体勢を直そうとした。新之進はそうはさせじと——豪速で打ち込んできた。

晴季は思わず、左手のべったり胡桃を、少しおくれ右手の刀を、顔を守るように動かす。

だから、新之進の剣は——まずべったり胡桃にふれ、それを押す形で、晴季が動かした剣に激突した。

晴季の面貌ぎりぎりに刀圧で押された自分の剣がくる。

面妖な事態が、起っている。

新之進の剣、べったり胡桃、晴季の剣、これらが一個の接着物になってしまった。

双方が刀を動かそうとしても、粘液がからまり、相手の剣や、相手の腕までついてきて、思うようにならない。

面食らった新之進が、晴季を蹴《け》る。晴季は刀を放して転がった——。

新之進にとっての好機となるかと言うとそうでもない。真に困った悲劇、新之進にとっての悲劇が、起った。

蹴った勢いによって、べたつく葉が、袴《はかま》にくっついた。袴に付着したべったり胡桃の葉。

こいつには、刀が二本、一体化していた。

べとべとの粘液につつまれた袴とべったり胡桃、切っ先を下にむけた二本の刀が、一つながりのものになっている。

立ち上がった晴季が脇差を抜き払う。

「やめよ……」

江堀新之進は左手で葉をむしろうとしたが——妖木の葉から、さらなる粘液が溢れ出し、左手までつかまえてしまった。

晴季からありったけの闘気が、鋭い切っ先にそそぎ込まれて——放出される。

脇腹から、血が溢れた。

江堀新之進は絶息した。

晴季は魚子地《ななこじ》の脇差を粘液にくっつかぬよう気をくばりながら、抜き取る。

もう一人、生きている敵がいた。

葉が足にくっつき、したたかに体を打って動けなくなっている見張りの者だ。

荒い呼吸で波打つ体が脇差をもって近づいている。

「この野郎！」

相手が、罵声《ばせい》を飛ばした。

丹波や、近江で、幾人もの神隠しにかかわり、水牢に水虎藻を入れ、娘らが喰らわれる様を見てきた男である。

男は起き上がろうとして、またしくじって、倒れた。

晴季が近づく。

次の瞬間——赤い痛みが、晴季の脛《すね》で、激裂した。

男は大刀を、晴季は脇差をもっていた。男の得物の方が晴季のそれより長い。男の剣風が、高速でまわり、晴季の脛を切ったのだ。

深い傷から、血が、どくどくと流れる。

痛みが全身を走る。

それでも晴季は動けるという利点を活かし——男を討ち取った。

男の体の近くに何かが落ちている。

ひろう。

それは、いくつもの鍵がついた、鍵束だった。


重奈雄侵入を聞いた時康が水牢を出て行ってから随分たつ。

さっきから、表が騒がしい気がする。

椿たちは眼が飛び出すような面差しで、じっと格子戸を眺めていた。

「さっきの見張り、出て行ったきり、もどってきーひん」

お佐伊が呟く。

頑丈な格子戸から、少し低い所に牢屋があり、石段を何段か降りる。格子戸と手鎖には、鍵がついていた。

誰か、やってくる足音が、する。

(重奈雄はん)

椿が生唾を呑んでいる。

やってきたのは——椿が知らぬ、細身の青年だった。狩衣を着ているから公達らしいが、散々な出で立ちだった。肩と、足に、深手を負い、鮮血が流れている。髻《もとどり》は乱れ、泥と汗、植物の汁、木の葉、得体の知れぬ粘液などが、体中にまとわりついていた。

「壺之井はん!」

初音が瞳を潤ませ、頬を歪めて、叫んだ。

一方、二階——

閃光で時康は目をつむり目がくらんだ二人の浪人は膝《ひざ》をおって崩れていた。

もう閃光は止ったと思った重奈雄が、開眼する。

（時康、まだ目を閉じている）

重奈雄はこの機に乗じ、鉄棒蘭で攻めかからんとするも、それはできなかった。

「――こよ」

時康が、言う。

神足通が、襖を閉ざした隣室にいた、ある妖木に、出動を命ずる。

植物に思考はないから……神足通は、常世の植物群の、維管束系《いかんそく》などに、電流に似た刺激でもくわえるのだろうか。その原理は定かではないが、とにかく、隣室にいた二体は……

――呼応した。

ジャキジャキジャキジャリッ！

襖が、吹っ飛ぶ。

襖に体当りしたダルマ柊が二体、急速度で入ってきた。

人参果を傷つけぬよう、緑の丸っこい風は、綺麗な弧を描き、迂回《うかい》、重奈雄めがけて突進してきた――。

転がってくる。

怒りの鉄棒蘭が――振り下ろされている。

転がってきたダルマ柊が、真っ二つになる。

もう一体、くる。

横振りされた鉄棒蘭が――ダルマ柊を、右へ、すっ飛ばした。障子を貫通したダルマ柊は水虎沼に飛んで行き、くぐもったような水音がひびいた。

その時にはもう、時康は開眼。七本の鉄棒蘭が着生した杖を構えていた。

「お前たち、早く行けっ」

時康が、目に手を当てて、すくんでいる家来を叱咤《しった》する。二人は動こうとした。

(奴らを行かせたら、椿が)

急ぎ、ハリガネ人参の種袋と、塩を取り出し――投げる。

投げつけられたハリガネ人参はよろよろしている二人の足元で芽吹こうとしている。

時康が、

「――芽吹くな」

冷たい一喝を、あびせる。

すると――せっかく生じた青い芽が、急速に萎《しほ》んでゆく。

神足通が、芽吹きを封じたのである。

その間隙《かんげき》をぬう形で、ようやく起き上がった二人が倒れた襖を踏んで、外へ出て行った

――。まだ目がくらむらしく、ふらつきながら出て行った。

（まずい。……水が入れられてしまう）

二人をすぐに追いたいが、途中に時康がいるため、まずは時康を克服せねばならぬ。何か時康を攪乱する術はないだろうか。

焦りで険しくなった双眸が、人参果に流れる。

ある策が、浮かぶ。

（人参果……この実を世の中の役に立てたく思っていた。だが俺が――間違っていたのかもしれぬ。

この妖木……時康が如き者の手に落ちれば……）

重奈雄は、人参果が世の中にあってはいけないという結論に達した。

重奈雄の、鉄棒蘭が、黒風となって――人参果に動いた。

二本が幹をぶちおり一本が一際大きい実を叩き落とす。

「やめよっ」

青ざめた時康が、小さく叫ぶ。神足通で制御しようとした。だが、神足通は――重奈雄の鉄棒蘭にはきかない。

この三本の鉄棒蘭……はじめに杖をつかんだ、主、重奈雄に、乃ち、尋常ならざる強い気を注入してくれた白皙の妖草師に、ひたすら従順であろうと、硬く決めているようなのだ。

時康の神足通は、重奈雄の鉄棒蘭にだけはきかない。

重奈雄の鉄棒蘭はなおも素早く動き倒れ伏した枝を叩き直立していた下半分の幹を真上から打ち据えた。

破片となった、木が、水閣に舞う。

「……おのれ」

時康は——地獄の悪鬼に似た形相で重奈雄を睨む。

晴季が、娘たちを解放しようとしている。

格子を、鍵束の鍵で開けた晴季は——中に入るや初音を助けようとした。が、初音は自分より長く牢にいて、自分よりおさない娘たちを先に助けてあげてほしいと嘆願。まず、真っ白い顔をしたおあき、少し落ち着きがないお佐伊が、解放された。次に初音の手鎖をはずした晴季は今、椿の手鎖に鍵をこじ入れていた。

鍵は沢山ある。

なかなか、あわない。

初音が、

「壺之井はん。落ち着いて」

他の娘も心配そうに見守る。

ガチャガチャと鳴る音を頭上で聞いている椿はふと、自分のすぐ傍らで不思議な現象が起っていることに気づいた。

椿は石壁を背に、立ち姿で、両腕を上にのばす形で鎖に固定されている。

すぐ横、石と石の間に、小さな草が芽吹いていた。

（……何で……こないな所に）

――。

鍵が、合う。

細い、金属音と共に……腕が自由になる。

嬉しさが、喉からこみ上げてきそうになった。

椿たちが牢から外に出た――。

暗い廊下を、逃げる。ここしか脱出口は、ない。

と――二人の抜き身をにぎった敵が行く手に立ちふさがった。時康が下に降ろした、男たちだ。

同時にありったけの怨みをこめた恐ろしい声が椿たちの頭上でひびいている。

「おのれ……重奈雄ぉぉ――っ！」

時康の咆哮《ほうこう》だ。椿は、二階に、注意を走らせる。

(重奈雄はん……上に……？)

大猿みたいに、手の甲に黒い毛がべっとり生えた男と、顎《あご》に刀創がある目付きが鋭い男が、行く手をふさいでいた。――廊下は狭く、一対一で対峙《たいじ》するしかない。

椿らの先頭に立つ晴季は、全細胞が燃焼するような叫びを上げ、驀進した。もう、粘着する妖木は、ない。

火花が、散る。

毛深い男は一合《いちごう》で――晴季の剣を――はたき落とした。それくらい腕に差があった。

「その程度かい」

男が、揶揄《やゆ》する。

晴季が後退した。他に出口がない以上、娘たちも後ずさる。

娘たちの中でどうしてもここから出たい、生きて安全な場所に行きたい……という思いが、強く広がる。

毛深い男は舌なめずりしながら間合いを詰めてきた。

椿は、ぎょっとした。

水牢の中で異変が起きている。

（何やの…………あの草）

――さっきの草。

太陽光がない、水牢に芽吹いたさっきの草が……わずかな間に、数尺くらいまで、青い蔓をのばしていた。

――ある一つの妖草の名が、椿の胸底に浮かんだ。

（一夜瓢《いちやひさご》）

天稚彦草紙《あめわかひこぞうし》によれば――天稚彦の妻は西の京の女にもらった一夜瓢の蔓をつかって、一夜にして天に上ったという。

椿は重奈雄が一夜瓢の事件を解決した時には、居合わせなかったが、話はくわしく聞いていた。重奈雄は、お銀《ぎん》という娘を江戸まではこび、そのお銀と平賀源内《ひらがげんない》を遥か南洋にはこんだ、一夜瓢の怪異を、解決していたのである。

(一夜瓢は……ここではない何処かへ行きたいと、渇望する心を苗床にする……重奈雄はん、そう言っとった)

どうしても水牢から出たい、ここではない安全な場所に行きたい、と切願する娘たちの心、そして、翠黛山という特殊な環境——妖草妖木は他の常世の植物を呼ぶ性質がある。妖木の森と言っていいくらい、常世の植物群で溢れ返った翠黛山は、きわめて妖草が生えやすい環境にあった——この二つが相乗効果をなし、今ここに一夜瓢が芽吹いたわけである。

乃ち——空間を自在にこえられる妖草が現れた。

「うちに考えがある。もう一度、牢に入るんや!」

椿は、言った。

「……嫌……そんなん嫌やぁっ」

お佐伊が、泣き出しそうになる。

「他に、手は、あらへん!」

強い決意をこめた手が、お佐伊を、押した。

娘たち、そして晴季は——いそいで牢に入っている。娘らを守る位置にいた晴季は、ここで背中を斬られた。既に、肩、脛を斬られていた晴季は、夥しい血にまみれていた。

晴季が入ると椿はいそいで格子戸をしめる。

「こらっ、開けろ！」

「開けぬと、斬るぞ」

浪人どもが重い出刃包丁のように尖《とが》った声でおどしてくるも椿は歯を食いしばって開けさせなかった。

「みんな、よう聞いて。その妙な草に、白い花あるやろ？」

初音が、

「うん」

「ここから出たいって……」

おあきが、椿に手鎖をわたす。椿はそれを格子戸にかませた。施錠はできなかったが、開こうとする戸を押さえた。

「開けろぉ椿！」

牢格子が大きく揺らぐも、椿は手鎖をもつ二本の腕に全力をこめて押さえつけている。

「ここから出たいって、強く、強く、願うのや！　ほんで、初音はん。初音はんは静原、思い浮かべて」

そうしたら出られると、目で語った。初音にはつたわった。

「静原な。——わかった。みんな、椿はんは、こないな妖しい草にくわしいさかい、椿はんを信じようっ」

おあき、お佐伊が、首を縦に振る。初音は出血した晴季を抱きかかえ、瞑目《めいもく》した。そして——生れ育った里を思い浮かべた。

皆が、ここから出たい、生きて出たいと、強く願った。この悪夢の牢獄から生還したいと強く願う。

凄まじく、荒ぶる力が、格子戸を、開けようとしている。

——椿は、死にもの狂いで抵抗した。

最早、掌に当る、金属質の冷えた痛みと、沼の淀《よど》みの臭いと、この牢に何度も入ってきた藻の臭気と、黴《かび》の気配と、しみついた血の生臭さしか、感じなくなった。

——その時である。

ポン！

乾いた音が、した。

——見る。

白い煙が湧き起っていた。妙《たえ》にはかない白花がまるで香炉の如く静かに白煙を放っていた。
　初音と晴季、おあきとお佐伊が、煙につつまれる。
「椿はん、早く！」
　初音が、叫んでいる。
　潤んだ光が二つ、初音を真っ直ぐに見つめた。椿は――微笑《ほほえ》んだ。
　椿は、言った。
「うちは……ええの」
（妖草師がな……上で戦ってはる。天眼通の持ち主が逃げたらあかんやろ）
　椿の、胸中だ。
「そんな……」
　面貌を歪めた初音が手をのばすも、益々《ますます》煙が濃くなる。
　煙につつまれた四人の体が、急速に薄くなった。
　格子戸が開く。
　時康の家来たちが、入ってきた――。力をうしなった椿は倒れた。だが、その時には、
　初音たち四人は消えている。
　空間を飛びこし、半里先、静原の、ウツギの垣根の前に、移動したのである。

こうして椿だけが、とらわれた。

同瞬間、二階では、重奈雄の鉄棒蘭と、時康の鉄棒蘭が、激しく打ち合っていた——。

時康は人参果がおられると、自分の方に飛んできた実のかけらをひろい上げた。

一際大きい実の破片で、まだ、青い。

不老長寿の薬効はまだないと思われるが、それでも、今ある、ありったけの養分を吸い取っておこうという気持ちなのだろうか。

——時康はかじった。

相当硬いようである。青柿の実ほど、硬いのではないだろうか。

そういう、硬いものをかじる音が、時康の、歯と、歯の間から、聞こえる。

垂れた汁で顎を濡らしながら——魔王の形相で重奈雄を睨んでいる。

「うぬだけは……許さぬ」

咀嚼し終ると、髪を逆立たせ、七本の鉄棒蘭を構えている。

そして打ち込んできた——。

発止！

重奈雄が、受ける。

時康は二本の鉄棒蘭で、重奈雄の右から、二本の鉄棒蘭で、重奈雄の左から、薙ごうとし、別の二本の鉄棒蘭で、重奈雄の正中線を狙いつつ、一本は防御に取っていた。

一方、重奈雄は――三方からくる鉄棒蘭に、一本ずつ対処しているため、どうしても、一対二になり、分《ぶ》が悪い。

黒い嵐のような鉄棒蘭同士のぶつかり合いで、いくつもの火花が散った。

部屋の中にあるものはたまったものではない。

障子が裂けて、悲鳴を上げ、柱は、木の粉を噴き出して、うめき、床板は陥没した。

横にかすった、鉄棒蘭で、重奈雄の白い相貌に、赤い血が垂れていた。

髻が叩かれ、長い髪は全て下に垂れている。重奈雄の顔から首にかけて玉の汗が浮いていた。

一方、時康は――汗一つかいていない。その攻撃にはまだ、余裕が感じられた。

と、

「……シゲさんっ」

子供の頃の呼び方で、椿が呼ぶ声が、聞こえた。

時康が攻撃を中止している。

重奈雄は、そちらを見た。

椿が、いた。

泣き出しそうな顔で立っていた。

重奈雄の正面に時康が、左斜め前方に、人参果が崩れた半中庭があり、その奥に、ダルマ柊が吹っ飛ばした襖が、倒れていて、その襖の上に椿と二人の男がいた。

生きていてくれたかという歓喜が重奈雄を貫いている。

水牢に、水虎藻を入れられてしまう恐れもあると――思っていたからだ。

やっとのことで、重奈雄は言った。

「椿………すまぬ」

椿は、ぽたぽたと涙を垂らし、強く、首を横に振った。

「……どうして?……どうして、あやまるん?」

「わしは水牢に水を入れよと、下知したのじゃが――」

時康が叱責《しっせき》すると、家来が、

「……はっ。実はかくかくしかじかで……」

初音たちが消えてしまったこと、椿だけがのこっていたことが、語られる。

「……晴季め……一夜瓢め」

時康が、うめく。

「一夜瓢に関しては出るべくして出たのであろう」

重奈雄は、言った。時康が睨む。

「時康……あの妖草は一朝一夕の思いで出るものではない。ここにとらわれた幾人もの娘たち……死んでいった娘たちの思いもつみ重なり、今日の一夜瓢が芽吹いたのであろう」

凄絶な妖気をまとった時康は、七本の鉄棒蘭を蠢かせながら、

「椿、今からそなたの目の前で、重奈雄を屠《ほふ》る。ありったけの絶望に沈み、わしを喜ばすがよい」

椿は時康が黒蜂草をそだてている情報を重奈雄につたえようとした。

「重奈雄はん……」

が、ガチャッと、刃音が、首で鳴り、

「――余計なことは申すな」

時康の家来に、警告される。

重奈雄の体の周りに、緊張が生む鋭気の膜が張られていた。策をねった重奈雄は、時康に告げる。

「果たしてそう……上手《うま》くいくかな?」

刹那——重奈雄は、動いている。

素早く取り出したある妖木の実を嚙みつつ、時康の足にむかって、鉄棒蘭の杖を投げつけた——。

最大の切り札と言うべき鉄棒蘭の杖が投擲《とうてき》されるとは思っていなかった時康は些《いささ》か面食らう。

その時にはもう、爆発性と言うべき、突進力を手に入れた、重奈雄の足は、壊れた人参果を跳びこえ、椿のすぐ傍まできていた——。

韋駄南天。

かつてない数を、嚙んだ。かつてない速さを手に入れるために。

こんな屋内で嚙めば、壁にぶつかるなどの悲劇が予想される。上手く、枕莧で制御できるかは、運もからんでくるような話だが……重奈雄は賭《か》けに出た。

(まずは——椿を救出する。椿を、安全な場所に逃がし、態勢をととのえ、時康を倒す)

とにかく今は、目の前に現れた、椿を助ける。

重奈雄はこう考えている。

重奈雄が床をすべらせるようにして投げた杖が、時康に、肉迫する。

驚いた時康は、鉄棒蘭で鉄棒蘭を叩いた。

重奈雄の鉄棒蘭の内、一本は三本の鉄棒蘭に同時に猛襲され——ぶちおられた。杖からも切りはなされた、その鉄棒蘭は、それでも何とか時康と戦おうとピクピクと蠢くも……やがて動かなくなった。——重奈雄の鉄棒蘭は、二本となる。

一方、重奈雄。

韋駄南天をつかい一気に椿の傍まできていた。

重奈雄は、武芸はつたないが、存外、器用な男である。腕力には乏しいが、手先は器用だ。

韋駄南天によって疾風の速度、どんな武芸者も見切れない神速を手に入れた重奈雄は、椿に刀を突きつけていた男の手首を、横からねじり、その刀を落とさせるという超常の動きを見せている。

男の横を風となって走る重奈雄は——そのまま腕を引いて、男を後ろに倒す、という所作を右手でおこない、左手は自分の口の前にもってきて、枕莧を一気に噛んだ。

何が起ったか。

重奈雄が、椿の所まで、一瞬で移動。

椿に刀を突きつけていた男が、刀を落とし、後ろへ倒れて昏倒し、ギシャッ、という体の悲鳴と共に、重奈雄の体が静止する——。

こういう出来事が、刹那の内に起った。

時康も速い。

重奈雄の杖を、時康の鉄棒蘭が薙ぎ払い——遠くへ押しのける。

そして時康は体に突き刺さる咆哮を上げ、重奈雄と椿にむいた。

——時康は一気に鉄棒蘭で叩きにきた。

さっき時康は、椿を今は生かすという口ぶりであったが、重奈雄、椿が、走り去らんとしている状況の変化により、腹づもりを変えたようである。

重奈雄も椿も、昏倒している家来も、茫然と突っ立っている家来も——一気にまとめて殲滅《せんめつ》しにきた。

黒い、魔風が、くる。

血の旋風が、椿のすぐ横で——吹く。

椿のすぐ横に時康の家来が立っていたが、この男の頭の上半分がなくなっていた。鉄棒蘭が叩き飛ばしたのである。赤く生暖かい血をあびた椿だが、叫ぶ間などない。その鉄棒蘭は横から椿を叩こうとしていたし、上からは、細い妖気が三本、豪速で自分を打ち据えるべく――落ちてくるのを感じていた。

天眼通の持ち主は正確に感じている。

だが、体がすくんで動けない。

また動けた処で――この速さでは逃れ様もない。

だが、ある妖草が、椿を守るべく、くり出され、いくつもの火花が、椿の頭《こうべ》の周りで散った。

――楯蘭。

楯蘭は葉蘭に酷似する。

葉蘭は大体、長さは一尺から二尺の間、幅四寸（一寸は約三センチ）近くまで、葉を大きく成長させる。その大きな葉の下部にきわめて長い、しっかりした葉柄《ようへい》がある。

椿を救ったのは重奈雄の楯蘭である。妖気を、感じる前は、やわらかい、楯蘭。

このやわらかい楯蘭を、重奈雄は右手で葉柄をにぎり、左手で葉先をつまむ形で、もった状態で立ち上がり、後ろから差し出して、椿の頭部を守った。

つまり――椿の左首のすぐ横に重奈雄がつまんだ葉先があって、その葉がくるっと反って、椿の頭の上にも楯蘭の葉がのっており、椿の右頭上に葉柄をにぎった、重奈雄の右腕が差し出されているわけである。

鉄棒蘭が殺到する寸前――楯蘭は硬化したため、四つの火花が、椿の首の横と頭の上で跳ねた。

楯蘭は激突した妖草を、劇的に、弱める力をもつ。

楯蘭にぶつかった四本の内、三本の鉄棒蘭が急速に力をうしない動けなくなった。一本はまだ動けるが明らかに弱まっている。

三本の健在な鉄棒蘭と、一本の負傷した鉄棒蘭をもつこととなった、時康が、楯蘭に、念をおくる。

「――」

神足通が命じるや――楯蘭がふにゃりとなり、ただの葉蘭と同じになる。

切り札をうしなった重奈雄。蛆《うじ》に似た黒虫が、病気の樹にどっと湧きはじめたような、暗い感情に、席巻されかかる。

二人を打つべく、高々とかかげられた鉄棒蘭の先端が、天井を、なめた。

剎那——

椿が、動いた。雪膚《せっぷ》を返り血で染めた椿は自分の近くに落ちていた時康の家来の刀をひろうと時康に投げた。

「小癪《こしゃく》」

時康はさっと後ろ跳びし——刀を鉄棒蘭ではたき落とす。その瞬間、天眼通は、二つの小さな妖気がぽとりと、時康から床に落ちたのを見逃していない。

「重奈雄はん！」

椿が、時康が落とした妖草を指す。

戦いで、髻がほどかれ、黒く、長い髪を、下に垂らした、重奈雄が、さっと身を低め、その妖草をつかむ。

時康が鉄棒蘭を振った。それより一瞬前、重奈雄は時康が落とした妖草を口に当て、ふっと息を吹きかけた。

するとどうだろう。

——。

圧倒的な突風が巻き起り襲来してきた鉄棒蘭と時康自体を天井に近い壁まで吹き上げている。

時康は神足通をつかう間もなく、妖風に不意討ちされ、沼側の土壁に背中を、天井に後頭部を激突させた――。

「ぐわっ!」

あまりの衝撃で、鉄棒蘭が着生した黒杖が、落とされる。

重奈雄が吹いたのは――二本の知風草であった。

二本が同時に吹かれたため、一本よりもはるかに強い風が吹きつづける!

深痛により、時康が神足通をつかうのをわすれたため、重奈雄付近に落っこちた鉄棒蘭に、楯蘭が反応。――硬化する。

蠢かんとする敵方の鉄棒蘭を楯蘭で綺麗に薙ぎ払い、枯れさせた。

時康が、神足通で、風をおさめる。

当然――時康は落ちる。

武芸の鍛練をしている時康は、見事に着地できると考えたようだが、壁にぶつかった時点で、肩の骨と、肋骨《ろっこつ》を何本かおっており、思うように力が入らず、腰を強く打ち、血を吐きながら着地した。

時康はよろめき、転がりながら、壁を押している。

そこは重奈雄がくぐった入口と反対側の壁で、隠し戸になっていた――。

隠し戸をくぐった時康が、外の叢に跳び、潜る。

重奈雄は素早く自分の鉄棒蘭をひろった。

椿に、歩みよる。

「椿……よくぞ無事で……」

どっと感情を決壊させた椿が、肩を揺らし、頰を濡らして、重奈雄の胸に飛び込んだ。

重奈雄は椿を強く抱きしめた。

抱きしめると、生きていることの重みが、あたたかい質量となって感じられ――益々きつく抱いた。

椿は、重奈雄の胸に顔を埋《うず》めながら言った。

「うちな……天眼通のこと、ちゃんと言わんかったんやで……。ちゃんとシゲさんの言いつけ守ったんやで。

そやけど……あん男、うちの天眼通……見破ったんや。そいで、うちは、つかまった」

「……………そうだったのか。さぞ、怖かったろう」

椿は強く頭《かぶり》を振る。それはきっと、自分よりも……もう水虎藻に食べられてしまった他の娘の方が怖かったという意味だった。重奈雄は腕の中の椿に、舜海は時康の妖草で眠りの牢獄にとらわれたこと、重熈が懸命に治療しているため、希望をもってよいことをつたえた。

重奈雄は暖かき存在《もの》を少しはなし、語りかけている。

「もう、安心していい。

あの男は今日、必ず倒す」

椿の頰に、ふれる。

その頰は、血と、水牢の埃《ほこり》と、ここに引きずられてくる時についた、草の汁と、泥で、汚れていた。

「手伝ってくれるか？」

椿がこくりとうなずく。

二人は隠し戸をくぐり——水辺の雑草どもが、生暖かい夜気の中で踊り狂う、その狂奔の中に飛び込んだ。

数歩駆けて、椿が、

「重奈雄はん。前の草、鉄棒蘭で薙いで。時康が、何かまいとる」

鉄棒蘭は一本、力尽きてしまった。だが二本の鉄棒蘭が健在だ。

「わかった」

鉄棒蘭が、闇の底を薙ぐ。

時康が種をまき、もう芽吹いていた妖草どもが打ち払われる。

「ハリガネ人参だっ。助かった」

先を、いそぐ。

時康がみとめられた。時康はふらふらと、沼の畔《ほとり》を走っていた。何かを呼ぼうとしているようだった。

白い霧に似たものが、水上を時康に近よる。

（石麵草）

「時康っ！」

重奈雄が、叫んだ時には時康は、石麵草にまたがっている。

「重奈雄……また、会おう。わしは山城をすて、西国の大藩に行き、その藩兵をあやつり――再び天下の中心に現れる」

この男だけは行かせてはならぬと思う、重奈雄だった。

時康をのせた白き浮遊妖草は、水の中心にむかって、低空をすべってゆく――。

水に入るわけにはいかない。重奈雄、椿は、沼の畔を走り、追う。

後ろから警告が放たれた。

「重奈雄はん。左の松。妖木やと思う」

「悪松か」

鉄棒蘭を構えた重奈雄は、

「椿。俺の傍にいろ」

黒い、棒状妖草を、水車の如く、まわしだす。

まるで暴風雨の時みたいに松の影が揺らぎ――針葉の雨が襲いくるも、鉄棒蘭が悉《ことごと》く弾いた。

噴射が終る。

再び、駆けだす。

時康はそう遠くには行っていない。重奈雄は、憶測している。

（神足通は……念力の強さが影響するのではないか）

つまり重傷を負っている時康は念の弱まりを見せているがゆえに石麺草をもっと速く高く飛ばすことができぬようだった――。

長い髪を揺らし、水辺を疾走する、重奈雄。

風顛《ふうてん》磁藻《じそう》を取り出す。毬藻《まりも》に似た妖草で、ふわふわと宙を漂い、他の妖草を引きつける磁力を有する。

五つの風顚磁藻を、力いっぱい、沼にむかって投げた。

丸い妖草は宙を漂い五方向に散開してゆく——。

すると……どうだろう。

石麵草が、沼の上で五つに千切れようとしはじめたではないか。

時康が神足通でもっておさえようとする。が——時康の、力は、かなり弱まっていた。

二つ、塊が分離し、風顚磁藻に引っ張られる——。三つの風顚磁藻は、神足通がおさえたわけだ。が、二つ、おさえられず、ふわふわの石麵草が、裂かれる。

おかげで石麵草はまともな飛行が維持できないほどの小ささになった。

ぐんぐん降下してゆき、飛沫《しぶき》が上がる。

時康は、泳いで、岸に上がっている。

——その時だった。

「あっ、見つけたぞ！　重奈雄」

男のわめき声がして銃火がきらめいた。

重奈雄は自分が撃たれたと思ったが、違う。撃たれたのは時康だった。

重奈雄捜索に駆り出された浪人が、水辺に佇む不審な男を重奈雄と思い発砲したのである。

多くの家来と、妖草妖木に守られし己らの主が……まさかこんな所を一人でうろついているとは、思わなかったのだ。

腹を撃たれた時康が——仰向けに水虎沼に倒れた。

「重奈雄を討ち取った！」

と、叫んだ、浪人が、水辺に近づく。いきなり現れた本物の重奈雄は——鉄棒蘭で、その奴と、もう一人、槍をもった浪人を打擲。昏倒させている。

重奈雄たちは、水虎沼に近づいた。

明り瓢が沼を照らした。

黄緑に輝くいくつもの光の細波《さざなみ》が、仰向けに浮かんだ時康の体を撫でていた。時康は、腹から黒い血を、どくどく流していた。まだ、命はあるようである。

「——」

重奈雄の眼が大きく開く。

血に飢えた黒くどろどろした殺気が時康に近づいていた。

（水虎藻）

水妻《すいせい》の、植物生の、怪物に時康が呑み込まれている。

——神足通はもうきかぬらしい。時康は、血を吐きながら、

「馬鹿者……わしはお前の……」

と呻くも、沼に潜む水虎藻は全く容赦しない。時康を……喰らわんとする。

(深手が、神足通をうしなわせたか……)

直覚した重奈雄は——

「椿、見るなっ」

わななないた椿は重奈雄に隠れ、顔をそむけた。時康は何か叫ぼうとするも大きく開いた口にも狸藻《たぬきも》に似た茎が突っ込まれ声をも封殺される。だが死の際の時康の念は凄まじく、水虎藻に腕を他の茎で引き千切るよう指示。時康を喰らいながら水虎藻はそうしたため大妖藻も滅んだ。

茶山寺中納言時康は——自分の野心が生んだ怪物によって、黒い水に引きずり込まれ、形をのこさなかった。

少し後には、沼の水が真っ赤に染められているだけだった。

「重奈雄、大丈夫か？」

蕭白、秋成、そして与作が近づいてくる。

無事を確認し合い、状況を報告し合っている。

蕭白は追手二人を棒で打ちのめし、幾田ら数名は勝手に戯れ豆の藪に入り込み、魔性の迷路で迷っているという。

蕭白が、

「時康は？」

重奈雄は、沼を、指した。

「……討たれた。己が喚《よ》んだ、常世の藻に」

「……そうか」

蕭白が呟いた時、黒蔓の扇が——重奈雄の足元に流れつく。ひろい上げた重奈雄はしばしの静黙の後、遠くへ投げた。

小さな、水音が、した。

と——時康の家来と思えぬ、いくつものがやがやした松明が、水閣の方から近づいてきた。

——百姓たちだ。

熊手や長柄《ながえ》の鎌でハリガネ人参やべったり胡桃を払いのけ、数十人が森を慎重にすすんでくる。

先頭に大雅と、老いた青侍がいた

大雅が近づいてきた。

「庭田はん……みんな無事で！　これは、大原の衆どす」

大雅によると――

尋常ならざる鉦の音――全浪人に山上にあつまるよう命じた――を聞いて不審に思った里人たちが森に入ると、大雅、晴季の家来と遭遇している。事情を話し合った両者は、緑苑院にたしかめに行った方がいいのではないか、盗人《ぬすっと》が入ったのなら捕物に協力します、と語って入れてもらえば、角が立たぬのではないか、と知恵をしぼり合い……松明を灯し、大挙して、山上へむかった。

新館は重奈雄捜索にも人数を取られていたため四人が守っていた。

大雅らは、この四人に……盗賊は里にも被害が出るため協力したいと、丁重に申し出るも、四人は不自然な態度で拒絶。同時に古屋敷の方から只ならぬ闘争の気配が漂ってきたため、大雅と老青侍は勇気を振りしぼった。

乃ち、大雅らを先頭とする数十人の百姓どもは、四人をふんじばり……古屋敷に突入したのである。

さてこの数十人、妖草妖木についてある程度知る、池大雅と、子供の頃、翠黛山で遊んだ折、ハリガネ人参や、べったり胡桃で嫌な思いをした経験がある古老たちがまじっていたため、奇跡と表現してもよいが、一人の死者も出さず、ここまでやってきた。たのもしい援軍を得た重奈雄は昏倒していた浪人ども、戯れ豆で惑っていた幾田らを里人たちの手をかりて全て縄にかけている。

（夜明けには、所司代、町奉行に使いを出そう）

と、思案した重奈雄。が、早暁には――京都西町奉行・松木行部率いる与力同心どもが翠黛山に殺到してきた。

――舜海。

何と……夜半に、舜海が蘇生。

重熙に椿が茶山寺邸に行ってもどらぬことをつたえた。重熙も、茶山寺邸が、倒幕の企みの一つの震源地になっているかもしれないと、舜海に言う。両者は、深更ではあるが町奉行所に急使をおくらねばならぬという、結論に達した。

この知らせを受けた蝮の行部が急遽《きゅうきょ》、与力同心を起し当地に殺到している。奇数月は、行部の、当番月だ。

幾人かは逃げ、後日洛中で捕縛されるも、ほとんどの寺隷の家来が、この日に御縄にかたった。

危ない妖草妖木は、椿が見つけ、重奈雄が対処法を指示するやり方で——多くの人々の手で、撃退され、黒蜂草も焼かれた。

快挙ばかりではない。

悲しい知らせも、ある。一人の青年が命を落としてしまった。

壺之井晴季。

初音を救うべく三ヶ所の刀傷を負った晴季は、初音の必死の看病にもかかわらず息を引き取った。

初音は——深い悲しみに陥ってしまった。

とにかく、時康が構築した、謀《はかりごと》は、未然にふせがれたわけである。

この功により——一条道香は重熙に重奈雄の勘当の解除を命じた。どうも、重熙もそれをのぞんでいた節がある。

精霊《しょうりょう》送《おく》り

五山送り火とは——精霊をおくる火である。精霊とは死者の霊である。

だから、この火は、暑い盆の夜、都をいろどるのである。

もっとも有名な大文字《だいもんじ》をはじめ五つの火が都をかこむように灯される。

大文字。

左大文字。

松ケ崎《まつがさき》妙法《みょうほう》。

船形万灯籠《ふながたまんとうろう》。

鳥居形松明《とりいがたたいまつ》。

舟形万灯籠は舟の形をした火が、鳥居形松明は鳥居の形をした火が、夜の山肌にぼぉっと浮き上がり、人々に死者を悼むしばしの時を用意する。

七月十六日（今の暦で八月半ば）。

重奈雄は鴨川にいた。大文字をのぞむ土手に、しゃがんでいる。

憂いをとかしたような青い薄暮が重奈雄や送り火を見るべくあつまった沢山の男女をつつんでいた。

隣に座った蕭白が、

「氷部、幾田など、時康の家来の主だった者は死罪。残りは遠島になった」

「うむ、泉州屋もな」

「そして今度は式部に学んだ公卿たちも……」

「処分されたということだな」

重奈雄は、言った。

「徳大寺公城は、止官、永蟄居《えいちっきょ》、家族とも面会停止。西洞院時名は、除近臣、止官、永蟄居、家族とも面会停止。烏丸光胤も同じ……」

二十七人の公卿が、七月二日、右の如き処分を言いわたされた。

また、京都所司代も、謀反の疑い、武器をあつめていたとの情報を根拠に、式部の検挙に動いた。

だが、捜査をすすめる過程で……いくつかの藩がかかわっている、こういう話が出てきたのは、想像に難くない。

京都所司代は玉虫色の裁定を下している。

乃ち、謀反はなかった、だが謀反の噂が出るような行動を取ったことはまずい、一番の責任は竹内式部にある、故に式部は重追放、噂に出てきた諸藩は一切お咎めなし、朝廷が先手を打って処分した二十七人の公卿を、幕府がさらに追及することもない、という地点に落ち着いた。

――宝暦事件という。

また――藤井右門は都を脱走。江戸にいた同志、山県大弐の許に潜伏する。そして、明《めい》和《わ》事件によって斬られる。大弐の著作が柳子新論。およそ百年後に、萩の若きとらわれ人に影響をあたえる書である。

宝暦事件の構図はこれより一世紀後に起る大激動によく似ている。

その違いは、宝暦年間はまだ幕府の威信が高かったこと、一世紀後にかかわる藩が、富山、柳川などより遥かに巨大な軍事力をもつ藩――長州、薩摩《さつま》（大久保利通《おおくぼとしみち》を中心に水戸学が広まっていた）であったことだろう。

「先生は、此度の仕置、どうご覧になりました？」

重奈雄が、芥川先生に問う。

「……そうですな」

霜柱に似た銀髪がまじった細い頭《こうべ》が、うつむく。

重奈雄と椿、蕭白、池大雅夫妻、そして芥川先生と初音で、大文字を見にきていた。

椿ら三人の女は餅などを買いに出ており、重奈雄たちが火をまつ土手に座っていた。

初音はあの後、深い悲しみにより病の床に伏せた。椿が幾度か通いはげましている。今日、初音をここにつれ出したのも椿である。初音は椿について、花を学ぶことを決めていた。

黄昏の青い気を大きく胸を動かした芥川先生が、吸いこむ。そして、

「わたしは此度の仕置というよりも、明日のこと……いや、もっと先のことを考えたい」

「明日のこと？」

大雅が、首をかしげる。

「そうです。山崎闇斎と同じ時期、京に…………伊藤仁斎《いとうじんさい》という学者がいたことをご存知でしょうか？

闇斎学は、朱子の天を、日の神と考える。

仁斎は――朱子の天そのものに疑問を投げかける。

人間に命令をあたえる絶対の存在などない、仁斎は言い切ります。

闇斎は忠を強調する。仁斎は、文字通り、仁――身の回りの人への温かさ、やさしさこそ大切なのだと説きます。

堀川《ほりかわ》の東に、仁斎の塾が、そのすぐ向う岸に……闇斎の塾があったそうです。

双方大変な門弟をあつめ、川の東と西で……全く逆のことを説いていた。

……何とも………不思議な光景ではありませぬか」


倒幕運動は、崎門学、水戸学――国體、祭政一致、富国強兵、大陸アジアへの武力進出を鼓吹する――、平田派国学――神話を事実とみなす――を核とする。

しかし江戸の世は、崎門学と全く違うことを説く仁斎学を産んでいたし、神話を事実とみなす国学の他に……上田秋成の国学、神話を伝説とし、日本を相対化する視座をもつ国学を、しかとはぐくんでいたのである。


「戦国の世を収束させた将軍家、武家が手にした力は絶大なものでした。

百姓が一揆《いっき》を起しても、首謀者は斬られる。村の中で見張り合う仕組みがととのえられ……常にびくびくしている。満足な武器も、ない。下から何かを起せぬゆえ、上から叩き潰すというのが、正解なのでしょうか？」

上とは——将軍の上にある存在《もの》である。

「時康は論外じゃが、式部が幕府を滅ぼしていたら………どんな世になっていたでしょう？

今以上に忠が強調される世になってしまわないか？

わたしは——それを危惧《きぐ》する。それは民の幸せにつながらぬし、そのように皆に怖れられている帝はこの国の民にしたわれてきた帝の姿と……違う気がするからです。

むしろわたしは、当り前のやさしさこそ尊ばれてほしい」

「上ではなく皆の目が下をむく。……あたたかき世になってほしいものですな」

重奈雄が呟いた時、椿らが、かえってきた。

死者を送る大の字が夜の山に静かに浮き上がった。土手にしゃがむ無数の老若男女、橋涼みしている黒い影、大きな影、小さな影から、歓声が上がる。溜息《ためいき》がもれる。

重奈雄の左に蕭白が、右に椿がいた。

椿と目が合っている。

椿の瞳は、いかなる感情に因《よ》るものなのかわからぬ、謎めいた輝きを孕んでいた。

椿から何かあたたかい気が放たれ、重奈雄が受け取る。重奈雄も、同じ気を、微笑と一緒に返す。

＊

二人で街路を歩いていた。

蕭白は、大雅の家に泊ると言い、芥川先生たちは北へ去った。木戸が閉じてしまうまでに椿をおくらねばならない。

手をつないで、歩いていた。

「お父はんがなあ……」

椿が強い意味をこめて、そう言う。

「重奈雄はんに……好きな時に会ってええって言うたんよ」

人気《ひとけ》がない街路である。

椿の手をにぎる、重奈雄の力が、強まる。

「それは……大変喜ばしいことだな」

「何その、他人事《ひとごと》みたいな言い方―

椿は小さくふくれた。

「他人事みたいな言い方ではなかろう」

二人の下駄の音が、止っている。

重熙に救われ、椿をさらった時康を重奈雄が倒したことや、椿の気持ちを聞いた舜海は……最早、椿が添い遂げるのは重奈雄をおいて他にない、という結論に達したのである。

重奈雄は椿を真っ直ぐに見つめていた。

「椿、俺と共に暮し、時に天眼通で手伝ってくれるか？」

温《ぬく》もりがこもった、声が返ってきた。

「……はい。花をおしえに行ってええのなら」

「勿論だ」

舜海は――重奈雄が五台院入りし、いろいろ手伝ってくれることが理想だが、左様な雑事が妖草師の稼業をさまたげてしまうなら、堺町四条で二人は暮し、そこから、椿が通う形でも構わないという……全面的譲歩にまで踏み込んでいるのである。勘当をとかれても、重奈雄は町で暮したいのである。

重奈雄は椿に何か言おうとした。だが、あまりにもいろいろなものがこみ上げてきて、言葉にならなかった。

重奈雄はゆっくりと椿に顔を近づけている。
椿の唇を、吸った。
それから二人は、夜の京を歩きはじめた。

引用文献とおもな参考文献

『対訳古典シリーズ　雨月物語』上田秋成著　大輪靖宏訳注　旺文社
『春雨物語　現代語訳付き』上田秋成著　井上泰至訳注　角川学芸出版
『蕪村全句集』藤田真一　清登典子編　おうふう
『大日本近世史料　廣橋兼胤公武御用日記八　自寶暦八年正月　至寶暦九年三月』東京大学史料編纂所編　東京大学出版会
『朱子学大系第四巻　朱子文集（上）』友枝龍太郎編　明徳出版社
『垂加翁神説　垂加神道初重伝』村岡典嗣校訂　岩波書店
『柳子新論』山県大弐著　川浦玄智訳注　岩波書店
『靖献遺言』浅見絅斎著　五弓安二郎訳注　岩波書店
『改訂版基礎からよく分かる「近思録」――朱子学の入門書――』朱熹&呂祖謙編著　福田晃市訳解　明窓出版
『童子問』伊藤仁斎著　清水茂校注　岩波書店
『新論・迪彝篇』會澤安著　塚本勝義訳注　岩波書店
『秋成の研究』重友毅著　文理書院
『近世神道と国学』前田勉著　ぺりかん社
『日本思想大系31　山崎闇斎学派』西順蔵　阿部隆一　丸山真男校注　岩波書店

『朱子学と陽明学』　小島毅著　筑摩書房
『現人神の創作者たち（上）、（下）』　山本七平著　筑摩書房
『日本思想大系53　水戸学』　今井宇三郎　瀬谷義彦　尾藤正英校注　岩波書店
『池大雅［人と芸術］』　菅沼貞三著　二玄社
『新潮日本美術文庫11　池大雅』　日本アート・センター編　新潮社
『もっと知りたい曾我蕭白　生涯と作品』　狩野博幸著　東京美術
『山県大弐と宝暦・明和事件　知られざる維新前史』　平賀泥水著　日吉埜文庫
『本居宣長』　子安宣邦著　岩波書店
『水戸学と明治維新』　吉田俊純著　吉川弘文館
『吉田松陰と靖献遺言』　近藤啓吾著　錦正社
『近代大阪と都市文化』　大阪市立大学文学研究科叢書編集委員会編　清文堂出版
『西遊記（上）』　呉承恩作　君島久子訳　瀬川康男画　福音館書店
『江戸時代の京都遊覧　彩色みやこ名勝図会』　白幡洋三郎著　京都新聞出版センター
『京都時代ＭＡＰ　幕末・維新編』　松岡満著　新創社編　光村推古書院
『探訪日本の古寺６　京都一　比叡・洛北』　小学館
『探訪日本の古寺７　京都二　洛東』　小学館
『昭和史１９２６―１９４５』　半藤一利著　平凡社
『ドキュメント　太平洋戦争への道「昭和史の転回点」はどこにあったか』　半藤一利

著　PHP研究所
『吉田松陰の思想と行動　幕末日本における自他認識の転回』　桐原健真著　東北大学出版会
『平田篤胤の世界』　子安宣邦著　ぺりかん社
『京都花散歩』　水野克比古著　光村推古書院
『日本花道史』　久保田滋・瀬川健一郎共著　光風社書店
『善光寺まいり』　五来重著　平凡社

ほかにも沢山の文献を参考にさせていただきました。本当にありがとうございました。

解説

末國善己
（文芸評論家）

妖草――それは常世《とこよ》（異界）に育つ植物のこと。人の心を苗床にして現世に芽吹くことがある妖草は、すべてが有害ではない。ただ、マイナスの感情に反応して現れた妖草は、他の妖草やさらに力の強い妖木をも常世から招き寄せ、社会に災厄をもたらすことがある。

江戸中期の京を舞台に、人を害する妖草を刈る妖草師を主人公にした〈妖草師〉シリーズは、徳間文庫大賞を受賞したのに続き、『この時代小説がすごい！　２０１６年版』（宝島社刊）の文庫書き下ろし部門で第一位を獲得し、武内涼の代表作となった。

主人公の重奈雄《しげなお》は、朝廷や幕府を妖草から守る公家《くげ》の庭田《にわた》家に生まれながら、実家から勘当され、今は植物の医者をしながら、妖草に苦しむ市井の人たちを助ける町の妖草師となっている。重奈雄が、普通の植物に溶け込んだ妖草を見抜く特殊な能力「天眼通《てんがんつう》」を持つ幼馴染《おさななじ》み滝坊椿《たきのぼうつばき》、妖草の存在を知り、その戦いを手助けするようになった絵師の池大雅《いけのたいが》、曾我蕭白《そがしょうはく》たちと協力しながら、強大なパワーを持つ妖草と、それを現世に呼び寄せた人間の暗い情念と戦うのが、シリーズの基本となっている。〈妖草師〉シリーズは、増えると一帯を焼き払う「火車苔《かしゃごけ》」、人間を誘い出す「誘静《さそいしずか》」といった妖草に、重奈雄が妖草を使って立ち向かう迫力のバトルシーンが読みどころとなっている。だが作品の魅力は、それだけではない。実在の絵師で、史実でも仲が良かった大雅と蕭白が重要な役割を与えられていることからも分かるように、著者は妖草が巻き起こす事件を、虚実の皮膜を操りながら描いているのだ。意外な歴史的な事実を掘り起こしたり、著名な文化人が思わぬところに顔を出したりする緻密《ちみつ》な時代考証が、奇想に満ちた物語にリアリティを与えているのも間違いないだろう。

このあたりは、常に史実との整合性をはかりながら、超絶的な忍法を使う忍者の死闘を描いた〈忍法帖〉シリーズで人気を集めた山田風太郎を敬愛している著者らしさが見受けられる。医学部出身の山田風太郎は、人間の身体能力を超えた忍法に、医学的、生理学的な解説を加えた。著者も、豊かなイマジネーションで生み出した妖草の生態を、実際の植物を踏まえたり、書物に記載されている架空の植物を参考にしたりして説明している。これも山田風太郎へのオマージュのように思える。

大雅の家に現れた妖草を調べる重奈雄が、裏で糸を引く黒幕に行き当たる第一弾『妖草師』、江戸を代表する文化人・伊藤若冲《いとうじゃくちゅう》、平賀源内《ひらがげんない》、与謝蕪村《よさぶそん》たちが妖草が起こす事件にからむ短編集の第二弾『妖草師 人斬り草』に続くシリーズ第三弾となる本書『妖草師 魔性納言《ましょうなごん》』は、再び長編となり、重奈雄たちが、朝廷の権威回復を目指す公家が弾圧された宝暦《ほうれき》事件の裏で進む陰謀に巻き込まれることになる。

　戦国乱世を終わらせた徳川幕府が、君臣の序を重んじる朱子学を官学にして、再び戦乱が起こらない社会秩序を作ろうとしたのは有名である。だが、徳川幕府は、朝廷から征夷《せいい》大将軍の役職を与えられ政務を行っているので、君臣の序を守るのであれば天皇が上位にこなければならない。朱子学と神道を融合した儒学者の山崎闇斎《やまざきあんさい》や、その弟子の浅見絅斎《あさみけいさい》などの中から、天皇を頂点とする体制の構築を唱える新たな言説が生まれ、これが崎門《きもん》学という学派に発展する。

　桃園《ももぞの》天皇の側近・徳大寺《とくだいじ》家に仕える崎門学派の儒者・竹内式部《たけのうちしきぶ》は、正親町三条公積《おおぎまちさんじょうきんつむ》、烏丸光胤《からすまるみつたね》、西洞院時名《にしのとういんときな》、岩倉尚具《いわくらなおとも》らに講義をしていた。武家に政権を奪われ、禁中並《きんちゅうならびに》公家諸法度《くげしょはっと》によって自由を制限されていた徳大寺公城《きんむら》たちは、崎門学に熱狂。宝暦七年（一七五七年）には、公城自身が桃園天皇への進講を行っている。だが、天皇が崎門学に傾倒し、幕府との関係が悪化するのを憂慮した前《さきの》関白・一条道香《いちじょうみちか》は、関白の近衛内前《このえうちさき》に相談して、公城らの追放を画策する。

　とここまでは、史実である。著者は、過激な尊王論者の式部たちが、同じように幕府の締め付けに不満を持つ勢力を巻き込み、壮大な陰謀をめぐらせていたとのフィクションを織り込んでいく。しかも、この計画には、果てしない野望をたぎらせる若き中納言が加わっているのである。この中納言の秘密とは何か？　この謎が前半を牽引《けんいん》することになる。

重奈雄は、式部の塾に通う公家たちが不穏な動きをしていることを知る。同じ頃、将軍家に華道を指南している滝坊流の家元をしている椿の父・舜海《しゅんかい》は、後継者が必要なことから、紙問屋の若旦那《わかだんな》と椿との縁談を進めていた。若旦那との見合いを目前に控えた椿は、石庭で有名な龍安寺《りょうあんじ》にある鏡容池《きょうようち》で、妖草「水虎藻《すいこも》」を発見する。

野心と貪欲《どんよく》を糧《かて》にする「水虎藻」は大乱の始まりを予感させるが、その一方で、泰平を喜ぶ人の心が成長させ、その実を食べると不老長寿になる「人参果《にんじんか》」の木も発見される。重奈雄は、「人参果」の実が熟せば、それを使って万病に効く薬を作ろうとするが、肝心の「人参果」を敵に奪われてしまう。敵が熟した実を食べ、不老長寿になるまでに事件を解決しなければならないタイムリミットに加え、椿が見合いをしたことで、椿の大切さを改めて知った重奈雄の恋の行方も物語の鍵になっていく。

中盤以降は、人にからみつき首を絞める「首絞め蔓《くびしかずら》」、葉が真剣のようになる「真剣草《しんけんそう》」、葉が槍《やり》に、花穂が薙刀《なぎなた》になる「槍蒲《やりがま》」（「薙刀蒲《なぎなたがま》」とも呼ばれる）、人の世を無気力にする「黒蜂草《くろばちそう》」、硬い葉を雨のように降らす「悪松《あくまつ》」といった恐るべき妖草・妖木が大挙して出現し、重奈雄たちが苦戦を強《し》いられるので、最後までスリリングな展開が楽しめるのである。

〈妖草師〉シリーズは、毎回、歴史上の有名人がゲスト出演している。本書には、後に国学者としても、怪奇小説の傑作『雨月物語《うげつものがたり》』を発表する物語作者としても活躍した上田《うえだ》秋成《あきなり》と、陽明学者の芥川丹邱《あくたがわたんきゅう》が、重奈雄の協力者として登場する。

一八一六年、詩人のバイロンは、同性愛の疑惑でイギリスを追われ、恋人とされる主治医のポリドーリとスイスの別荘ディオダディ荘に滞在していた。バイロンの愛人クレア、詩人のシェリーと不倫相手のメアリが、バイロンを頼って別荘を訪ね、そこで怪談会が開かれた。この時に披露された怪談をもとに、ポリドーリは『吸血鬼』を書き、メアリは『フランケンシュタイン』を完成させたといわれている。名作ホラーを生み出した出来事は、〝ディオダディ荘の怪奇談義〟と呼ばれている。

著者は、秋成が重奈雄たちと共に妖草と戦った経験が、怪奇小説を書く契機になったとしているので、本書は日本版〝ディオダディ荘の怪奇談義〟としても楽しめる。

本書の舞台となる宝暦の中期は、幕府草創期において最後の大規模騒乱となった島原の乱から一二〇年以上が経過しているので、多くの人は「人参果」が出現するほど太平の世を歓迎していた。だが、身分制度が固定され、どれだけ有能でも生まれた時から将来が決まっているため閉塞感が広がり、法度で禄高が低く抑えられ、自由に行動もできない公家や一部の武家は、抑圧されているがゆえに社会の改革を望んでいた。美貌の中納言は、繁栄の裏で静かながら確実に広まっていた怨念《おんねん》を利用して野望を実現しようとする。

本書で描かれた状況は、株価や大企業の業績は好調なものの、正社員と非正規社員、あるいは中央と地方の格差が広がって豊かさが実感できない人たちが増え、親の経済力で子供の将来が決まる階層の固定化が進んでいる現代と驚くほど似ている。

それだけに、社会に切り捨てられた者たちの怨念が積み重なった先には、想像を絶するカタストロフが待ち受けているという本書のビジョンは、生々しく感じられるのではないだろうか。そして、妖草に立ち向かうために椿が考えた作戦と、新しい社会を作るというスローガンを掲げながら、妖草という強圧的な手段を使ってまで権力を奪取しようとする敵の欺瞞《ぎまん》を暴く重奈雄の言動は、社会をよりよくするためには何が必要かを教えてくれるのである。妖草が、人の世の植物と見分けがつかないとされているのも、社会を危機に陥れる種は身近なところに潜み、人知れず増殖していることの暗喩《あんゆ》のようにも感じられた。

もう一つ興味深いのは、著者が、宝暦事件は、徳川幕府を倒し明治維新を成しとげた尊《そん》皇攘夷《のうじょうい》運動の源流の一つになっているという事実を指摘していることである。

現代人は、天皇を神聖にして不可侵と見なす思想が、古代から連綿と続いていたと考えがちだが、実際は、日本の伝統を絶対視する本居宣長《もとおりのりなが》の国学、天皇を神聖視する崎門派の朱子学あたりまでしか遡《さかのぼ》れないようだ。しかも、江戸時代には、日本を相対化する上田秋成の国学、理論よりも「情」を重んじる伊藤仁斎《いとうじんさい》が唱えた儒学なども盛んで、決して宣長の国学や崎門派は主流ではなかったというのだ。それなのに、天皇を現人神《あらひとがみ》とする考え方が広まったのは、尊皇攘夷を主導した薩摩《さつま》藩、長州藩が、崎門学、やはり尊皇思想が根強い水戸《みと》学、宣長派の国学の影響を受けていて、これらの学説を使って近代日本を作り上げたからにほかならない。

本来、儒教には、「仁」（優しさ）と「義」（正しさ）を使って、悪政を行う王や腐敗した官吏を諫《いさ》める考え方が含まれていた。だが徳川幕府を倒して権力を握った者たちは、天皇を中心にした新国家を建設し、君臣の序を優先して富国強兵を推し進める。この富国強兵を支えたのは、努力した者は成功するが、それを怠った者は没落しても仕方ないとする立身出世主義である。太平洋戦争の敗戦で、天皇は国民統合の象徴となったが、立身出世主義は、成果主義などと名を変えながら現代も続いている。

著者が、江戸初期から宝暦事件を経て幕末明治、さらに現代へと至る日本思想史を踏まえながら、重奈雄と魔性の中納言の死闘を描いたのは、現代人が忘れがちになっている「仁」と「義」こそが、社会を改革する鍵になることを強調するためだったように思えてならない。

伝奇小説は、正史が描かなかったもう一つの歴史をリアルに描くことで、読者の常識をゆさぶり、普段は気づかない社会の闇、人間の心の闇に目を向けさせるジャンルである。こうした伝奇小説の伝統を正しく継承していることも、〈妖草師〉シリーズが名作たる所以《ゆえん》なのである。

二〇一六年一月

この作品は徳間文庫のために書下されました。

本書のコピー、スキャン、デジタル化等の無断複製は著作権法上での例外を除き禁じられています。本書を代行業者等の第三者に依頼してスキャンやデジタル化することは、たとえ個人や家庭内の利用であっても著作権法上一切認められておりません。

徳間文庫

妖草師
魔《ま》性《しょう》納《な》言《ごん》

© Ryô Takeuchi 2016

2016年2月15日 初刷

著者 武《たけ》内《うち》涼《りょう》

発行者 平野健一

発行所 東京都港区芝大門二―二―二 〒105―8055 株式会社徳間書店

電話 編集〇三(五四〇三)四三四九 販売〇四八(四五一)五九六〇

振替 〇〇一四〇―〇―四四三九二

印刷 製本 株式会社廣済堂

ISBN978-4-19-894069-0 (乱丁、落丁本はお取りかえいたします)

徳間文庫の好評既刊

武内 涼

妖草師

書下し

江戸中期、宝暦の京と江戸に怪異が生じた。数珠《じゅず》屋の隠居が夜ごと憑《つ》かれたように東山に向かい、白花の下で自害。紀州藩江戸屋敷では、不思議な蓮《はす》が咲くたび人が自死した。はぐれ公家の庭田重奈雄《にわたしげなお》は、この世に災厄をもたらす異界の妖草を刈る妖草師である。隠居も元紀州藩士であることに気づいた重奈雄は、紀州徳川家への恐るべき怨念《おんねん》の存在を知ることに——。新鋭が放つ時代伝奇書下し！

徳間文庫の好評既刊

武内 涼

妖草師

人斬り草

オリジナル

　心の闇を苗床に、この世に芽吹く呪い草。常《とこ》世《よ》のそれを刈り取る者を妖草師と称する。江戸中期、錦秋の京に吸血モミジが出現した！吸われた男の名は与《よ》謝《さ》蕪《ぶ》村《そん》。さらに伊《い》藤《とう》若《じゃく》冲《ちゅう》、平《ひら》賀《が》源《げん》内《ない》の前に現れた奇怪な草ども。それが、はぐれ公家にして妖草師の庭《にわ》田《た》重《しげ》奈《な》雄《お》と異才たちの出会いであった。恐怖、死闘、ときに人情……時代小説の新たな地平を切り拓いた逸材の、伝奇作品集！

徳間文庫の好評既刊

朝松 健

大江戸もののけ拝み屋控

ろくヱもん

書下し

時は宝暦。花のお江戸の辻《つじ》に立ち、頼まれたらいかなる妖怪・魔物・祟《たた》り神《がみ》でも必ず祓《はら》う——辻風の六、通称拝《おが》み屋《や》ろくヱもんはある日の夕暮れ、逢魔ヶ辻《おうまがつじ》に見台《けんだい》を出した。夢が「ここに立て」と教えてくれたのだ。果たして現れたのは、いま話題の看板女形《おやま》とひとりの少女。そして少女の背中にいたのは侍姿の猫神さま!?　猫神さまの依頼を受けて、ろくヱもんはとんでもない妖怪と戦うことに！